# 紫骸城事件

inside the apocalypse castle

上遠野浩平



講談社
タイガ

黙示録の魔女どもが巡らせし因果の毒に
城塞は門扉を喪失し迷妄の闇に囚《とら》われる

根拠なき殺意と乱雑な殺戮《さつりく》が重なり合い
愚者達は虚偽と欺瞞《ぎまん》の呪縛《じゅばく》に溺《おぼ》れて沈む

イラスト――鈴木康士
デザイン――坂野公一（welle design）

目次

その城塞は荒野の中心に聳《そび》え立っていた。

「…………」

そしてその巨大な城の玉座にはひとりの若い魔女が座っていた。

彼女の名はリ・カーズ。

この城の主であり、設計者であり、そして全世界の支配者だった。

「……ふん」

城には彼女の他には誰もいない。

正確に言うならば、生きている者は誰もいない。

玉座のあるホールにも、死体がおよそ百近くも転がっている。

そのどれもが、口から夥《おびただ》しい血を吐き出している。表情は苦悶《くもん》に満ち、地獄の責め苦でもこれほどはひどくないといわんばかりの、痛みに満ちていた。

「……さて」

リ・カーズはそんな死体の群などまったく意に介さず、静かな表情で何かを待っている。

城の空気はわずかに紫がかった、霞《かすみ》のような物で汚染《おせん》されていた。それが城中にあふれている死の原因であることは間違いなかった。

しかし、リ・カーズはその死に至る因子が充満した空間のただ中にあっても、まるで平然としている。それどころか、その〝死〟こそが栄養分であるかのように、つやつやと血色の良い顔をしているほどだ。

そして遠くから、どーん、という何かが弾《はじ》けるような音が轟《とどろ》いてきた。

音は連続する。

びりびりくる震動が、城を揺さぶる。壁に塗られている漆喰《しっくい》が剝《は》がれ落ちて、ぱらぱらと死体の上に降ってきた。

城の周りを幾重《いくえ》にも取り巻いている結界が、次々と破壊されているのだ。

しかし、そんな地震のような状況でもリ・カーズは動かず、ただ座っている。

「やっと、ご到着かな……？」

音と震動はどんどん大きくなってきた。接近してきている。

そして城門が凄まじい衝撃と共に蹴《け》り破られた。

続いて、玉座ホールまでの装甲扉が次々と打ち抜かれていく音が轟いてくる。

リ・カーズはそれでも動かない。だがその表情には変化が見られはじめていた。

「……ふふ、ふ」

笑いはじめている。

それも、愉快でたまらない――というような、そういう自信に満ちあふれた笑い方だ。

「ふふふふ……！」

とうとう、ホールの扉そのものが吹き飛んで、接近してきていた者がリ・カーズの前に姿を見せた。

極《きわ》めて険しい――まるで相手を射抜くような鋭い眼をした美しい女――いや、少女といってても通りそうな、若い、凜々《りり》しい女が立っていた。

すらりと背の高い、引き締まった身体をしている。

「――地獄の底から舞い戻ってきたぞ、リ・カーズ……！」

彼女は目の前のリ・カーズを睨《にら》みつけた。彼女もまた、この死が横溢《おういつ》しているはずの城の中で、平気な顔をして、生気に満ちている。

対峙《たいじ》してみると、二人はなんだか似ていた。鏡の裏表のように、怒りが笑いに、闘志が悪意に、それぞれ入れ替わっているだけで、あとは同じ質の存在感があった。

「ようこそ、戦鬼……！」

リ・カーズはここで、やっと立ち上がった。

「亜空間煉獄《ル・イクサーズ》に堕ちても、必ず帰ってくるだろうおまえのために、この城を造って、待っていたわ」

言われて、戦鬼と呼ばれた女はホールを埋め尽くしている死体に眼をやった。

「……こいつらは、おまえの部下たちじゃなかったのか？」

「部下？　部品といって欲しいわね」

リ・カーズはニヤニヤしながら言い放つ。

「この紫骸城《しがいじょう》を構成する〝呪詛《じゅそ》〟の一部となる以外に、こんな人間としても出来損ないの魔導師どもに価値などあると思う？」

彼女にそう言われたその死体たちは、しかしその豪奢《ごうしゃ》な服装から、それぞれの国の最高責任者やそれに類する者たちと知れた。リ・カーズに敗北し、絶対服従を誓っていたはずの、魔導帝国の領主、将軍、参謀たちだった。リ・カーズに代わって罪のない一般人たちに圧政を敷いていた権力者たちが、今やボロ屑《くず》のようになって転がって、積み重なっている。

「…………」

その死体たちと、かつては戦っていた戦鬼の女は、まるで彼らを悼《いた》んでいるような顔を一瞬見せた。

しかしすぐに厳しい顔に戻る。

「リ・カーズ——貴様、何もかも踏みにじって、その果てに何を求める気だ……？」

「何かを求めなくては、何もできないのかしら？」

せせら笑うように、リ・カーズは即答した。

「ただ——ひとつだけ求めるものがあるとするならば、今は——おまえと決着をつけることよ。魔法文明の技術が創り上げた究極の破壊兵器であるおまえと、フィルファスラートの呪われた血脈の終点の〝完成品〟であるこの私と——生き残るのはどちらか？　それこそが求めてもよい〝果て〟かも知れないわね」

「ならば、今すぐに叩き潰《つぶ》して、その〝果て〟を見せてやる……！」

戦鬼は一歩、足を前に出した。

「紫骸城だかなんだか知らないが——この程度の呪詛《エネルギー》を集めたくらいでは不足——このオリセ・クォルトには勝てないことを、身を以《もっ》て知るがいい……！」

「ふふん——」

リ・カーズは最強の宿敵の勝利宣言にも、不敵な笑みを崩さない。そして言った。

「紫骸城では〝不足〟？　そんなこと——」

そして、彼女もまた一歩、前に出た。

「いいいいいいいい」

「そんなことは知っている——」

＊

——その後、この二人の魔女は正面から激突し、そしてどちらもこの世から姿を消した。相討ちであったのだろうと言われている。

戦闘による被害は凄まじかった。全世界に余波が襲った。中心となった辺り一帯の荒野には夥しい魔法呪文による汚染が生じ、荒野であったそこは怪物的な魔導生物のはびこる暗黒の森へと変貌してしまった。国が三つも入りそうな巨大な地域は、それから三百年経《た》った現在でも、世界地図上の空白となっている。

ただ——その地図の一画に、たったひとつだけ、明確に記されている点がある。

それが紫骸城だ。

リ・カーズが宿敵オリセ・クォルトと渡り合うために、エネルギーを集める装置として造り上げた紫骸城は、何故かこの激突では破壊されなかったのだ。一部は破損していたが、そのときに空域で荒れ狂っていたはずの破壊エネルギー量からすれば、城が残っているなどあり得ない話だったはずだ。ましてや戦闘の際にリ・カーズは集めたエネルギーを全部使ってしまったはずである。そんな抜け殻《がら》が世界中に大地震や大津波を引き起こした最終戦争の、いわば〝爆心地〟にありながらも無事であったというのは、どう考えてもあり得ない話である。

だが、紫骸城は今も建《た》っている。

元々、当時の技術の粋を集めて建てられているため、頑強さは今日の建築から見ても類のないものだ。三世紀程度では劣化らしい劣化もない。

それどころか、逆に強化されているといっても良い。なぜならば、この城は当の目的であったはずの戦いが過ぎ去った後でも、まだ呪詛を集め続けているからだ。

その蓄積され続けているエネルギーの総量が今やどんなことになっているのか——考え

てみるのも恐ろしい。

現在、紫骸城は封印されて、ある目的以外には使えないようにされている。かつての、ごく一部の者だけがエリート的に使うことができた魔法は、今では普遍的な技術として使いこなすことができる、とされている。だから危険きわまりないはずの紫骸城も、封じて押さえ込むことができるものになった、ということらしい。

五年に一度、世界中から腕に覚えのある魔導師たちが集い、最も優れている者を決める大会である〈限界魔導決定会〉が開かれるのだが、その開催条件にこの紫骸城がもっともうってつけなのである。

しかし――と私、フロス・フローレイド魔導大佐は思う。

やはり我々はあの城に近づくべきではなかった。

いかに魔法技術が進歩し、過去の奇蹟が簡単に手に入るようになったとしても、あれだけは別だったのだ。あの城に掛けられていた呪いは、世界そのものを破滅させてもなんとも思わないような、それだけの巨大な虚無に取り憑《つ》かれていたのだ。あれに挑むためには、それと同じだけの空虚を胸に持っていない限り、恐るべき報復《むくい》を受けて当然だったのだ。

あの凄惨《せいさん》で拗《ねじ》くれた、おぞましくも忌《い》まわしき報復《むくい》――。

そう――あの城で起きた、あの地獄の底が抜けたような、あり得ないことばかりで構成された連続大量殺人事件も、あの城が建てられた目的からすれば当然のことだったのかも知れない。そして、あの事件の主役となった、あの双子こそが——その呪われたものたちの、今日における結晶だったのだろう。

悪意に満ちた運命の前で、我々は無力だ。それがあの城における、絶対的な真理だった。

あの城の内側《なか》では、何人《なんぴと》たりとも己《おのれ》の運命をみずから選ぶことは許されないのだ——

それこそが紫骸城なのである。

# 紫骸城事件

## inside the apocalypse castle

by

Kouhei Kadono

『この世を動かしているものは〝悪意〟だ。
なにかを踏みにじってやろうという思念、欺《あざむ》いて皆を出し抜いて
やろうという意識――それらがあれば人にできぬことはない』

――〈魔女の悪意《ビィアス・リ・カーズ》〉より

# 第一章

## inside the apocalypse castle

# 1.

城塞付近の上空はひどい嵐だった。

私の乗った飛行艇は、叩きつけてくる突風と雨粒の中でまるで木の葉のように揺れていた。

私はすっかり消耗して、持ってきていた保温ポットの中の温かいお茶をちびちびと飲んでいた。国元から出立して、もう五時間も経っていた。お茶はもうぬるくなっていたが、それでも緊張に渇いた喉《のど》には潤《うるお》いとなった。

「フローレイド大佐、間もなく目的地です」

前に座っている操舵士官が声をかけてきた。飛行艇は複座式で、乗員は我々二人だけだ。

「ああ、わかっている」

私は我ながら弱々しい声で、なんとか返事した。飛行艇に乗っているのは私と、この士官の二人だけだ。

国軍で最年少の大佐である私と、この訓練校を出たてのような操舵士官の二人の年齢を足しても、普段この緊急用飛行艇に客として乗っている軍高官の平均年齢に十歳以上及ばないだろうな、と考えると私は、自分が慣れないことに足を突っ込んでいる、とあらためて思った。

「しかし、これが乗り慣れた超音速強化鳥だったら、四時間は前に着いていたんですがね」

士官がぼやいた。彼も疲れているようだ。大佐とはいえ自分と歳の近い私に親近感を感じてくれているらしい。

「強化鳥なら自分でも飛翔呪文を囀《さえず》ってくれますが、飛行艇なんぞは前もって呪文を込めてなきゃ浮かびもしない。まったく非効率ですよ。こんなものは競技用の代物《しろもの》です。実用品じゃあない」

心底いまいましげな士官の声には妙な実感があり、私は笑ってしまった。

「まあ、仕方あるまい。船自身が生きていないおかげで、この森の上空にも怯《おび》えないでやって来れるんだからな――」

私は言いながら、窓の外を見おろした。眼下にはバットログの森が広がっている。

「強化鳥だと、本能的に危機を察して、どんなに操縦しようと決してこの森には近寄ってはくれないからな」

「その方がいいでしょうが。近寄れない方がずっとマシですよ、こんな所は」

上空から見おろすバットログの森は、風で木々が揺れているせいもあるだろうが、うねうねと蠢《うごめ》いていて、それ自体が巨大な〝大地〟という名前の生き物のように見えた。

そして、実際にこの森はひとつの生き物といってもいいくらいに複雑に入り組んでいて、一個の巨大な装置となっている生態系が存在している。かつてリ・カーズとオリセ・クォルトが激突し、この地に夥しい呪詛をばらまいてから三百年、その汚染を受けたため突然変異を繰り返し、果てにこの森は怪物のみが生存できる魔窟《まくつ》と化しているのだ。

私の〝審判〟としての任務がそこに待っている。

嵐がまたひどくなってきた。

「――なんだか気流が渦みたいになっていますよ?」

士官が暴れる操縦桿《そうじゅうかん》相手に悪戦苦闘しながら呟《つぶや》いた。

「この中心って、やっぱり――」

「そうだな――」

私もうなずく。

そう、おそらく中心にあるのが目的地である城塞だ。

「まだ視認はできないかな……」

私は激しく雨が当たる窓越しに、その建築物を探した。

その瞬間に雷が落ちて、閃光《せんこう》が私の眼を眩《くら》ませた。

雷鳴が一瞬遅れて轟き、船体をびりびりと震わせた。

ずいぶん近い。もちろん直撃したらこんな船は木っ端微塵《こ ぱ み じん》だ。

「だ、大丈夫なんですか？　例の〝城〟ってのは確か、巨大な魔導装置だって——もしかして、接近してくる者はみんな攻撃するようにできているんじゃないでしょうね？」

「かも知れない——」

「……って、ちょっと！」

「いや、だからそんなには接近しない……君とこの船は城塞が見えるところまで行って、そのまま着陸せずに引き返す——最初に説明しただろう？」

「は、はあ——し、しかしこの天候で、見える位置が危険域にまで狭まってしまっているんじゃあ——」

その可能性はあった。しかし私が考えていたことは、それだけではなかった。

嵐までもが〝効果〟の内——そういうことまで含めて、あの〝城〟は造られているのではないか、ということだ。わざと危険域ギリギリになるようになっている——近づきたければ近づけ、ただし生命の保証はしない——とでもいうかのように。

（……これはやはり、相当の覚悟が必要だな）

私が心の中でひとり呟くと、また雷が光った。

そして、見えた。

一瞬の閃光の中に、それが聳え立っているのがわかった。正確に言うなら、私は既にそれを見ていたのだ。ただ——地面から絡みついている植物の中に紛《まぎ》れて、上空からだとそのシルエットが地面の凹凸と区別がついていなかっただけだった。下から見ていたなら、とっくにわかっていただろう。

だが光に照らされて影が地面に落ちて、その高さがはっきりと見えた。私の知っている建物の概念で言えば何階建てになるのか——百階か？　二百階か？　……とにかく、こんなに巨大な建物は見たことがなかった。

「い、今の……」

士官が茫然《ぼうぜん》とした口調で言った。

「今——一瞬だけ見えたような……あ、あれ——なんですか？」

「だろうな」

「あれが〝建物〟ですって？　建物っていうよりも、私にはなんだか……尖《とが》った先端が異常にたくさんある岩山というか、竜みたいな怪物が背を丸めて蹲《うずくま》っているような気がしましたが……？」

まったく同感だった。ついでにいうなら、この世のものとも思えない、地獄の針山のようにも感じた。

かつてこの世界すべてを恐怖に陥《おとしい》れた究極最凶の魔女が、最強の敵と戦うために造ったという城塞——

「そうだ……あれが紫骸城だ」

……犯罪者は、もちろん自分がやっていることを理解していた。

それが始まってしまったら、もう誰にも停《と》めることはできないことを。

だが犯罪者は、なんのためらいも感じてはいない。

かつて、この紫骸城を建てたリ・カーズは、謁見《えっけん》を求めてきた貧民の男に向かって、こんなことを言ったという。

「おまえはどうしようもないと言うが、この世のあらゆるものは〝悪意〟さえあればなんとかすることができる。そう――たとえば、だ――〝悪意〟さえあればおまえの憎い仇《かたき》、その絶対的なはずの竜だって斃《たお》すことが可能だ。――え？　どんな方法か、だって？　それはだな……」

その方法――それ自体はその耳打ちされた相手本人にしか伝えられず、はたして竜を殺すことなどが本当に可能なのかどうかは不明のままだ。

だが犯罪者は、リ・カーズは決して、口からの出任せを言ったのではないと思う。

まさに、自分が今、その世界を恐怖で蹂躙《じゅうりん》していたはずの独裁者に、命懸けで謁見しにきた貧民と同じような立場に立っているからだ。そして悪意こそが、この状況を打開する唯一の手段であることも、知っている。

あらゆるものどもを敵に回して、これを殺し尽くすことになろうとも、犯罪者は自分の中にある悪意を放棄するつもりはない。

紫骸城に入る者は、すべて――一人たりとて例外もなく。

＊

私と、飛行艇を操縦している士官は二人そろって、その巨大な城塞を前に少しのあいだ言葉を失っていた。だが、圧倒されてばかりではいられない。いつ船が、周囲で荒れ狂っている稲妻に撃墜されるかわからない。

「急がなくてはな――」

私は城に入るための準備にかかった。

「た、大佐……ほ、ほんとうにあんなものの内側《なか》に？」

「……そういう任務だからな。仕方がない」

魔法技術では二流国とされている我がヒッシバル共和国に、やっとめぐってきたチャンスなのだ。

この任務を無事に果たせば、魔導師組合《ギルド》の総本部における我が国代表の発言権が確実に大きくなる。私の肩には母国の三百人ほどの魔導師たちの地位向上がかかっていた。

私は、前もってギルドから配られていた呪符を取り出した。

呪符は一般的な物で、少々厚手の、手のひらにおさまる大きさの板といった感じの物だ。材質は軽金属で、表面には複雑な模様が刻み込まれている。

そしてこの呪符は、城の中に設置されている魔法装置に対応している。

城の中に入る、唯一の手段がこの呪符なのだった。

そして、いったん城の中に入ってしまえば、大会が終わる一週間後まで外には出られない。呪符にそういう設定がされているからだ。途中で棄権し、城の外に出ることは不可能なのだ。

「…………」

私は気持ちを落ち着けるためにまたポットからお茶を飲んだ。喉に液体が流れ落ちていく感覚がとても心地よく、ずっと味わっていたいと思ったが、お茶はすぐに空っぽになってしまった。ポットを後ろの荷台に放り込んで、あらためて深呼吸した。よし。

「――もう旋回して、この場から本国へ引き返せ。ご苦労だった」

私は言いながら、飛行艇のハッチを開けた。ものすごい嵐と雷鳴の音が飛び込んできた。頬《ほお》にあたる雨粒の勢いは痛いほどだ。

「ご、ご幸運をお祈りいたします！」

士官の声に、私は無言で敬礼を返した。

そして船から飛び降りた。

空中で、嵐に揉《も》まれながら、懸命に呪符を睨みつけつつ呪文を唱えた。

「――この地に満ちる呪詛に願う。汝等の叶《かな》わぬ願いへの妄執を晴らす代償として、我に力を貸せ――汝等に消滅をもたらす代わりに呪符に込められし指令を果たせ――」

呪文は、術を成すにあたって魔導師が必ずしも唱えずともよいものだが、私は自分の精神集中の手段としてよく使う。

全身に引っ張られるような感覚が走る。呪符の〝瞬間移動〟の呪文が発動したのだ。

私が外の世界で最後に見たものは、これから自分がその中に入ることになる奇怪な巨大城塞の、稲妻に照らし出された逆光のシルエットだった。

それはまるで切り絵の巨人のように見えた。その顔に当たる部分は、なんだか――


〝この城に関わるのならば、しかるべき代償を支払ってもらうぞ〟

――と、悪意に満ちてせせら笑っているように見えた。

## 2.

引っ張られたような感覚の後で、私の身体はふたたび空間に放り出された。

そして地面に叩きつけられた。

「──ぐっ⁉」

私は受け身を取る暇《ひま》もなく、固くて冷たい床の上に転がった。

（──な、なんだ？）

周囲は真っ暗だ。

そして物音がない。

しーん……と静まり返っている。

「………………」

さっきまで嵐と雷の轟音にさらされていたが、それらの音が完全に聞こえない。城の中であることは確かなようだ。

（……だが、おかしいぞ？）

私は、呪符に設定された城の着地点に転送されるはずだったのだ。空間転送呪文は、あくまでも前もって設定してある座標点間でしか使えない技術だ。転送に失敗したら、移動できないだけであり、別の場所に行ってしまう──などということはあり得ないはずなのだ。

しかし、ここはどう見てもそんな受け入れ態勢にある場所とは思えない。何の明かりもなく、誰もいない。

そして……なんだかよくわからないが、妙な違和感がある。いつもの自分にはない、苛《いら》つくような喉元にせり上がってくるような感覚がつきまとって離れない。

（なんだか——ざらざらするぞ）

しかしその原因はわからない。なんとなくそんな気がするだけで、だがその正体が摑めないことがさらに私を不安にさせる。

私は立ち上がった。すると床に下ろした足が立てた、かつん——という音の大きさに我ながら驚いた。

音は反響して、周囲に広がっていく。ずいぶん遠くまで響いていた。相当に広い場所にいるようだ。

「——おうい」

私は声を出してみた。

「おうい、誰かいないか？」

数秒待ってみるが、やはり何の返事もない。

いったいどうなっているのか。私の心に不安が湧《わ》きあがってきた。

これは大掛かりな陰謀であり、私は罠《わな》にはめられたのではないか——あるいは、それどころではなく……

（この城そのものが中に入った者をすべて喰《く》い殺す怪物なのでは……？）

そんなような恐怖感が後から後から押し寄せてくる。私以外に、先に入った者たちも全員すでにこの城に消化されてしまった後なのではないか、などという気がしてきてしょうがなくなってくる。

（――また、ざらつくような感触が――くそ、なんなんだこれは……？）

そういえば、この紫骸城が例の三百年前の最終戦争の、その後で発見されたとき、そこには夥しい白骨死体が転がっていたと伝えられている。しかもその白骨死体は腐敗して肉が落ちたというようなものではなく……高熱に炙《あぶ》られて、骨以外のものがさながら火葬されたように焼け落ちていたというのだ。

それと同じようなことが、今また再び起こってもおかしくはないのではないか……

「――く、くそっ……」

私は足ががくがくする感覚を覚えた。もともと私は決して勇敢な人間ではない。危険が迫れば逃げ出すことを第一に考えるような人間なのだ。私には勇気はない。

だが――と、私はここではっと我に返る。

そう、私は本物の勇気を持っている人間を知っている。そういう男に過去、出会ったことがある。

風の騎士と呼ばれているその男は、私にこんなようなことを言っていた――

〝いいかフロス、城塞なんてものはそれ自体は怪物でも何でもないんだ。あれはただの道具だ。戦争のための、ちょっと大掛かりな道具ってだけに過ぎない。城それ自体を恐れるのは意味のないことだぜ〟

——そして、私は生命の恩人である彼のおかげで今も生き延びている。年下ではあるが、私にとって彼は人生の師匠のような存在である。

彼が今、この場所にいたとしたら、決して無制限の恐怖に囚《とら》われたりはしないに違いない。

(そうだな、ヒースロゥ——ここがいくら異常な場所でも、城は城——ただの道具なんだな)

冷静に考えてみれば、私程度の者をわざわざ罠にはめる必要のある人間などいない。

そして城が入る者を無差別に殺すような存在ならば、ここで大会が開かれる度《たび》に人は皆死んでいたはずだ。だがそんな話はない。

私が変なところに転移してきたことは謎だが、しかしそれだけだ。

その疑問を解消するのに、恐怖を感じている必要はどこにもない。

私は深呼吸を一つして、心を落ち着けた。あらためて闇に眼が慣れてくると、城の壁にあたる部分のあちこちが、ぼうっ、と薄紫色に光っているのがわかる。この城の〝呪詛を吸収する性質〟からくるエネルギーの極微量の流出現象のようだ。その点在するおぼろな光に照らし出されて、私のいる場所の様子がなんとなくわかってきた。壁の、ゴツゴツした彫刻的な陰影ある装飾もだんだん見えてきた。

「そうとも、なんということはない……」

私はどこかに必ずいるはずの、他の人々を捜《さが》して歩き出すことにした。

そして一分と歩いていないときだった。どこかから物音がした。

――ぎい、

というような、機械的な何かが軋《きし》むような音だ。

「…………？」

私はやや息をひそめつつ、なるべく足音を立てないようにしながら音の方に接近していった。

――ぎい、ぎい、

と、音は連続している。私はそれを追っていく。

やがて私は、かなり大きな空間の広がりのある場所に出た。

その広間には、奇怪で巨大なものが飾られてあった。

（な――なんだこれは？）

最初は、それが〝骨〟であることもわからなかった。あまりにも巨大すぎた。だがよく見てみれば、確かにそれは生物の骨――それを模《も》して造られたと思《おぼ》しきものだった。ただサイズが巨大すぎる。私はそれが、いわゆる古生代に生きていたという爬虫類《はちゅうるい》の化石ではないかと思ったが、しかしそれにしてはなんだか、そのかたちが特殊だった。

何に喩《たと》えればよいのかわからないような、その異形――しかし、私はそれを知っているような気がした。直接にではないが、話に聞いた何かのような気がする。

（なんだったか――？　誰かに聞いたんだ。そうだ――これもやっぱりヒースロゥだ。彼に、彼がこれまで見たいちばん凄《すご》いものは何かと訊いたときに、彼は確かこんな風に言っていた――）

〝うーん、説明はできないな。この世にある他の何物にも似ていないし、何者よりも偉大な存在だ。形は、とにかく我々からすれば異質で、しかし圧倒的な存在感があるとしか言いようがないが――〟

と前置きして説明してくれたそれが、この目の前にある巨大なものに近いように思えた。

それはなんだったか？

「…………」

思い出して、私は愕然《がくぜん》となっていた。

それは〝竜〟のことだったからだ。

それは世界最大最強の存在で、操《あやつ》る魔導の力は全人類が集まっても太刀打ちできないほどのパワーを持っているという。竜が棲《す》んでいる空域には、どんな権力者も手出しができずに原始的な環境のまま放置されているくらいなのだ。

（その竜の〝骨格〟……？）

いや――本物であるはずはない。模造品に決まっている。竜は世界に七頭しかおらず、それは紫骸城が建てられるよりも遥《はる》かに昔からそうなのだ。こんな骨格などは誰も見たことがあるはずのないものだ。どんなに凄い冒険者であっても、竜を倒した者などいる訳もないし、その骨がどのような構造になっているのか、知っているはずがない。

だが、この骨格標本が想像によるものであるにしても、こんなものを堂々と飾っておくというのは、この城の設計者――すなわちリ・カーズのあまりにも強い意志――

〝たとえ竜であろうと、我を屈服させることはできぬ〟

という魔女の自信にみちた宣言が、このオブジェには込められているように思えた。

「………………」

そして――私をここに導いた物音は、このオブジェのさらに向こう側に延びている回廊から聞こえてきていた。

骨格標本を後にして、私は広間から回廊の方に入る。しかしやはり空間は広い。軍隊行進でもできそうな感じだ。

音は、ぎい、ぎい、ぎい――とさらに連続して聞こえてくる。

やがて私は床の上に置かれている奇妙な物体を見つけた。

（……なんだ……？）

丸っこくて、黒光りしていた。それがもぞもぞと動いている。移動はしておらず、ただ一箇所でゆらゆらしているだけだ。人間の頭よりも一回りほど大きい。

私は最初、それが大きな虫かと思った。だが虫にしては形が奇妙だ。それに光沢が金属的で、人造物の気配がある。

私はさらに近寄ってみた。

するとそれがどうやら、ブリキでできた大きな人形であることがわかった。頭が妙に大きく手足が小さい、赤ん坊の形をした実物大人形だ。ただし顔に当たる部分には穴が二、三あいているだけののっぺらぼうで、非人間的な表情しかない。

それが、からくり仕掛けにでもなっているのか、手足をゆっくりと本物の乳児のように動かしながら、ぎいぎいと関節が軋む音を立てているのだ。

「な、なんだこれは……？」

おせじにも可愛らしいとは言えない——いや、はっきりと気味が悪い。こんな玩具があり得るのか？

私はおそるおそる、その人形に手を伸ばした。

ところがそのときだった。


「——きィやぁぁぁぁあああああぁぁっ！」

という、肌が斬られそうなほどの甲高い絶叫が響いた。

私は反射的にその方向を向き——そして目の前に迫ってきている火の玉を見た。それは魔法による火炎攻撃弾だった。

（——!?）

私は驚愕《きょうがく》しつつも、とっさに訓練された対応策を取っている。

炎を打ち消す氷結魔法を、呪文なしの高速実行状態で使用し、火の玉の前に冷たい空気の壁を作った。

高熱と冷凍が激突して、ばしっ、という空気が弾ける音がした。そして、その爆発はあっというまに周囲の壁に向かって拡散し、そして吸い込まれた。

魔法を吸収してしまう、紫骸城の性質である。城内の空間そのものにはエネルギーが満ちているのだが（おそらく飽和状態になっているものが滲《にじ》み出ているのだろう）壁や天井にちょっとでも触れようものなら、たちまちそれらは無効化されるのだ。

私は後方に跳びすさって、奇襲してきた敵との間合いを取った。

だが、その相手はひどく無防備に、ばたばたとこっちに駆けてきた。

「——ああ、ぼうや！　大丈夫？」

それは女だった。若い女だ。そして女は、私が攻撃態勢に入っているにもかかわらず、さっきの人形を大事そうに抱え上げた。

「おう、よしよし、心配ないわよ」

と、まるで人形が本物の赤ん坊であるかのようにあやしだした。

（…………？）

私は混乱した。やっと人に会えたわけだが、何がなんだかわからない。

女は私の方を、きっ、と睨みつけてきた。

「何をするんですか、人の子供に！」

その言い方と態度には妙な迫力があった。

「こ、子供だって？」

あの奇怪な人形が、か？

ここで私はやっと、その女が誰なのか思い出した。知っている顔だった。

「あなた――ナナレミ・ムノギタガハルさんですか？」

貴族令嬢だったが、身分違いの男と駆け落ちしたことで有名な女だった。だが、その駆け落ちは失敗し、男の方も死んだという話だったが。

この魔法結界が張られている城に入っている、ということは彼女も魔導師ということである。確かにムノギタガハル一族は高名な魔導師の家系だが、彼女にもまたその素質があるとは知らなかった。いま攻撃してきたのは彼女で間違いなさそうだ。

ということは、彼女もまた、この大会の参加者なのか……？

「何の真似《まね》です？　いくらこの大会が魔法を競うものだとはいえ、いきなりの不意打ちはないでしょう？」

私が訊いても、彼女は人形をあやす真似をし続けていて、こっちの話を聞いていない。

「おお、よしよし、怖かった？　もう平気だからね――」

私は、それが演技なのか、本気でその人形を赤ん坊だと思っているのか判断が付かなかった。

そこで、横からそっと彼女の顔を覗《のぞ》き込んでみた。その人形を見つめている眼を観察した。

「…………」

私はぞっとした。それはまぎれもなく、本気の眼だった。彼女はその人形が我が子だと信じ切っているのだ。

(……駆け落ちしたという、その死んだ男との子のつもりなのだろうか？)

だとすれば同情の余地はあるが……しかし、正気を失っているのは事実だ。接するには注意が必要だろう。

「……あの、ナナレミ夫人？」

私が、あえてムノギタガハルの名を伏せてそう呼びかけると、彼女はこっちを見た。

「はい？」

実に素直に訊き返してきた。いま自分が、私を攻撃したことをもう忘れているような感じだ。夫人、という呼称に反応したらしい。自分はまだ結婚していると思いこんでいるのだろうか。

「私はフロス・フローレイドといいます。ヒッシバル共和国の魔導大佐で、この大会で立会人になるように命じられて来ました。他の方はどちらにいらっしゃるか、ご存じですか？」

「まあ、するとあなたがあのケッチタの英雄ですか？」

彼女は驚いたような声を上げた。驚いているのはこっちだ、と思いながらも私は、ええまあと曖昧な返事をした。

「お名前は聞いていますわ。なんでも大変な事件を解決して——ええと、どんな事件だったかしら——うーん、あれ、確かに聞いたはずだったんですけど——えーと」

彼女はまた自分の世界に入りかけていた。私はやや焦《あせ》って、

「いや、それよりも他の方がどこにいるか教えていただけませんか？」

と言うと、彼女は急に表情を一変させて、

「わたくしを——このわたくしを、あのような下劣な者どもと一緒にしないでください！」

と叫んだ。そしてきびすを返して、人形を抱えたまま走り出した。

私は一瞬あっけに取られたが、しかしすぐに我に返って、

「ま、待て！」

と彼女を追いかけた。

走っていくうちに、どんどん周囲が明るくなってきた。壁に設置されている照明から発せられている光量が増加しているのだ。

しかし、明るくなればなるほどに、周囲に暗がりが増えているような気がした。壁一面の彫刻の窪《くぼ》みに落ちている影が逆光を受けて濃くなっているからだろうが、なんだかそれ

は闇を浮き上がらせるために光を使っているみたいで、ひどく不自然なものを感じさせた。高い天井にまで光は届いておらず、ほとんど真っ暗であるために、自分が深い深い穴の中に落ちてしまっているような気にすらなってくる。

ナナレミ夫人が回廊の曲がり角に入っていく。

追う私も曲がるが、そこにはもう夫人の姿はない。私は立ち停まった。

目の前に巨大な扉があった。

「………」

他に行き場はないから、彼女はこの中に入ったに違いない。しかし私はその扉に手を掛けるのに躊躇《ちゅうちょ》した。

馬鹿馬鹿しい感覚だが、手を伸ばしたら噛みつかれそうな気がしたのだ。私は頭を振って、自分のその妄想を追い払った。

扉にはノブやノッカーに相当する物はない。私はそのひんやりと冷たい金属の扉に手を当て、ゆっくりと押してみた。

すると、扉はほとんど力を加えないうちから動きだし、しかもぎいいいいいっ、という大きな音を立てた。

私は反射的に手を引っ込めたが、もう扉はお構いなしに開いていく。接触に反応する自動扉だったようだ。

そして、大扉の向こう側には大広間がひろがっており、そして——そこには大勢の人々が立っていた。

全部で三十人ほど――いや、もっといるかも知れない。全員、私の方を見ている。

まるで敵を見るような鋭い視線で。

## 3.

「これはこれは！　かの御高名な英雄フローレイド大佐ではありませんか！」

誰かが声をかけてきた。しかし大勢すぎて誰が言ったのかわからない。

「ずいぶんと意表をつくご登場をされますな」

「転送地点から離れて、どうやってこの城に？」

次々と訊ねられるが、あまりにも矢継ぎ早なので反応できない。

「あ、あー……」

と私が茫然としていると、人混みをかき分けるようにしてひとつの影が私の方にやってきた。

それを見て私の顔が少し強張る。

銀色のそれは棒のように細長い――手も脚も胴も首と継ぎ目のない頭も、何もかもが細長い。

「ようこそいらっしゃいました。フローレイド様。立会人として限界魔導決定会にご参加されたことを感謝いたします」

それはすらすらと人間のように喋《しゃべ》った。こんな銀食器のようにきらきらと光った棒細工みたいな人間などいない。それは人間ではない。そして生き物ですらない。

「私はこの大会の総合管理を担当いたしております、擬人器のU2Rと申します。よろしくお願いいたします」

その機械はまるで慇懃《いんぎん》な執事のように頭を下げた。

まだこんなものが世界に残っていたのか、と私は少し驚いていた。

擬人器は、とうの昔に製造を禁じられた魔法装置のひとつだ。この世に満ちている呪詛と交感する魔導師の才能には体調などの波がある、ならば絶対に揺らぐことのない魔導師を機械的に作ってしまおう——という発想の下に作られたという。もう二百年以上も前の話だ。

しかしその後、呪文を保存し、好きなときに解放することができる呪符技術の発達に伴《ともな》い高価すぎる擬人器は姿を消したのだ。それはそうだろう。魔法を使うのに、わざわざ術者を一から作るよりも精錬した術だけを誰にでも使えるようにした方がいいに決まっている。

おそらく魔導師ギルドが長年保管してきた所有物なのだろう。骨董《こっとう》品もいいところだが、この紫骸城はそれよりも古いわけで、そういう意味では機械は城塞に似合っているとも言えた。

「どうかなさいましたか?」

U2Rは黙っている私に訊いてきた。

「この城の、転送着地点というのはどこなんだ?」

私はかねてよりの疑念を質《ただ》した。

「ここです」

U2Rの答えは明快だった。この大広間ということらしい。

私は周りを見回した。さっきまで私に注目していた者たちは既に視線を外して、フロアの中央付近に目を向けていた。それでも私はやや声をひそめて訊いた。

「私はそこに転送できずに、別の場所に行ってしまった。これがどういうことなのかわかるか?」

そう訊ねると、擬人器はつるりとした棒のような首をかしげて、

「その疑問には答えられないと存じます」

と言った。

「なんだと? どういう意味だ?」

「私にはあなたが、自分からそうしたのか、何者かの行為によってその現象が生じたのか区別がつかないからです」

あっさりと言われて、私はぐっ、と息を詰めた。

そうだった——うっかりしていた。それが限界魔導決定会なのだ。誰が誰に、何を仕掛けるかわからない。それが掟《おきて》なのだ。たとえそれが実際の〝競技〟に参加しない立会人であっても、である。

「……では質問を変える。このフロアで、数分前に何か魔導力に急激な変化があったか？」

「いいえ。ございませんでしたが」

「……わかった。ありがとう」

「礼は不要です。私は人間ではありませんので」

擬人器は言った。私は、たとえ相手が馬であっても乗せてくれたら「ありがとう」という癖《くせ》があるので、そう言われるとなんだか、逆に腹が立った。しかし怒っている場合ではない。

「私に、個室というものはあるのか？」

「はい。皆様全員に用意されています。ご案内いたしましょうか？」

「……個室があるのに、どうしてみんなここに集まっているんだ？　なんで——」

私が訊こうとしたときである。背後から世にも美しい声が響いてきた。

「それはですね——大物がまもなくここに到着するはずだからですよ」

私は振り向いた。

するとそこに美しい者が立っていた。

女のような男だった。

　顔だけ見ると、まるで性別が未だ現れていない少年のようだが、しかし物腰と表情は老成した賢者のようでもあった。

「英雄フローレイド、あなたも名の知れたお方ですから、皆も注目はしていましたが、立会人ですから直接大会に参加するわけではない——だから皆もあなたの到着予定時間の方にはそれほど気を配っていなかったのです。しかし僕は驚きましたよ。あなたが場所をずらしてこの城に転移してくるとは思っていませんでしたからね」

　まるで彫刻のような端正な顔で、男は爽《さわ》やかな笑みを見せた。

「いや、一度是非《ぜひ》お会いしたかったんですよ、フローレイド大佐。僕の知人が、あなたのことを賞賛していましたので、どんな人物かとお目にかかれる機会を待っていたのです」

「あなたは？」

「僕はキラストルといいます。キラストル・ゼナテス・フィルファスラートです。あなたと同じ立会人としてこの城に来ました」

「フィルファスラートだって？」

「はい。ありふれた姓で申し訳ない」

「いや——そんなことは」

　フィルファスラートというのは、魔女リ・カーズが生まれたときに持っていた姓と同じなのだ。だから家系的には彼はリ・カーズと縁続きである可能性もある。

「フィルファスラートが今、世界で何万人いるかご存じでしょう？　どうも人は巨大なものにあやかって名乗りたがる癖があっていけない。僕もできるなら変えてしまいたいものですよ」

彼は口元だけで笑みを浮かべた。その笑みを見て、私は〝この男は曲者《くせもの》だ〟と直感した。自分のことをへりくだっているようで、実際は深い自信に溢《あふ》れているのだ。

ここで、私はやっと気がつく。

――キラストルという名も、どこかで聞いたような……？

「フィルファスラートさん、あなたはどんなお仕事を？」

「キラストルでかまいませんよ。もちろん仕事は魔導師です」

「いや、そういうことではなくて、その魔導師として、どんな仕事に従事されているかという――」

私が質問しているその途中で、もう彼は答えた。

「そうですね――どんなに立場の異なる者でも、人間が生物であるならば、必ずあるはずの、全世界のあらゆる者に共通する〝本能〟というものがどんな形をしているのか調べている、といったところですかね」

「――？　それは具体的には、どういう――」

私が訊きかけたそのときである。またしても私の質問は途中で遮《さえぎ》られた。

おおう、という唸《うな》り声が周囲で響いたのだ。

私とキラストルは声のした方を見た。皆がフロアの中央に視線を向けている。その人混みの向こうから、何やら稲妻状のスパークが生じているのが見える。

「なんだ……？」

「前大会の優勝者のお出ましですよ」

「誰です？」

「ニーガスアンガーという男です。防御呪文では世界一と言われている。噂《うわさ》ではかの有名な海賊島の頭首ムガンドゥ三世も、彼の呪文でその身を暗殺などから守っているらしい。ご存じなかった？」

「我々ヒッシバルの田舎者《いなかもの》には、なかなかギルド中枢のことはわからないんですよ。今回、私が大会に入れたのは特殊なケースですからね」

私は正直に言った。見栄《みえ》など張る気はない。それに閉鎖的なギルドの在り方に対しての、言外の批判も込めたつもりだった。するとキラストルはにこにこした。

「いや、さすがですね。本当のことをまっすぐにおっしゃる。ここでは貴重な個性と言えますよ」

誉《ほ》められているのか、魯鈍《ろどん》だと蔑《さげす》まれているのかよくわからないような言われ方である。

「行きますか？」

彼は私を促《うなが》した。私も多少興味はあるので、フロア中央まで近づいていく。

不思議なことに、キラストルが進むと自然と人混みが割れていく。「割り込むな」とか文句を言う者は誰もいないし、それどころか彼らは自分がキラストルに進路を開けてやっているという意識すらないようだ。自然と離れていくのである。

私はその後をついていくだけである。

フロアの真ん中には見慣れたものがあった。

円形と放物線の複雑な組み合わせで描かれた転送呪文の紋章である。かなり何度もなんども上から補修された跡があり、相当の年月を経ているのは確かだ。

「こいつは最初の冒険者がこの城に入っていったときに描き残したものをそのまま使い続けているそうです。ご存じのようにこの城には自己修復機能がある。壁に穴を開けても、そこをいつまでも入り口として使い続けることができませんからね」

「ということは、もう三百年も前の……？」

「転送呪文は、未だに解析の済んでいない旧魔導時代の産物ですからね……昔よりも良いものは三百年経ってもまだ発明されていないんですよ」

キラストルはなんとなく〝話にならないでしょう？〟と言っているような、明らかに現代の方を侮蔑《ぶべつ》した言い方をした。この男は古代魔導の信奉者なのだろうか。

（名前もフィルファスラートだしな……）

私がそんなことを思っていると、とうとう紋章の中心から発しているスパークが収束していった。まもなくその〝前大会優勝者〟が到着するのだ。

「最強の使い手、というわけだが——ねえフローレイド大佐、ニーガスアンガーは真実、最強なのでしょうかね?」

「……どういうことです?」

「いや——あなたは外の世界のことをよくご存じだ。あなたが考える、世の人々が最強だと認識している名の知れた魔導師は、この大会参加者の他にもいるでしょう? たとえば〝完全なる覇軍〟の統帥ロードマンとか」

「まあ——そういう話は聞きますが」

「しかしロードマンは独学で魔導を会得《えとく》したものだからギルド加盟どころか魔導師学校すら出ていない。故にこういう世界では無視されている。おそらくこのような例は世界中にあるでしょう。そこで僕はつい考えてしまうのですよ。〝ここで試されていることは、ほんとうに魔導の限界なのだろうか?〟とね——」

「…………」

私としてはそんなことを言われても、なんとも返答のしようがない。貴族的エリートのもったいぶった韜晦《とうかい》としか思えない。

「そら——欺瞞《ぎまん》の王者のご到着だ」

キラストルがせせら笑いながら言う通りに、紋章の中心に閃光が集中し、そこに今まさにそのニーガスアンガーという男が実体化しようとしている。

周囲の者たちがひそひそ話しているのが耳に入ってきた。

〝ニーガスアンガーとはいえ、もはや歳だろう〟

〝確かに守りでは世界一だろうが、ああも攻め手に欠いていてはな〟

〝前回決勝のような無理矢理に判定に持ち込む手はもはや使えまい〟

〝ヤツが敗れた後でどんな顔をするのか楽しみだな〟

私はだんだん不愉快になってきた。ここには勝者に対しての敬意など欠片《かけら》も見られない。あるのはただ、その勝者が転げ落ちて自分が取って代わろうという欲のみなのだ。これが一般の観客を集めて行われる大会ならばまだ勝利者を称《たた》える歓声があるのだろうが、あいにくこの大会は閉鎖されていて外部にその結果はろくに知られない。内輪受けしなければ、ただ罵《ののし》られるだけなのだ。

「——だからこそ」

と私の耳元でいきなりキラストルが囁《ささや》いた。私はぎょっとしたが、彼はかまわず、

「——ニーガスアンガーは、この出現の時点で他の者たちを威圧しておく必要がある。弱みを見せることはできないんです」

と言った。

「だから、見物《みもの》なんですよ。あまりにも派手に過ぎると後で負けたときが惨めだし、といってあっさり過ぎれば、もはや枯れたなとますます侮《あなど》られる——なかなか難しいものなんですよ」

おかしそうに笑っている。

「…………」

私は気味が悪くなってきた。私の表情からこの男はこちらの考えていることを読んだのだろうか？

（恐ろしい観察力と推理力だな）

急に、自分がこの場所につくづく似合わない野蛮人のような気分になってきた。私が知っている戦場では、敵が強すぎるときは直ちに撤退するのが当然だったからだ。だがここでは〝見栄〟のために逃げることは許されないらしい。

「…………」

私が複雑な気持ちでいると、遂に紋章の上から光がふっ、と消えた。

一瞬後、前回の限界魔導決定会の最優秀成績保持者がこの紫骸城の中にあらわれた。

誰もの予想に反して、それは前兆のきらびやかなスパークとは裏腹に、ごく当たり前の直立姿勢で、わずかに宙に浮かんだ所にふいっと出現した。

## 4.

私はニーガスアンガーという男を事前には知らなかった。だから頬《ほお》のこけた彼がひどく青ざめた顔をしているのを見て、少し気味の悪い男だな、ぐらいにしか思わなかった。

だがこのとき、周囲の者たちは既に異変を感知していたらしい。おや、というような眉《まゆ》をひそめる気配が伝わってきた。

ニーガスアンガーの身体は完全に実体化し、空中から床の上に静かに降りた。

私はこのとき、まだ何も気がついていなかった。

だがこれが、この紫骸城の内部で起きたおぞましい事件の始まりだったのだ。

ニーガスアンガーの足が床面に触れたとき、当然生じるべき足音はなかった。足音というのは人がその重みを固い面に乗せる際に生じるものである。だからこの場合は足音はなかった。

代わりに、くしゃっ、という紙屑を丸めるような音がこぼれた。

私たちは、それがなんなのかわからなかった。その光景を見てはいたのだが、その意味するところが理解できなかったのだ。

ニーガスアンガーの足の裏が床に触れると同時に、その足首が折れ曲がった。それと同時に膝《ひざ》も折れ曲がり、腿《もも》も途中で折れ、腰も形を崩《くず》し、胸は潰《つぶ》れ、首は、一瞬だけ宙に止まっていたように見えた後で、

「——ひっ」

という空気の漏《も》れるような音と共に落下した。

ごん、という固いものが地面に落ちる音がようやく辺りに響く。

「…………え？」

私たちは自分たちの見ているものが何なのか判断できなかった。

その、転送呪文紋章のうえに散らばっているものは、冗談かなにかにしか思えなかった。

人の身体の、その部品がバラバラになったものが床の上に転がっている――そんなことが――そんなことが何を意味しているのか、一瞬で理解できようはずがなかったからだ。

「…………」

私が押し黙っていると、隣のキラストルが呟いた。

「――まあ、生死を確認する必要はないですね」

その声がひどく冷ややかだったので、私はぎょっとして彼の方を向く。

「……なんだって？」

「そうでしょう？　明らかに彼は死んでいる。殺されたのは間違いない」

「殺された……？」

「そうです。ただの殺人事件だ。別に珍しくもないでしょう？」

あっさりとした口調で告げる。

私はまたその〝死体〟に目を戻す。その死体は異常だった。血が一滴も外に流れ出していないのだ。かさかさに乾涸《ひか》らびていた。だから――上から落としたら〝割れてしまった〟のだ。

（……て、転送してきた直後に魔法攻撃を受けたにしては――効果が劇的すぎる……ではミイラになってから転送してきたのか――バカな！　なんでそんな死体をわざわざ我々に見せつける必要があるんだ？）

それに、この男は世界でも現在、公《おおやけ》の記録では最強の称号を持つ防御魔法を究めた人間なのである。それをかくもたやすく踏みにじる魔力とは、その持ち主とは――

（〝犯人〟――そうだ、事件というなら犯人がいるはずだ。そいつはどんな存在だというんだ……？）

私の理解を完全に超えていた。頭がぐるぐると回り出す感覚が私を襲った。周囲の愕然としている人間たちも多かれ少なかれ私と同じ反応を見せていた。

だが――

「――良し《ディード》」

我々が茫然となっているところに、それは聞こえてきた。

「ディード、ディード、ディード――素晴らしいわ！」

感極《きわ》まったような、世にも美しい透き通った声だった。

私はその声の方に顔を向けて、そして虚を突かれた。

そこに立っているのはキラストルだ――いや、そんなはずはない。彼は今も、私の隣《となり》に立っている。

そして、その声の主は、これはどう見ても女性だった。彼女は一歩前に出て、そしてそのまま滑《すべ》るように、誰もが入るのに躊躇していた紋章の中にためらう素振りも見せずに進んで行った。

　その美しい人工物のような顔はキラストルに瓜二《うりふた》つだ。

（双子——か……ま、まさかこの二人は⁉）

　私がそのことに思い至ったとき、その女性はさらに言葉を続ける。

「お見事です、ニーガスアンガー卿——あなたはまさに、その身を以《もっ》てして、魔導の模範となる呪詛への回帰を示したのですね——ディード！」

　彼女は歌うようにひとりで語り、そして驚いたことに、ああ——ステップを踏みながら本当に劇場もかくやというコーラスを響かせ始めたではないか。

よぅる
よぅる
よらりらうぅる
よりらおぅる
よのらしゃいる
よきる
よきるらぅる
よぅる
よぅる

その歌声は静まり返った紫骸城のフロア一杯に広がっていく。

それがなんなのか私には見当もつかなかったが——なにかを称える賛歌であろうことは曲調から判断できた。

女性は歌いながら、ばらばらに分断された死体の周りをくるくると舞っている。

「…………」

唖然《あぜん》としている私がキラストルの方を見ると、彼はニヤニヤしながら言った。

「そうです。あれが僕の姉のミラロフィーダ・イル・フィルファスラートです。人は僕ら二人を合わせてひとつの名で呼びます」

彼は堂々とした、誇らしげな口調で言った。

これが——私フロス・フローレイドと〝ひとつの戦争を終わらせるのにそれまでの戦死者に倍する犠牲者を生む〟と世に悪名高い——戦地調停士〈ミラル・キラル〉との出会いだった。

『苦難はしばし、予想された形で顕《あらわ》れながらも、
それを回避することができないことがある』

――――オリセ・クォルトの言葉より

# 第二章

inside
the apocalypse
castle

## 1.

魔法の原理とは、単純に言ってしまえば生命エネルギーの二次利用、ということになる。

ここでいう一次利用というのは〝生きていること〟そのものである。それは当然、死ぬときに終わる。だがその生命の残滓《ざんし》というようなものがこの地上には残り、それが〝呪詛〟と呼ばれる魔力の源《みなもと》になるエネルギーなのだ。通常は見ることも感じることもない。しかし、この地上に生命が誕生してどれくらいになるのか正確なところは知らないが、少なくともそれが夥しい量であろうというのは誰でも想像の付くことだろう。私の個人的な知り合いで、他次元にある異世界のことを研究するという雲を摑むような仕事をしている女史がいるが、彼女によるとその世界では主として生物の死骸が長い長い年月の末に液体化した石油を主としてエネルギーに用いているという。石油は確かに燃えるので使えないことはないだろうが、呪詛の方が石油よりは遥《はる》かに総量が多いはずだ。

しかし、我々は確かに呪詛を使って文明を築いているし、人間以外の動物でも魔法に類する能力を持っているものが珍しくないにもかかわらず、つまるところその呪詛というのが如何《いか》なるものなのか、という点についてはまだまだわからないことが多い。

ただ、このエネルギーが生物の〝思考の流れ〟のようなものに反応することはわかっている。反応すれば、その分だけその生物は呪詛の存在とパワーを認識し、利用できる。

魔導師とはその思考の流れを制御できるように特殊化した人間なのだ。呪詛の気持ちがわかる、と言い換《か》えてもよい。そうすることで世界に満ちている呪詛を感知して、そこから力を引き出すことができるのである。

かつてその能力は完全に天賦《てんぶ》のものだった。呪詛と共感し、魔法が使える人間は〝生まれつき〟以外にはありえず、それこそフィルファスラート一族に代表されるような一部の人間たちが他の者たちを完全に支配するという一極集中支配体制に甘んじていた。

その究極がクラスタティーン・フィルファスラート――すなわち〝リ・カーズ〟と呼ばれている魔女だろう。他の何者よりも強かったその力は一族の血の果てに煮詰まりきったものといえる。この魔女は呪詛の謎のことを、

「呪詛とは〝世界の運命〟のことだ。世界それ自体を操れるようでなければ〝魔導〟を名乗る資格はない」

とまで言ったと記録に残されている。

しかしこんなものはそれ自体がいくら優れていても発展性に欠ける。体系付けて、論理化しなければならない――という当然の発想が、長年の一極集中に妨げられてきたのが、そのリ・カーズの消滅によって世界が解放されたためにやっと可能になったというのはなかなかの皮肉である。

ある呪文を唱えると、その言葉に思考が引っ張られて、それと呪詛が反応するというそれまで特権階級しか知らなかった事実が一般化したのもその頃のことだ。呪文という非日常的な言葉を言うときは当然、その言葉のことを考えるわけで、それによって呪詛の反応を引き出すことが可能になったのである。

これに熟練していけば別にその言葉を用いなくとも、その思考ができれば呪詛を感じることができるようになる。魔導師とはこの〝唱えなくても思考が制御できる者〟のことであり、呪詛を常に感知していることで、解析されて一般化されている呪文よりもさらに高度な独自の呪文を操ることができるようになった者のことなのだ。

その精神集中にはさまざまなやり方があり、私のように唱えなくともよいはずの呪文をわざわざ唱えることで効果を高める者もいれば、発動までとにかく時間を掛けるという者も、その逆の、術を出すまでそれについて何も考えないという者もいる。自分の身体に傷を付けることで何かの反応を引き出す者とか、生《い》け贄《にえ》を殺す者もいる。

しかし共通していることは、

『その術の性質は呪詛ではなく本人が決定する』

ということだ。呪詛それ自体には方向性はない。炎の精霊とか氷の妖精というような種類はない。あるいはこっそり存在しているのかも知れないが我々は未《いま》だそれを感知するレベルに達していない。だから火炎呪文とか氷結呪文というような種類はすべて術者の思考パターンに向いているか否かで決定され、そこに偶然性はない。これは魔法の大原則のひとつだ。

この精神集中の様々なやり方と個人による術のあり方の違いは、いずれまたリ・カーズのようなとてつもない怪物が出てくる危険性を常にはらんでいる。

それで、この個々の独自性をより平均的にするために〈限界魔導決定会〉が開かれるようになったのである。

ルールは単純にして明快。

「戦って、相手を無力化できた方が勝ち」

それ以外はない。この戦う単位はひとりでもいいし、チームでもいい。人数は術が高度であればほとんど関係ないのだ。実際半数以上の出場者は個人である。

だが、この大会が始まった当初は、まだ皆がリ・カーズの恐るべき爪痕《つめあと》をまざまざと実感していたために、大会も実践的で、魔法の発展と研究に大いに貢献したのだが、しかしさすがにそれから二百年以上もの歳月が過ぎた現在では、魔法研究のあり方も変わってきて、大会はほとんど形骸化し、単に〝これに出れば魔導師として経歴に箔《はく》が付く〟程度のものになってしまっている。そこには当初、この大会が避《さ》けようとしていたはずの特権階級による支配のようなものまで生まれている。

＊

（さしずめ——あれが今の〝王様〟というところか）

私はやや憮然《ぶぜん》とした顔つきで壇上の人間を見上げていた。

「——ここに、第五十五回限界魔導決定会の開始を宣言する！」

魔導師ギルドの総帥ウォルハッシャー公爵《こうしゃく》が開会の辞を述べている。

ここは紫骸城でももっとも大きい玉座のホールであり、壇上には三百年前にはリ・カーズが座っていて、オリセ・クォルトを迎え撃ったという伝説上の場所だ。

そして目を転じれば、ホールには世界中から選ばれて、集まった魔導師たちがずらりと並んでいる。

総勢五十四人という、堂々たる魔導師の群だ。

「…………」

世界中の戦場を飛び回っていた私が見かけたことのある顔は見事にない。戦友には私よりも優れた魔導師が何人もいたが、そういう実務に就いている者でこういう席に来られる者はほとんどいないだろう。

この場に集まった彼らは着ている服装も物腰も見事にバラバラで世界の広さを感じさせたが、彼らには必ずといってよい共通点がある。金持ちだということだ。ギルドへの供託金、すなわち大会参加資格を得るための費用はとても高額なのだ。

「………」

私は、改めて自分がいる場所を思った。私はその彼らよりもさらに一段高い審判席に着いているのだ。もちろん我が母国ヒッシバルからの参加者など私以外に誰もいない。

公爵の言葉が終わり、司会役らしき男が出てきた。

「――それでは、審判の方々にもご挨拶《あいさつ》いただこう。まずは今回、特別にご参加下さったかの〝ケッチタの暴走〟事件を風の騎士とともに解決された英雄、フロス・フローレイド大佐殿！」

いきなり言われた。

私はしかたなく席から立ち上がる。私を見つめてくる皆の視線からはわざと目を逸《そ》らして、やや上の方を見ながら乱暴に言う。

「この度《たび》、ご招聘《しょうへい》にあずかりましたフローレイドであります。数多い魔導師の中でも私を栄光ある限界魔導決定会の、その審判の一人としてお選びいただいたことは真《まこと》に光栄に存じます。――それでは皆様のご健闘をお祈りします。さらなる魔導の限界を皆様が突破されると期待いたします」

ほとんど一気に喋った。言い終わると拍手が起きたが、私はそれにはほとんど反応せずに腰を下ろした。

穴があったら入りたいような気持ちだった。英雄呼ばわりされるのはやはり落ち着かない。コンビで行動したとはいえ、実質、ほとんど風の騎士ヒースロゥがひとりで事件を解決したようなものだったからだ。真の英雄の、いわばおまけで賞賛されるのは私としては不本意だった。ヒースロゥに対して自分が無礼を働いている気がしてならないのである。

そして、それだけでなく、

（……こんな脳天気《のうてんき》に開会式なんぞやってて良いのか？）

という気持ちも無論あった。あんなにも惨《むご》たらしい人死にが起きて、その原因がまったく不明だというのに――。

（ギルドの権威を守るために大会進行予定を変えられないのかなんだか知らないが、どうにも馴染めそうにないな）

他の席に着いている審判たちが紹介されて、なにやら喋っているが私の耳にはほとんど入ってこない。

しかし、例の二人組〈ミラル・キラル〉が紹介されると、私も思わずはっとなって顔を上げた。

「――どうも」

二人は一緒に紹介されたにもかかわらず、席を立ったのは弟のキラストルだけで、姉のミラロフィーダは座ったままだ。

〝まったく興味ない〟

という超然とした表情をしている。

（――しかし、この二人はいったい――）

私は後になってこのミラル・キラルのことを知ることになる。

フィルファスラートの双子――この姓は前に本人たちが言っていたように、今では決して栄光の名というわけではないし、一流かそれに近い魔導師でその名を使う者はもはや誰もいない――はずだった。

この姉弟二人の出自はよくわからないらしい。生まれは東の方にある国だが、特徴のない所だそうで、魔導師学校の正式な卒業記録もあるのかないのか定かでないそうだ。ただし二人が所属している組織は〈七海連合《しちかい》〉という世界中に勢力を持つ超国家組織で、しかも戦地調停士という世界でもたったの二十三人しかいない特殊な役職に就いている。彼らが要請すれば数万の傭兵軍がすぐに挙兵する――そういう立場にいる。だからこの二人には名門貴族の生まれであるとかいった後ろ盾がなくとも、誰もそうそう逆らえないだけの地位は得ている。

しかし、彼らがここ限界魔導決定会に〝審判〟として呼ばれているのは、別に七海連合に属しているからではない。ここ数年で彼らはこの大会ではない、世界各地の貴族たちが行っている魔導師競技会を片《かた》っ端《ぱし》から荒らしまくり、そのほとんどで一位をもぎ取っていったのだという。取らなかったものもあるにはあるが、それは競技会そのものが無効になってしまったかららしい。その数は実に百を越え、実務一点張りだった私はそんなに魔導師競技会があったのかと思ったが、とにかくミラル・キラルはあまりにも勝ちすぎた。

このままではギルド全体がこの双子に牛耳られかねない、と特権階級の魔導師たちが危《き》惧《ぐ》したのも無理からぬことで、そこで彼らは常套《じょうとう》手段――すばやい懐柔《かいじゅう》策に出たのだ。最高権威である限界魔導決定会でこの双子が勝つ前に、その地位を認めてしまって、名誉ある（だがそこそこのでしかない）審判職を与えることで〝身内〟として取り込もうというのだ。

不似合いな英雄として祭り上げられている私もこの双子と似たような立場にいるわけではあるが――なんとなく、私はこの二人とは決定的に相容《あいい》れないだろう、そんな気がして仕方がなかった。

（魔導師としては超一流なんだろうが、同業者内での権威背景はない――どういうつもりでここに来ているのだろう？）

キラストルはニヤニヤしていて、席を立とうとしない姉にまるで頓着せずに喋りだした。

「まあ、正直茶番だよね、こんなものは」

彼はやれやれ、と言った調子で両手をかざしてみせた。そして――とんでもないことを口走りだした。

「この大会が有名無実、現実の魔導技術の向上になんぞ何の役にも立っていないことなど皆先刻ご承知のことだ。せっかく、あらゆる魔力を吸収することで大出力魔法を実験するのに最適な〝紫骸城〟を使っているというのに、出す呪文といったらチマチマした相手の足元をすくう以外に役に立たないものばかりだ。こんなものには未来はない——と、僕も姉さんも思っていた。——しかし」

この人形のように整った顔立ちの美形はホール中の人間たちを見回した。

「今回はどうやら事情が異なるようだ——誰かはまだわからないが、ここにはなりふり構わないで魔導の限界に挑戦している者がいる。ニーガスアンガーをその手に掛けた者がね。人間が生存していくにあたって、必ずあるはずの〝本能〟の有様をさらけ出させようという行為だ。こいつは実に——ぞくぞくするじゃないか！」

彼は満面の笑みを浮かべながら、ぶるっ、と身震いした。

「〝犯人〟くん——君は誰だい？　いやいや名乗る必要はない。しかし君は、おそらくこの会場にいる全員を殺してやろうとすら思っているのだろう。いいことだ。そうでなくてはならない！　術者が己と相手の生死を賭《か》けずして、なんの〝限界魔導〟か——君はまさしく偉大な挑戦者だ。そして——」

また、キラストルは周り中に視線を走らせる。

「何よりも、ここにいる者たちは幸運だ。君たちは全員、ここ百年なかった絶好の機会に立ち会っている。この〝事件〟を生き延びられた者こそが——真の意味で〝運命を征する〟技術——すなわち魔導を名乗る資格があるだろう。諸君らの健闘に期待する！」

彼はまるで、一人芝居の役者のように朗々《ろうろう》と語り終えると、一転して物静かな表情で席に戻った。

その横では姉のミラロフィーダが、まったく動じない顔のまま静かに座っている。

空気が氷結してしまったかのような、冷え冷えとした静寂がホールを支配していた。

「…………」

「…………」

「…………」

「…………」

双子以外の我々、関係者も含めて総勢百十七名は残らず絶句していた。全員があまりにも破天荒な〝激励〟を前にして対応する術《すべ》を失っていた。

――沈黙を以て応えた〝犯人〟その人だけを除いて。

## 2.

開会式は、その後なし崩しに終わった。誰もが口を固く閉ざし、ホールから足早に立ち去っていった。数時間後に始まる選考会という名の試合に備えて個室に戻るのだろう。

だが、私はひとり、あの忌まわしい惨劇の起きた転送紋章のあるフロアにやってきた。

相変わらず、その周囲の廊下は薄暗くて、しーんと静まり返っていたが、一度通った道だけに前ほどの気味悪さはもう感じなかった。

「…………」

事件そのものは単なる〝ニーガスアンガーの個人的なミス〟で片づけられていた。実際にはそんなことなどあり得ないのに、あのロートルは自《みず》らの呪文をしくじって自滅したのだ、というのが大会執行委員会の公式見解だった。

ニーガスアンガーという人のことは私はよく知らない。だが、

(——そんなはずがあるか)

ということだけははっきりと断言できる。キラストルが言っているように、これは殺人事件なのだと思う。

大体、転送呪文そのものは委員会から支給される呪符によるもので本人のそれではない。仮にニーガスアンガーが転送してきたときに周りの見物客のことを想定したデモンストレーションを行うつもりだったとしても、いいいい、あんなになるほどの壊滅的な呪文を自らに掛けるとはとても思えない。

私がひとり、転送紋章の前で考え込んでいると、

「——何をなさっているのですか?」

と声がかけられたので振り向くと、そこには擬人器のU2Rが立っていた。手には清掃用具を持っている。掃除に来たのだろう。

「考え事をしてたんだ。——君はどれくらいこの大会の管理をしているんだ?」

「――前にも申しましたが、私は人間ではなく機械ですから〝君〟とお呼びになる必要は――」

U2Rが言いかけたところで私は口を挟んだ。

「君は機械で、人の命令を聞く立場にあるんだろう?」

「左様です」

「なら君のことを君と呼ばせろ。これは命令だ。私は会話する相手を一方的に〝下僕〟とみなすのに慣れていないんだ」

不機嫌そうに言うと、U2Rは頭部と一体化している銀色の首をかしげて、

「そうおっしゃるのなら、ご自由に」

と言った。私はよしとうなずいて、

「君はニーガスアンガー卿の死についてどう思う?」

とあらためて訊いた。

「公式見解では、あれは事故という――」

「公式見解などくそくらえだ!」

私は怒鳴った。

「私は〝君に〟訊いているんだ! 君は擬人器で、人間よりも長く生きている。この大会の管理だって百年以上やっているはずだ。魔法呪文の知識は並みの魔導師以上に揃っているだろう。その君から見て、あんな死に方をする人間を前に見たことがあるか? ああい

った〝事故〟の可能性はどれくらいあるんだ？」

「――――」

機械は、それが滅多《めった》に見せないはずのことをした。逡巡《しゅんじゅん》し、言いよどんだのだ。

「可能性は――私としては〝考えられない〟としか申し上げることができません。以前にあのような魔法現象を見たことがございませんので、情報蓄積がまったくないのです」

「ふん、正直だな」

私はうなずいた。そしてあらためて機械に話しかける。

「なあU2R。この前も訊いたが、私が転送してきたときに違う場所に転送されてしまった謎の見当はつかないか？　私は何もしていない。あれは外部の者の干渉に違いないんだ。そして――その私の次に転送してきたニーガスアンガー卿があんなことになった――これに関連があるような気がする」

「――確かに、おっしゃることは正しいと存じますが、私に何をお望みですか？」

「それは私が訊きたい。君は今回の事件をどう受けとめているんだ？」

「私には感情がありませんので、印象というものは存在しません」

「しかし、人に尽くすように創られた擬人器にとって、原因不明の事態で人が死んでいるということは〝不安定〟なものじゃないのか？」

「おっしゃる通りでしょう」

「君は目の前で人が殺されていくのを放置できるか？」

「兵器としては設計されておりませんので、私がそれを防止することが可能な立場にあった場合なら、そのような事態は私の論理回路を根本から揺るがすでしょう」

難しいことを言っているが、要するに〝人に死んで欲しくない〟ということだろう。私はうなずいた。

「ならば協力して欲しい。私はこの事件を放置しておくことはできないと思う」

私の言葉に、機械はやや首をかしげるような動作をした。

「それは〝正義感〟と呼ばれる感覚でしょうか？」

訊かれて、私は少し考えた。

私は別に正義の人というわけではない。そんな立派なものが自分の中にあるとは思えない。

だが――

もしもここに、あのヒースロゥがいたとしたら、彼はためらうことなく、どんな困難の中でも事件を解決しようとするだろう。

「――正義というよりは、危機感だ。私も含めて、この紫骸城に災厄《さいやく》が迫っている気がしてならない。だからそれを防ぐために行動する必要があるんだ」

私なりに正直に答えたつもりだった。

「なるほど」

「これは薄弱な理由かな？」

「いえ、きわめて明確な目的だと存じます」

U2Rは私に一礼した。

「ならば君と私はこれから協力しよう。私はさいわい審判だから直接の試合はない。君が私に力を貸しても大会の公正さは失われないだろう？」

「お望みのままに」

こうして我々、田舎者の軍人と時代遅れの機械である擬人器という奇妙な組み合わせの二人組は握手をした。

*

私の前に、その壁は立ちはだかっていた。それはひたすらに大きく、黒く、触ってみてもただただ冷たく、厚みがどれくらいあるのかまったく想像が付かない。成人男子の十倍以上の高さと、同じくらいの横幅のある正方形だ。

言われてもまだ、これが〝扉〟であることが信じられなかった。

「——ほんとうに、外に通じている入り口はここにしかないのか？」

私は振り返ってU2Rに訊ねた。擬人器はうなずいた。

「はい、リ・カーズはこの紫骸城に〝城門〟に類するものをここにしか設計しなかったのです。しかもご覧の通りに、完全に溶接されていてまったく動きません。どうやらもう一人の魔女オリセ・クォルトがここを破壊して強引に開けた後、城全体に作用している自己修復機能がひとかたまりに直してしまったのでしょう」

「これじゃあ、どんな人間でもここから侵入することはできないだろうな……」

　城の材質は魔力を吸収してしまうから魔法攻撃は通用しない。まして現在の城塞の周囲はバットログの森なのだ。周りは怪物だらけで、一流の冒険者ですら手こずる魔境を、この門を破壊できるだけの設備を運びながらこっそりと忍び寄ることなど一国の軍隊をもってしても不可能だ。

「そして転送紋章も例の場所にしかありませんから、転送呪文でこっそり入ってくることも不可能です。その紋章も、大会参加者のみに支給される複製不可の呪符でしか作動しません」

「やはり――キラストルの言うように、大会参加者の中に犯人がいるとしか思えないか」

　私はあらためて唸った。

「だが目的は一体なんだ？　魔導師すべてに恨《うら》みを持つ人間がいるのか？　本人も魔導師なのに？」

「機械である私には人間の精神は複雑すぎて判断は付きません」

　U2Rが静かに言った。人間であるはずの私もまったく同感だと思ってしまった。

（いや――待てよ？　理解不能といえば）

　私はふと、この城に入って最初に会ったあの人形の赤子を抱いたナナレミ夫人のことを思いだした。彼女は確か、他の者たちすべてを憎んでいるようなことを言っていた――

（彼女の魔力というのはどれくらいのものなのだろう？）

夫人が犯人かどうかはわからないが、少なくとも私に理解不能の人物が歴然といる以上、あまり動機面で〝ありえない〟と考えるのは危険な気がした。

すべての参加者の詳細な情報が欲しいなと思った。U2Rに聞いてみると「大会参加者名簿があります。すぐに用意しましょう」と言ってくれた。

しかし我々にはもう時間はなかった。開会式の一時間後には審判たちの事前打ち合わせの会議が予定されていたからだ。私はそれに出なければならないし、U2Rは試合前のさまざまな雑事をこなさなくてはならない。

それぞれ気を付けよう、と言い合って私たちは別れてそれぞれの仕事に向かった。

ひとりで薄暗い紫骸城の回廊を歩いていると、不思議な感じがした。

あまりにも広すぎるためか、誰にも行き合わない。

そのはずなのに、どうしてかすぐ後ろを誰かが歩いているような気がするのだ。

振り向いても、無論誰もいない。わかっているのだが、何度も何度も振り返ってしまう。

誰かに見られている。

その気配がつきまとって離れない。得体の知れない不安がこみ上げてくるのを止められないのだ。不安と言うよりも、違和感と言った方がいいかも知れない。空気を吸っていても、吐いていても、なにかが微妙に不自然なのだ。

（どうにも……ざらざらする。こいつは一体なんなんだ？）

それがこの紫骸城という建物そのものが持つ迫力なのか、私の心の弱さが生む幻影なのか、その判断はつかなかった。

## 3.

「それでは審判の皆様にご注意申し上げます」

大会審判長のゾーン・ドーンは、一目見て〝死人〟だと知れた。アンバランスで、何の感情もあらわしていない表情は〝死人〟特有のものだ。

「まず、第一に――」

淡々とした口調で喋っているが、顔面の表情が時々変な形に歪《ゆが》む。筋肉が自分でも意識しない方向に動くのだ。

〝死人〟とは一度は完全に死んだが、手遅れの蘇生《そせい》呪文の作用で生体活動が戻った者のことを言う。普通の〝九死に一生を得た〟者と違うところは、もはや彼らには以前の意思も人格も、何も残されていないということだ。これが正しい言い方かどうかはわからないが〝魂がなくなって、別のものが入り込んでいる〟というのがもっとも適切な表現だろう。

だから今の彼は、かつて彼と同じ顔をして生きていた人間とはもはや別人である。

だが〝死人〟には知識だけは残されていることが多い。家族のことや好きだったもののことなどはまるで覚えていないが、言葉や道具の使い方などは前と変わらないか、下手するとよりうまくなっていることがある。

このゾーン・ドーンはどうやら〝生前〟よりも魔力が強くなった口のようだ。そうでなくてはこの大会の審判長にはなれまい。

「——なにか質問はありますか？」

説明を終えて、死人は席に着いている我々の方に視線を向けた。その両眼は左右で別の方を向いていて、異なるものに焦点をそれぞれ合わせていた。

私も彼に従うように、審判たちが居並ぶ席上を見回した。

審判たちは全部で二十人いた。空席が二つ、つまり私も含めて二十三名が定員のようだ。男女は半々で、年齢はバラバラだ。老人からまだ子供のような若者までいる。ほぼ全員が、まぎれもなく貴族で、私のように実際に魔法を使って戦闘したり土木工事をしたりしたことのある者はいそうにない。

ふたつの空席は並んでいた。おそらくミラル・キラルだ。彼らは二人ともいない。やはりあれだけ暴言を吐けば、そりゃあ閉め出されるだろう、と思ったので意外でもない。

驚いたのはあのナナレミ夫人がいたことだ。副審の席にいる。さっきの開会式では挨拶しなかったので、まさか審判団のひとりだったとは意外だった。

「おう、よしよし――」

などとぶつぶつ言いながら、ここでも例の金属人形を大事そうに抱えて、ゆっくりと揺らしている。あやしているつもりらしい。周りの誰も彼女の方をあえて見ないようにしているのがわかった。触らぬ神に祟りなし、といった感じだ。

彼女は何故この大会にいるのだろう？　と私はまたしても疑問を抱いた。

「ゾーン・ドーン審判長。ひとつ聞いておきたいのだが……」

私の三つ離れた席の男が死人に訊ねる。

「なんですか、コラスト殿」

「あの――そのですな、例のニーガスアンガー卿の死因なのですが」

コラストという男は言い難そうに切り出した。

「あれは本当に事故なのでしょうか？　私はこの前の大会で、卿の参加した選考会の審判をつとめましたが、彼はその――とても慎重な男でした。新開発の術にしても、何度も何度も実験してからでないと使わないとも言っていました。その卿が、たかが転送呪文の、しかも呪符の手順通りにすればよいだけの呪文の詠唱に失敗するというのは、ちょっと考えられません」

彼はもっともなことを言った。

「ふうむ」

ゾーン・ドーンはどうやら眉をひそめようとしたらしいが、目が丸く見開かれてしまい、場違いなことおびただしい。

「あなたは大会執行委員会の公式見解に異議があると？」

「い、いやそういうことではなくてですね、事故であるとしても、そこになにか異常な事態がこの紫骸城に起きているのではないか、ということを――なにしろ、ここはいわくつきの場所でもありますし、これ自体が魔法装置でもある城塞に機能障害が発生しているとか――」

「そういう現象は観測されていません。ご心配には及びませんよ」

「し、しかし――」

とコラストがなおも言葉を続けようとしたときに、いきなり金切り声が響く。

「――あれは呪いです！」

我々は全員、その声の方を向いた。声の主はナナレミ夫人だった。

夫人は人形を抱きかかえながら、きっと我々全員を睨みつけてさらに言う。

「ニーガスアンガー卿を引き裂いたあれこそ、この紫骸城を支配している呪闘神リ・カーズの呪いです！　この神聖なる紫骸城を長い年月、汚れた者たちが土足で踏みにじってきた、その報いがわたくしたちの上に降りかかってきたのです！」

眼が爛々《らんらん》と輝いていて、頬が紅潮《こうちょう》している。あきらかに――恍惚感《こうこつかん》を味わっている者の顔つきをしている。

彼女の横に座っている初老の男が、彼女の肩に手を掛けて座らせようとした。

「――不用意なことを言うものではありません、ナナレミ。あなたはそれでもムノギタガハル一族の人間だから、ここにいることが許されているだけなのですよ。本来ならあなたのごく低い魔力ではここに列席するどころか、限界魔導決定会に参加する資格すらないのですから」

男はどうやら彼女のお目付役のような立場らしい。そうでなくては名前では呼ばないだろう。

「参加はわたくしの意思ではありません。ムノギタガハルの同族会やあなたのような分家筋が勝手に決めたこと――わたくしが何を言おうが、誰にも文句を言われる筋合いはありません！」

「――ムノギタガハル一族が、必ずこの大会に参加することになっているのは、第一回からの発起人《ほっきにん》の一員という栄光ある歴史によるものです。あなたはそれを汚すつもりですか？」

「わたくしは、夫を殺したムノギタガハルの栄光などどうなっても知りません！」

夫人はヒステリックに喚《わめ》いた。

（……なるほど、な）

部外者の私にもなんとなく事情が摑めてきた。

おそらく今、歴史あるムノギタガハル一族には優秀な魔導師がいないのだ。本家の先代はこの前死んだと言うし、おそらく他の親類にも彼女以外に参加できるだけの人材がいないのだろう。幼すぎたり、歳を取りすぎたりしているに違いない。

そして、だから彼女は審判の、それも副審なのだ。彼女は限界魔導に挑戦どころか、まともな魔法も使えないのだろう。

(――しかし……よりによってリ・カーズの呪いとは……)

その言葉はすべての魔導師にとって禁忌《タブー》と言うべきものだ。

何故なら――その圧倒的なまでの魔力で破壊と殺戮《さつりく》の限りを尽くし、世界中を蹂躙《じゅうりん》して回ったリ・カーズが、いくら宿敵と相討ちになったとはいえ、あまりにもあっさりと世界から跡形もなく消えたのはおかしい、というどうしようもない謎は三百年経った今でも解かれていないからだ。そしてもっともらしく言われているのが、

〝リ・カーズは死ぬ間際に世界中に呪いを掛けていて、そのタイムリミットが訪れたときに世界は破滅する〟

という伝説だ。そんな呪いの存在は感知されていないからあり得ない、と誰も自信を持って断言することのできないそれは、現在の魔導師たちすべてを「しょせんおまえたちは、リ・カーズの手の内で踊《おど》っているだけの人形だ」と嘲笑《あざわら》っている。だからそのことは誰も言わないのだ。言ってもしょうがないことであり、それは喩《たと》えるなら「死にたくないと皆が思っているのに、なぜ死は存在しているのか」と問われているようなもので、対応

のしようがないのだ。

　だがそれを、ナナレミ夫人は得意の絶頂みたいにして言い立てる。

「あなた方は、ここをどこだと思っているのですか？　この紫骸城はリ・カーズがオリセ・クォルトと対決するために造りあげた、いわばそれ自体が巨大な〝凶器〟と言うべき存在ではありませんか！　その中に入り込んでおきながら〝そんなものはない〟という、その神経がわたくしには信じられません！」

　と喚いて、彼女はまたすぐにころっと態度を変えて、優しい声で、

「おうよしよし、なんでもありませんよ、よしよし」

　と抱きかかえた金属人形をあやし出す。

　誰もが思わず心の中で（あなたに神経がどうのとは言われたくない）と呟いたであろうそのときに、死人ゾーン・ドーンが静かに言った。

「しかしナナレミ・ムノギタガハル殿、現に我々魔導師ギルドは二百年以上もこの大会をここで実施している。しかしそのような呪いなど一度も観測されたことはないし、それで誰かが殺されたということもない。もしも真にリ・カーズの呪いがあるとしたら、もっと以前にそれが起こっていなくてはおかしいのではありませんか？　これを説明できますか」

　理路整然としたその口調と、顔のちぐはぐな表情が全然一致していなかったが、しかしその言葉には確かな説得力があった。ところが、

「そんなものは一言で説明できますよ」

と、口を挟んだ者がいた。

皆が振り向くと、会議室の入り口にはミラル・キラルの二人が立っていた。

「君たちは――」

出席しなくてもいい、と言おうとしたであろうゾーン・ドーンの言葉を遮って、キラストルが大きな声で言った。

「〝何故これまで紫骸城に入った者は殺されなかったか？〟それは要するに、たまたま彼らの運が良かっただけだ――どうです？」

双子の弟は挑発的な表情で我々を見回した。

「これに対して反論できる者がいますか？」

「それは暴論だ。常識で考えても確率的にありえない」

ゾーン・ドーンが答えると、今度は姉の方が、

「これは驚いた」

と静かに言った。

「なにがです？」

「すると死人殿は、リ・カーズを己《おのれ》の常識で計れるというわけですか――良し《ディード》。ではこの大会が終わったら、あなたが紫骸城をもうひとつ建てていただけませんか？」

「――な」

ゾーン・ドーンは顔を青くした。これは彼の不自然な表情でも、はっきりとそういう顔つきになった。

「何をバカなことを――そんな資金がどこから出るというのです？」

この質問には弟の方が即答した。

「七海連合に出させますよ」

そのあまりにもあっさりとした一言に、その場の全員が口をぽかんと開けてしまった。

弟はそれにかまわず、

「目的は当然、無敵の要塞としてです。どんな大規模魔法攻撃も受けつけない絶対不滅の牙城――連合本部でも置かせますかね。建てる土地が問題になりそうだから、どこか無人の孤島あたりを買い取って」

と気楽に言った。

「――そ、そんなことができるわけがないだろう！」

ゾーン・ドーンが悲鳴のような声を上げると、双子は揃って、これ以上はないというほどの冷たい表情になり、

「では〝常識〟など持ち出さないことだ」

と言い捨てた。どっちが死人だかわからないほど、それは温《ぬく》もりというもののない態度だった。さらに弟が、

「力もない癖《くせ》に、したり顔で魔導の根元摂理に関わろうという紫骸城を語る資格が、あな

たにはあるんですか？」

と駄目押しした。

「う……」

ゾーン・ドーンは絶句してしまった。

少しばかりの沈黙が落ち、そしてさっきのコラストがおずおずと質問した。

「し、しかし——たしか君たちは先ほど、あれは殺人事件で〝犯人〟がいるとかなんとか言っていなかったか？　それならばリ・カーズの呪いということにはならないんじゃないのか？」

「ああ、どうやら話を聞いてくれていた人間が一人はいたらしい」

とキラストルは彼の方を向いた。

「その通り。それが僕たちの見解です。だがこれも可能性のひとつでして——リ・カーズの呪いというのも、充分ありうる話だと思いますよ」

「き、君は〝リ・カーズの呪い〟を本気で信じているのか？」

と彼が聞きかけたところで、ナナレミ夫人が、

「信じる信じないではありません！　事実に眼をつぶることはできないのですから！」

と金切り声を上げた。キラストルはこれにかまわず穏やかな口調で、

「問題は、犯人だろうがリ・カーズの呪いだろうが、我々の取るべき道はひとつしかない、ということですよ——この〝攻撃〟からなんとか生き延びる——それだけです。その

真相など、ある意味ではどうでもよい」

「——し、しかし」

「審判とはいえ、我々も皆、この限界魔導決定会の参加者であることには変わりがない。ならば己の魔力を尽くして、命懸けでこの事態にそれぞれがあたるべきです」

したり顔で言う。

（…………）

それまで黙っていた私だが、だんだん不愉快になってきたので、遂に意を決して立ち上がる。

「君らは信じているのか？」

と双子に問いかける。

「は？」

「君らはこの限界魔導決定会を茶番だと言ったはずだ——その君らが、どうして人が死んでいるこの事態に対して、皆に向かって〝命懸けで魔力を尽くせ〟と言うんだ？　そこまでの覚悟など誰にもないことは知っているだろう？」

「ああ——これは英雄さま」

姉のミラロフィーダがどこか遠くを見るような目つきで私を見つめてきた。

「そうおっしゃる、あなたご自身にはどうやら覚悟がおありになるようですね。さすがは風の騎士の朋友《ほうゆう》だけのことはあります」

ヒースロゥの名前が出てきて、私は少し虚を突かれた。

（そうか、七海連合軍の派遣将校であるヒースロゥが、こいつらと知り合いでもおかしくないわけか）

私がそう思っている間にも、ミラロフィーダは言葉を続ける。

「あの騎士といい〝E・T・M〟といい、こんな退廃的な世界にも、まだまだ力のある人間がいるものです。ですから私としては、そう——信じています。こんな大会であっても、そこに真実に近づこうという意志ある者がいることを」

言っていることが全然わからない。

（だいたい〝E・T・M〟っていうのはいったい誰だ？）

私は混乱しながらも、しかし言うべきことは言っておかなくてはならなかった。

「君らはこの事件がどういうものか、見当がついているのか？」

「さて」

「どうでしょうかね？」

からかっているような口調で返された。だがどうしても訊かなくてはならない。

「——君たち双子が〝犯人〟じゃないだろうな？」

言った後で、私は集中して双子の表情を読みとろうとした。

だが彼らはぽかん、と妙に間の抜けた顔になり、やがて二人揃って笑い出した。

くっくっく、とか、うふふふ、といった優雅な分だけ耳障《みみざわ》りな、そういう笑い方だった。

「……何がおかしい?」

私が訊き返すと、キラストルは笑いながら答えた。

「いや――そうかも知れませんよ。いや実際、できるものならやっているかも知れない。なかなか鋭いところを突いてくる。さすがはフローレイド殿だ。しかし、それは買いかぶりというものです。何が行われたかまでは僕らも理解していない。魔導師としてのミラル・キラルもまだ〝犯人〟の位置には立てていない。――もっとも」

ここで世にも美しい、整いすぎて気味が悪いほどの顔をした彼は笑みを浮かべた。

「争う両軍の、そのどちら側にも立たずに、外から状況を見る〈戦地調停士〉としては、そのことは問題にはなりませんがね」

それはなんというか――鬱陶《うっとう》しいものから別れを告げるときのような、ひどくさっぱりとした笑みだった。

私は無性に落ち着かない気持ちにさせられた。

「……では戦地調停士としてなら、この事件を、その謎は解けないにせよ、丸く納めることならできる、と言うのか?」

「ええ。まあ、やってやれないことはないでしょうが――高くつきますよ」

キラストルはニヤリとした。

「〈戦地調停士〉に介入されるということは、七海連合軍が本気で乗り出してくる、ということです――魔導師ギルドが連合の管轄下《かんかつか》に置かれてもいいなら、いつでも依頼をお受けしますがね」

その口調と眼は、完全に本気だった。

「――――」

それが事実なのは私にもわかる。〝弁舌と謀略で歴史の流れすらねじ曲げる〟といわれる特殊戦略軍師〈戦地調停士〉が出陣してくるということは、そういうことなのだ。

「そんなことは許可していない！」

たまらずゾーン・ドーンが口を挟んできた。

「それに、あれは事故だ！　既にそれで解決していることだ。他の者にこれ以上の被害が及ぶことなどはありえない！」

死人の顔の筋肉は激しく痙攣《けいれん》を起こしていた。頬や瞼《まぶた》が盛大にぴくぴく跳ね回っている。

「ミラル・キラル――君らにはもう、今大会で審判を務めてもらう必要はない。他の者に代わってもらう！　そうだ、フローレイド大佐、あなたにお願いする！」

「……私が、ですか？」

たまたま席を立って、ミラル・キラルと話していた私をゾーン・ドーンは指差しただけで、そこに意志はなかった。ただただミラル・キラルをこの会議から一刻も早く追い出したいのだろう。

「第一選考会の、彼らの分も担当していただきます。その後のことはまた皆で相談して決めますが……とにかく、あなたが頼りになりそうなのは確かなようですから」

「……はあ」

私はなんだか、嫌な予感がしていた。

「とにかく、何の問題もないのです！　すべては滞《とどこお》りなく進行しているし、させなくてはならないのです」

ゾーン・ドーンは力強く言ったが、だがその声はわずかに裏返ってしまっていた。

静まり返った会議の席に、ナナレミ夫人の鉄製の赤ん坊をあやす「よしよし、いい子いい子——」という声だけが辺りに響いている。

ミラル・キラルは割と素直に、言われるままに去っていった。しかし去り際にミラロフイーダがぽつりと呟いた一言が、私の耳に奇妙に残った。彼女はこう囁《ささや》いたのだ——

「無駄《ナイン》——すべて世は事件《こと》あるのみ」

と、あの澄み切った清流のような声で。

# 4.

「第一選考会は〈夕暮れの間〉という名のホールで行われます。あなたが担当するのは、マッキレー僧正とクモスミ法士が対戦します第三試合と、ミラル・キラルが担当するはずだった第十二試合です」

U2Rが私に説明してくれている。

「こちらは戦士トリアーズと、ラマド師の対戦になります」

「どれも聞いたことのない名前だよ。全員上流階級の人間か？」

「はい。ラマド師は特にそうです。リバーダン公国魔導戦士団の筆頭顧問です。前回はニーガスアンガー卿に敗れて八位でした」

「そういう奴等はなかなか判定に従わないんだろう？　やれやれ、頭が痛いな」

私のぼやきをU2Rは無視して、

「戦士トリアーズは比較的大佐に近い立場の方のようですが。傭兵で、各地で勲章《くんしょう》をいくつも授与されているそうです。この大会には自己推薦金を支払っての参加です」

「……？　しかし、そんな人の噂は聞いたことがないぞ？」

偉い魔導師に知り合いは少ないが、優秀な傭兵の方はそれなりに知識がある。トリアーズという名前は初耳だ。

「提出された書類に不備はないようですが」

「そのトリアーズは例の事件のときには、どこにいたかわかるか？」

「残念ですが不明です。しかし転送フロアにはいませんでした。全員の顔を確認していましたが、その中にトリアーズ氏はおられませんでした」

「そうか……」

どうも疑わしい人間は皆、犯人のような気がしてしまうが、しかし根拠は私のあやふやな記憶だけだ。とりあえず事件ではなく、審判の仕事の方に集中しようと思った。


魔導試合場は、いわゆる格闘技のそれなどに比べると遥かに広いものである。しかも、別にその枠外に出ても反則にはならない。

勝敗はあくまで〝相手が何もできなくなるまで〟で決定される。例えば火炎呪文をいくら唱えても、相手の氷結呪文が強すぎてちっとも熱量が上がらなくなり、しかも相手がまだその時点で余力があれば、そこで負けである。

その判定をするのが我々審判であるから、これはちょっとでも判断を間違えると、負けた方が致命的なダメージを受けることになりかねない――理屈では。

実際には、どの魔導師もこのルールにのみ対応して、決して暴発しそうな大規模の呪文をどちらも唱えないで、細かいところでやり合って、相手を袋小路に追い込むのが基本的な戦法となる。

審判の主な仕事は、その細かいところでどっちが先に手が尽きたか、を決めることであり、これに異議を唱えられるかどうかは、ほとんど審判の地位と立場による。

しかし後ろ盾のない私としては、公平にやることを考えるだけだ。

確かに、昔、この大会を始めたときの人間たちは魔導師の技術向上が新世界を創る、と本気で生命を懸けていたのだろう。

だが今では、なんだか魔導師ギルド内での勢力図の確認作業のようなものになっている。判定が揉《も》めたときの最終判断は、現在のギルドの長であるウォルハッシャー公爵がすることになっているが、そういう例はほとんどないそうだ。大抵、その前の審議で審判が間違っているかどうかが決められて、ミスしたとされた審判は副審と交代することになっている。

ギルド内での母国の地位向上のために来た私としては、この判定ミスによる審判降格だけは避けたい。

だが今回は、大会それ自体が事件によってキナ臭くなってきている。

（もしかすると、相手を情け容赦《ようしゃ》なく一撃で葬《ほうむ》り去るつもりのヤツがいる可能性がある）

しかも――このルールでは、相手を殺しても失格にはならないのである。

私は、そういうときに止めることができるだろうか？

私が待機席で緊張していると、第一試合の準備が整ったようだ。

試合場の整備をしていたＵ２Ｒが下がっていく。

私はその試合を観察して、なんとか自分なりの勝敗決定の基準を摑もうと思った。

だがその両者は、試合場に上がったきり、多少動く以外何もしないのだ。息詰まる視殺戦、なのかも知れないが、どちらも相手が先に魔法を掛けるのを待っているだけで自分からは手を出さない。

（ええい、何をやっているんだ――）

見ていると、じれったくてしょうがない。

やがて一方が、遂に動いて小さな稲妻を発生させた。だがそれは相手に向かってではなく、その足元の床に落ちた。紫骸城の吸収作用で稲妻はすぐに跡形もなく消える。

（――フェイントにも何にもなってないじゃないか）

私の苛立ちなどお構いなしのようで、両者はまるで戦意というものを見せぬまま、ただ時間だけがだらだらと過ぎていく。

だが――この停滞した状況は、終了間際になって劇的に変化した。

突然、片方の魔導師の身体が浮かび上がったのだ。

それはさっき、かるい稲妻を放った方の魔導師だ。驚いた表情になっているところを見ると、これは相手の攻撃によるものらしい。

床から浮かび上がった彼は、そのままの姿勢で空中で、ぐ、る、り、と回転させられた。

そして叩きつけられる。

だが床に激突する寸前で、空気のクッションが発生して、彼はそのままバウンドして元に戻る。

戻りながらもう攻撃している。

火炎の線が何本も敵に向かって伸びていく。

相手はそれを真っ向から受けとめた。

炎の線は、氷の棒にたちまち変化する。

その氷柱《つらら》はそのまま槍《やり》となり、敵めがけて高速で飛んでいく。

あわてて相手は空気の壁を造って、氷柱の槍を弾き返すが、しかし明らかな劣勢はもはや否定しようがない。

さっき彼を宙に浮かせた攻撃が、また襲いかかってきた。それはどうやら飛翔呪文の変形のようで、自分が飛ぶ代わりに相手の安定を奪ってしまうのだ。

今度はもう、避けきれなかった。

彼は床に、したたかに打ちつけられた。勝負あった——と、誰もが思った。

しかしその直後、信じられないことが起きた。

とどめを刺しに突っ込んできた相手が、突然に自分も足を取られて、転倒したのだ。

我々は我が眼を疑った。

彼はなんと、自分がさっき発射した氷柱に足を乗せて、滑《すべ》って転んだのである。うっかりミスもいいところだったが、それにしては何かおかしかった。

彼は、何本も落ちているその氷柱が見えないようなのだ。立ってはまた足を乗せて滑る。起きあがろうとして手を付くと、そこにもまた氷がある。

氷があることに気がつかないのだ。

自分が出した業《わざ》なのに、自分でそれが感知できなくなっている――

（――！）

私ははっとなる。この魔法はまさか――

（これは〝印象迷彩〟か……！　まさか、こんな特殊で古くさい呪文を使うとは――いつ仕掛けたんだ？）

そして、床に打ちつけられていた彼も立ち上がった。

彼はなんだかぼんやりとしているような表情で、氷に足を取られ続けている相手に向かって、今度こそ確実に稲妻を発射した。

相手が衝撃で吹っ飛ばされるのと、試合終了の鐘が鳴らされるのは同時だった。

印象迷彩呪文――

それは、相手の感覚に仕掛ける呪文であり、分類すれば〝幻覚系〟の呪文である。ただしこの印象迷彩は、例えば火炎呪文であれば実際に火柱が立ち、床は焦《こ》げる、ということになるが、印象迷彩で相手に〝熱い〟という感覚だけを植えつけてやると、周囲の者から見たら何も起きていないにもかかわらず、本人はのたうち回って苦しむ、という作用となる。

かつて魔法というのが超絶的な力であった時代には、物理的な力ではないこの手の〝人の精神に影響を与える〟ものこそが魔法だと信じられていた。

リ・カーズが消滅した後で、我こそ新しい支配者なりと未熟な魔導師が続出した時代だ。カリスマ的な魔導師を頭に掲《かか》げて、その能力だけを絶対的な真理として結束する団体が乱立し、際限のない互いへの罵倒《ばとう》と攻撃を繰り返した。

その行為は先に何の展望も生まず、それどころか〝世界はあと少しで滅亡する〟そして〝我らが尊師こそが全人類を救済する救世主なり〟などと世迷い言を言い出す者ばかりになり、やがて廃《すた》れていった。未来を持たない者は消えるしかない。

その代わりに、より現実的な、学問、理論としての魔導の追究が始まったのだ。

そのためか印象迷彩は、前時代的で原始的な呪文と見なされていることが多く、現代では、薬品では間に合わないような重傷を負った患者に対しての麻酔効果等に使われている程度だ。〝痛み〟という感覚を身体から呪文で消してしまったりするわけである。だから魔導師よりも、医療師の領域に属する技術と見なされている。

だがその印象迷彩を、こういう魔導師の権威ある場所でも使う者がいる――

相手は、おそらく〝氷というもの〟がどのような性質を持っている物なのか、その認識に迷彩を掛けられてしまったのだ。常温では常に溶けていて、上に乗れば滑ってしまうものであるといったことをど忘れさせられてしまったのである。氷に関することを考えられなくさせられてしまったのだ。

「………………」

私は呆然となっていた。

完全に見くびっていた。ミラル・キラルの言っていたようなことは、私にはとても事実とは思えなかった。この大会は、やはり一瞬の気も抜けぬ厳しいものであり、これに出場するような者たちは、たとえ上流階級で満たされた生活を送っていようと、魔導に対して真剣に取り組んでいる者たちばかりなのだ。

しかし、私といえば今勝った者にしても、途中まではなんだか間の抜けた術者だなと侮《あなど》っていたのだから、お話にならない。

(……修行が足りないのは、私の方らしいな)

自分の認識がひがみ根性で曇《くも》っていたことを、私は思い知らされていた。

「どうですフローレイド大佐。今の勝負のご感想は?」

私の横にいた、同じ審判である初老の婦人が聞いてきた。

「いや、感服しました。見事なものですね」

私が素直に言うと、彼女は「ほほ」と笑って、

「ご自分が出場なさりたかったかしら? お若いから血がはやるのではありませんか」

「いや——その場合は自分を鍛《きた》え直してからにしたいところです」

「まあ、慎重でいらっしゃるのね」

その言葉を聞いて、私ははっとなる。

慎重——そう、殺されたニーガスアンガーのことを、U2Rは〝慎重な方です〟と言っ

ていた。今見たような試合などは、彼からすれば大したことのないものだったろう。その慎重さすらくぐり抜けて、どういう罠が彼を襲ったのだろうか？

（——甘くないな、まったく……）

私が婦人と話している間に、次の試合が始まっている。試合は二つのステージが、交互に使われる形で進行する。前の試合の呪文が場に残っていないようにするための処置だ。私はその次の試合で早くも審判として出番だ。

「それでは」

と私は老婦人に会釈《えしゃく》して、席から立った。U2Rが整備している試合場に向かう。

（——ん？）

そのとき、私は少し離れた所にいるミラル・キラルに気がついた。審判資格を剥奪《はくだつ》されたのに、見学に来ているらしい。

二人は試合場全体を見渡せる位置にいて、すべてを見ているかのようだった。二人は薄い笑いを浮かべて、私に向かって軽く手を振ってきたが、私は、

「——」

と気づかぬ振りをして通り過ぎた。

＊

……犯罪者は、自らの仕掛けた悪意が見事に作用しているのを確認した。

今の第一試合でも、既に歴然とした証拠が顕《あらわ》れていた。紫骸城を覆《おお》いつつある悪意の歯車は揺らぐことのないものとして転がり始めていた。

だが——

犯罪者は、試合場を眺めている二つの人影を見つめていた。その人影は、男女であることを除けば、そっくりの顔をしている。

ミラル・キラル——

犯罪者の存在を見抜いているかのような、堂々とした呼びかけをしたあの二人は、おそらくこの悪意の遂行の前に立ちはだかる、最大の障害となるに違いない。

あの双子をなんとかしなければならないが、しかし——犯罪者はまだその時期ではないと判断していた。

焦ることはない。まだまだ時間はたっぷりとあるのだ——

＊

私の初めての審判としての仕事は、ほとんどすることがなかった。

いきなり一方が凄まじい爆裂呪文を放ったが、それをもう一方が防ぎきってしまい、その時点で攻撃側が「まいりました」と降参してしまったのである。

「勝者、バン・ド・クモスミ法士！」

私のやったことは、この勝利者の腕を上げることだけだった。さっさと下がって、次の者と交代する。


だが、ひとつ終わったからといって気を抜くことはできない。私はミラル・キラルの分の試合まで担当しなくてはならないからだ。


待機席に戻り、やや緊張気味にしていると、そこに、

「ちょっとよろしいか、フローレイド大佐？」

と呼びかけてくる者がいる。顔を上げると、それはゾーン・ドーン審判長だった。

「なんですか？」

「すこし話をしておきたいんです。あなたが判定する次の試合までは余裕があるでしょう？」


彼は無表情に言った。もっとも表情からこの死人の感情は読めないが。

「……ええ、まあ」

「大佐、あなたはどなたかギルド本部に縁故のある方がおられるのかな？」


ゾーン・ドーンはやや声をひそめながら言った。

「……いいえ」

「そうだろうと思いました。それはある意味、私も同じです。お察しのように、私はいわゆる〝死人〟ですからね。以前のことは今一つわからない」

「失礼ですが、どのくらい……？」

「死んでから経つのか、ですか？　四年になります。以前はなんでも、貿易関係の仕事をしていたらしい……よく知らないのですよ。私自身は呪符包帯で全身をぐるぐる巻きにされて目覚めたのが、意識の始まりでしたから。それ以来、魔導師ギルドのこういった管理のような仕事をしています。以前の仕事は、どうやらあまり誉められたものではなかったらしい――誰も、くわしく知っている者がいない始末でした。財産はうなるほどあるのに、誰も信用しないで、記録や書類も残っていないんです。あるいは知っている者もいるかも知れませんが、そいつはもう私とは関係を持ちたくないらしい」

「はあ」

「いやいや、私のことはどうでもいい――関係はありますが。私とあなたは、この大会に於《お》いて立場が似ている――死人の例に洩《も》れず、私も生前の家族や親族からは忌《い》み嫌われています。無理もないんですが。そしてあなたは、そもそもギルドの有力者との関係がない」

「そういうことは言えますが……それが何か？」

「関係ないということは、裏を返せば公平だということでもある。違いますか？　少なくとも、あなたがお考えになっているような、ヒッシバルの地位向上という目的には、審判を務め上げることこそ肝要」

「……何がおっしゃりたいんですか？」

「もしも、もしもですよ——私の身に何かが起こったら、フローレイド大佐、あなたがこの大会の審判長になっていただきたい」

「……なんですって⁉」

私は思わず大きな声を上げてしまった。ゾーン・ドーンはあわてて指を口の前に当てて、

「しっ、声が大きい。皆にも聞こえますよ」

と言った。私は言われたとおりに、再び縮こまる。

「で、ですが——私のような新参者では皆が納得しないでしょう」

「逆ですよ大佐——誰も支持しないからこそ、特定の有力者を贔屓《ひいき》される心配がないんです。あなたなら、表向きは誰も反対しない。しかもあなたは有名人ですから、あんなヤツは知らない、とは誰も言えない。打ってつけなんです」

「……しかし、あなたの身に何かが起こるって決まったわけではないでしょう」

「それならば良いのですが」

ゾーン・ドーンは首を振った。顔が微妙にぴくぴくと痙攣している。

(……やっぱりこの男も、この大会の異常には気がついていたんだな)

何の異常もない、と言い張ったのは、あれは単なるポーズに過ぎなかったのだ。

私は思い切って言ってみた。

「この大会を、今からでも中止にはできないんですか？」

「……それは無理です」

ゾーン・ドーンの声は弱々しい。

「延期でもいい。ただならぬことが起こっているのは、あなたも本当はわかっているんでしょう?」

「……続行を決定したのは、ウォルハッシャー公爵を始めとする大会執行委員会です。私は所詮、雇われ審判に過ぎないんですよ。死人はもう、生前のギルド内での影響力は持っていませんから」

「彼らが、ニーガスアンガー卿は事故死だと?」

「卿はいわば叩き上げですからね——名家の出身というわけではない。あなたも、ここに来るまでは名前も知らなかったのでは?」

「それはそうですが——そんな、家の善し悪しで待遇が違うんですか?」

「その通りです。名家でもないのに優勝したニーガスアンガー卿はむしろ死んでくれてありがたい、とすら思われているんです」

「……ひどい話だ」

私は顔をしかめた。

「ですから、せめて試合の公正さだけは守らなくてはならない。あなたにミラル・キラルの代役をお願いしたのは、そのことを理解してもらえると思ったからです」

ゾーン・ドーンは真剣な眼をして言った。ちぐはぐな表情でも、眼を見ればその奥に何があるのかはわかる。

「どうしてそこまで……？　あなたも、いわゆる名家に属しているんでしょう？」

「……私は死人です。意識が始まったときはもう、人生が終わっていた存在です。私には生き甲斐《がい》というものはない……私は限界魔導決定会はおろか、あらゆる魔導の道でもはや舞台には立てない立場にいます。だが、だからこそ私は、せめて任された仕事だけはしっかりやりたい——あんなミラル・キラルのような、興味本位な気持ちだけで状況を掻《か》き回すような連中には任せてはおけない」

言いつつ、彼は遠くに立っている双子を睨みつけた。

「審判資格を剝奪《はくだつ》したというのに、連中〝なんでもない〟って顔をしていやがる……まったく何様のつもりなんだ……！」

「…………」

私は、既に自分がU2Rと共に事件の真相解明に向かって行動していることをこの真面目な死人に言おうかどうか迷ったが、しかし大会を無事に進行させたいというのがこの男の最大の目的である以上、必ずしも方向性は一致しないので、やはり黙《だま》っていることにした。

そしてこの沈黙を、私は後になってずいぶん後悔《こうかい》することになる。

「……そろそろ出番ですので」

私は死人に告げると、席から立ち上がった。

「よろしくお願いしますよ。立場的に、他の者には軽々しく言えない科白《せりふ》ですが……頼りにしていますよ」

すがるようにそう言われても、私としては返事のしようがない。適当に会釈すると、私は試合場の方に向かった。

## 5.

トリアーズという男は小男だった。鎧《よろい》を着込んでいる。顔の下半分を髭《ひげ》で覆《おお》ってごつく見せているが全体の線が細く、しかし鋭い目つきをしている。やはり私の記憶にはなかった。

「やあ審判殿、よろしく頼むよ」

甲高い声でトリアーズは私に握手を求めてきた。金属製の籠手《こて》を付けたままだ。しかし特に責める気にもならず、そのまま握り返す。指の曲がる感触から、小さい手であることがわかった。子供みたいな手だ。小さいことを気にして鎧を着込んでいるらしい。

「あんたの噂は聞いてるよ。風の騎士と親友《マブダチ》なんだって？　英雄は英雄を知るってトコかい」

「いや、向こうの方が遥かに上さ」

「謙遜《けんそん》するなよ。俺たち下《した》っ端《ぱ》は、自分を積極的に売り込まないとなかなか上にゃ行けないぜ！」

トリアーズはなれなれしくウインクしてきた。

「そうか、気を付けるよ」

私はややうんざりしながら言った。

そんな我々をラマド師が冷たい眼で睨んでいる。こちらはすらりと背が高く、引き締まった印象がある。

私は両者に向き合い、注意事項を述べた。

「――だから、私が止《や》めと言った場合はすみやかに術を解除して――」

と言葉の途中でラマド師が口を挟んできた。

「ヒッシバルの大佐風情《ふぜい》が、リバーダン魔導戦士団筆頭顧問のこの私に、命令をするというのか？」

それは私も馴染みの、政府の次官クラスがよくやる一方的で高圧的な物言いだった。

彼はリバーダンの基本的な高級武官用軍装をしている。腰に刀を差して、真っ赤なマントを羽織《はお》っている。マントの背中は剣の鞘《さや》の長さの分だけ持ち上がっていた。

「ラマド師、これは命令ではない。規則だ。あなたも限界魔導決定会に出席されているのだから、規則には従ってもらう」

私はきっぱりと言った。

「ここで私はヒッシバルの大佐ではないし、あなたもリバーダンの軍人ではない。二つの国の軋轢《あつれき》は今、無関係だ」

「言うねえ、カッコイイ！」

横からトリアーズが茶々を入れてきた。

「さすがって感じだねえ。勇ましいことだ」

「君も黙っていてもらおう。まだ説明は途中だ」

「はいはい」

とトリアーズは対戦相手にウインクした。ラマド師はちょっとひきつった。

（――おや）

私はその表情に、わずかな恐怖が混じっているのがわかった。納得するものがある。この男は、未知の対戦相手に対して、やや怯《おび》えているのだ。それでそれを誤魔化すために私に当たり散らしているのである。大佐である私なら彼の認識範囲内だが、傭兵だというトリアーズは正体が摑めないのだろう。

（まあ、それは私も同じだが）

勲章をいくつも持っているというこの髭面の小男の、その実力が外からだとまるで見えない。

「――それでは両者、共に位置について！」

私のかけ声と共に、二人はそれぞれの立ち位置に下がっていく。

ラマド師は鋭い眼で相手を睨みつけ、トリアーズはにやにやしている。

私は二人の用意ができたことを確認すると、自分も試合場から外に出て、同時に、

「始め！」

と号令を掛けた。

まず飛び出したのは、意外にも高齢のラマド師だった。

彼はかなりの勢いのある竜巻を、三つも同時に発生させてトリアーズにぶつけてきた。

「ひえっ」

というトリアーズの悲鳴が竜巻の唸りの向こうから聞こえてきた。鎧の小男は呪符を取り出して、あわてて目の前にかざした。反撥《はんぱつ》呪文らしいそれがかろうじて二つの竜巻を弾き返した。

だが呪符もたちまち焼き切れてしまい、トリアーズは反動で後ろに転がった。そこに残ったひとつの竜巻が襲いかかった。

「わっ、わわっ！」

トリアーズはまた鎧の中から何かを取り出して、それを竜巻に投げつけた。爆発が起きて、竜巻は消し飛んだ。

だが爆風を自分で喰らって、トリアーズはまたしてもコロコロと転がった。

（――なんだ？）

私はあっけに取られていた。

なんだか――てんで弱い。

（相手を油断させる作戦なのか？　だが、それにしては……）

どうも、魔導師の戦闘の、その根本的な間合いすら掴めていないようなのである。それにさっきから呪符やら爆雷やら、道具ばかり使っている。自分の力で術を出そうとしない。これでは素人同然――というか、完全に初心者だ。

（まさか……ハッタリだけなのか？）

ラマド師の方も、いささか戸惑っているようだ。

しかしさっきの、第一回戦のような劇的な逆転ということもあり得るので、決して油断はしないようだ。彼は倒れたままのトリアーズには近づかず、離れたところから今度は火炎弾を何発か発射してきた。

これに対して、トリアーズはなんと――そのまま飛び跳ねて、軽業師《かるわざし》のように避《さ》けた。大した反射神経と身のこなしだが……この魔導大会ではほとんどどうでもいい技能である。魔法を使うべきところで使わないということは、判定になったら絶対にマイナス点だ。ますます彼がわからなくなった。

「あ、あぶないあぶない――やばかった」

などと小声でぼやいているのが私の耳に入ったが、今でも充分危ないのだ。彼の勝利はかなり遠くなってしまった。

ラマド師は手を抜かず、今度は稲妻を出した。するとトリアーズはまたしても何かを空中に投げた。

それが何なのか、とっさにわかったのはおそらくこの〈夕暮れの間〉で私一人だけだったのではないだろうか？

それは球だった。何個かの、金属製の球体だったのだ。

避雷球、と通常呼ばれている道具である。

（確かに、戦場では雷撃呪文を攪乱《かくらん》し、防御するために使っているが――こんな試合で使うヤツがいるか！）

私が呆《あき》れたとき、稲妻は見事に避雷球のひとつに当たって、眩《まぶ》しいスパークを辺りに撒《ま》き散らした。一瞬、皆が眼をつぶる。

だが、ラマド師はその中でも攻撃していた。稲妻がどうなるかわからないうちに、既に衝撃呪文を唱えていたのだ。

衝撃波が「わっ」と両手で顔をかばったトリアーズに、正面からまともに入った。

避雷球がむなしく散らばり、トリアーズは派手に吹っ飛ばされて、床に叩きつけられた。

「――ぐえ！」

という情けないうめき声が響いたときに、私はもう手を上げていた。

「――それまで！」

審判権限で、試合を止めてしまった。もうこれ以上やっても意味はあるまい。

「勝者、ラル・ラマド・グランドル師！」

宣言すると、周囲から「ほう」というため息みたいなものが聞こえてきた。納得、という感じであった。

私は、文句があるか、というつもりでトリアーズの方に視線を向けた。すると鎧の小男は、

「でへへ。まいったね。負けちゃった」

と、だらしなく照れ笑いをしている始末だ。どうしてこんなヤツがこの大会に出られたのか、まったくわからない。

「………………」

ラマド師は、とどめの一撃となった衝撃呪文を放ったときの姿勢のまま、立っていた。

私は二人を呼んで、最後の礼をさせようとした。

トリアーズは頭を掻《か》きながら戻ってきた。

その足取りは軽い。どうやらダメージらしいダメージは受けていないようだ。

(確かに、実戦慣れしているような雰囲気はあるが……しかし魔法を使わないんじゃ話にならないからな)

それでも気になったので、ちょっと耳元に囁く。

「……もう少し、やりようというものがあったんじゃないですか?」

私と近い立場の傭兵だというから、なおさら苛つくのだ。

「いや、まあ、あれが実力の差ってヤツですよ」

トリアーズはまるで悪びれずに言った。ずいぶんさばさばしているな、と私は少し意外だった。判定に抗議でもされるかと思ったのだが。

勝者に眼をやると、ラマド師はまださっきのところに立ったままだった。

「どうしましたラマド師？　勝ち名乗りを受けて下さい」

私が声をかけると、ラマド師は「うん」とうなずいた。

だが――なんだかその様子がおかしい。

「うん、うん、うん――」

と、何度も何度もうなずいている。

その眼は、どこも見ていない。

そして――周囲の全員が注目している中、この勝者はゆっくりと、回転しながら――倒れ込んでいった。

うつぶせに、無防備に、顔面もなにも庇《かば》いもせずに、床に激突した。

「――!?」

驚いて、副審として控えていた二人の魔導師と一緒に私は彼のところに駆け寄った。

すぐに、ただならぬ事態を悟《さと》る。

ラマド師は息をしていなかった。

そして、ぴくりとも動かない。

「し、しっかりして――」

と彼を抱き起こそうとして、私はその異常に気がついた。

マントの下から、何かが背中の一点を突き上げている。

だが彼の腰に差してあった剣は、倒れたときに床と平行にずれていた。

だがマントの下で、まだ何かが彼の背中から飛び出しているのだ――

「……！」

私は大急ぎで、彼の紅《あか》いマントをはぎ取った。

そこには信じられない物があった。

ラマド師は背中から刺されていた。

その切っ先はとても深く、完全に急所を貫いていた。

しかも――ああ、一体どうなっているのか――その凶器は、さっきの第一試合のときに造られたと思しき、あのつらら《ヽヽヽ》だったのだ。

刺された傷からは血が滲み出ていた。マントにも多少は染み込んでいたのだが、紅いので目立たなかったのだ。

（し、しかし……！）

しかし、マントそのものにはなんの損傷もないのだ。マント越しに刺されたのではない……ではいったい、どうやってこのなかば溶けている氷柱は彼の身体を貫いたというのだろう？

脈を取ろうとした私は、しかしそれを確かめる必要すらなかった。

異様に冷たいその手は、もう生きている者のそれではないことがあからさまだった。

「――!」

私はとっさにトリアーズの方を向いた。

だがラマド師と戦っていた当の本人は呆然としており、私の視線に気がつくと大慌《あわ》てで首を激しく横に振った。

それはそうだろう――彼が何かをしたはずがない。試合は逐一、我々が監視していたのだ。

試合中に、ラマド師は一度も攻撃らしい攻撃を受けなかった。彼がひたすらに攻めていたのだ。

試合前は、彼は平気な顔をして歩き回っていた。私と喋りもした。

なのに、彼はこうして殺されている……!

試合のまっただ中で、一体いつのまに――誰によって?

(なんなんだ、これは……⁉)

私はまたしても、ひどい混乱に囚《とら》われていた。

衆人環視のまっただ中で、ありえない状態で人が殺されている。

いや、いや、これで二人目だ。

そういって嘲笑《あざわら》う声が、私の耳元で大音量で反響しているような、そんな気がしてならなかった。

『世界はひどい矛盾《むじゅん》と理不尽と混乱に満ちている、と思っているんだろうが――
混乱し矛盾しているのは理《り》のないおまえそのものだ』

――〈魔女の悪意《ビィアス・リ・カーズ》〉より

# 第三章

inside
the apocalypse
castle

## 1.

紫骸城の外には誰も出られない——一週間という期限が過ぎるまで、呪符に刻み込まれているはずの帰りの転送呪文は発動させることができない。

その事実が、今になって我々の肩に重くのしかかってくるようだった。

食堂として整えられた大きなホールには寒々とした空気が漂《ただよ》っていた。

「…………」

「…………」

誰も口を利かず、黙々と出されている食事を詰め込んでいるだけだ。全員、なんだか非常に食べにくそうに食べている。

「…………」

それは私も同じで、常に喉《のど》に引っかかるような違和感がつきまとって、ちっともおいしいとは思えなかった。

この紫骸城での食事はすべて、事前に持ち込まれた保存のきく食べ物が朝と夕方の二回に配給されるだけだ。とはいえ、その内容はかなり豪華なもので、軍隊の食事とは雲泥の差だ。テーブルに並べられているパンも、チーズも、真空封印されていた魚の料理も、確かに一流の料理人がつくったものだろう。

だが、ぜんぜん味などわからない。ただ腹の中に詰め込むだけだ。

食事は全員が、この食堂に集まることになっている。これを逃せばこの紫骸城には他に物を食べる場所も機会もない。食物は専門の警備係が交代でいつも見張っていて近寄ることはできない。城塞内部に転送する呪符には、それ以外の食物を持っていると腐らせる作用があるから、何かを持ち込むこともできない。

もともとは、対戦相手の食事に毒などを混入する不逞《ふてい》の輩《やから》を警戒しての処置なのだが、今回はそれにもうひとつの意味が加わっている。

(——今この食堂に集まっている連中の中に、確実に犯人がいることになるわけだ)

何食わぬ顔をして、食事をパクついているに違いない……。

ラマド師の死は大会全体に衝撃を生んだ。今度ばかりはどう見ても、本人の過失による事故とはとても思えなかったからだ。以後の試合は一時中断となり、全員がこの大食堂に集められた。

といって何かするでもなく、というよりも何をしてよいのかわかっている者が誰もおらず、時間だけがだらだらと過ぎてしまい、とうとう刻限になってしまったので、仕方なくみんな、こうして気まずく重苦しい食事をとっているのである。

「………」

私は、ウォルハッシャー公爵を横目でちら、と見た。この大会の最高責任者は、皆の席から離れてひとり大きなテーブルを警備の者に囲まれながら、やはり食べにくそうに食事をしている。

警備の者たちも一様に青い顔をしているが、その中で一人、金髪碧眼《へきがん》で、背が高くてなかなかの美男子の兵士が、さらに呆然として心ここにあらず、という顔をしていた。

（……ん？）

私はその自失ぶりがちょっと尋常《じんじょう》でないので、なんだろうと思った。

ゾーン・ドーンもそのとなりのテーブルにいるが、こっちはそもそも食事にいっさい口を付けていない。げっそりとしていて、まるで本当の死人になってしまったかのようだった。

彼も私の方を見て、少し眼が合った。

こっちの視線に気がつくと、なんだかすがるような眼で見つめ返してきた。

（助けてくださいよ）

とでも言っているかのようだ。

他殺死体を出してしまった試合の、その当の審判であった私にはなんらかのペナルティが科せられるのではないかと思っていたが、なんだかその様子はない。ゾーン・ドーンも、他の者たちも、私やトリアーズには責任がない――というか、その責任を追及しても仕方がないと思っているようだ。

（……助かった、とも言えるが――全然ほっとできないな）

なんとしてもこの事件を解決しなければ、と私はまたしても心に誓っていた。


食事が済んだ後で、こんなところに集まっていても仕方がないということにやっと皆が気がついたようで、

「――ひとまず解散ということにする。今後の大会進行に関しては、追って指示する」

という声明が出されて、全員個室で待機することになった。

私はその帰り道の途中でミラル・キラルを探した。彼ら双子がラマド師の殺害に関してどのような見解を持っているか聞きたかったからだ。だが二人はすばやく戻ってしまったようで、見つけることはできなかった。

「…………」

あまりうろうろしているわけにはいかない。今、外をふらふらしている者は怪しい人間だと周囲に思われても仕方がない。

個室といっても、その部屋は非常に広いものだった。私の、母国の軍で与えられている執務室の三倍ほどの面積があった。

天井には半永久的に輝く照明が吊《つる》されているし、冷暖房や各種家具、それに裸で入れば

風が全身の汚れを取ってくれるバスルームも完備されている。

非常に小綺麗《こぎれい》で、故に落ち着かない印象のある部屋だった。

なにか、人間を安らかな気持ちにさせる大切なものが欠落している。そんな感じなのだ。

私はドアを閉めた。鍵は自動でかかる。設定されている人間以外の者がドアを開けることはできないようになっている。おそらく、かつてはその設定された人間が〝看守〟で、部屋の住人は〝囚人《しゅうじん》〟か〝人質〟だったのだろうと思われる。紫骸城は決して、誰かをもてなすために造られた城ではないのだから。

こういう部屋が紫骸城には、実に数千という数で存在しているらしい。全世界を暴力で支配していた者の居城というのは、そういうものなのだろうと思うしかない規模だ。

（しかし——完全に閉鎖されるということはこの部屋の中で私が死んでいたら、それは密室で殺されたということになるな……）

神経質になっている私はつい、そんなことを考えてしまう。

私は部屋の中に置かれている椅子に座った。静かな部屋の中で、腰を据《す》えて、この事態をしばらく考えてみようと思ったのだ。

だがこの静寂はすぐに破られた。

ドアがノックされる音がしたのだ。

「……どなたです？」

私は警戒しながら訊ねた。すると意外な声が返ってきた。

「俺ですよ、トリアーズです。話があるんで、ちょっと入れてくれませんか」

あの馴れ馴れしい小男の声だった。私はなおも警戒を解かずに、

「話なら、そこで言ってください」

と突き放した。するとトリアーズは哀れっぽく言ってきた。

「つれないなあ。そんなこと言わずに。大切な話なんですよ」

「今、廊下を歩き回るのが非常識だということはわかっているんでしょうね?」

「わかってますわかってます。生命だって危ない。それでもあなたにどうしても言っておかなきゃならないことがあるんですよ」

その声そのものは、かなり真剣な調子だった。私はちょっと考えて、

「――それはラマド師の死に関係することですか?」

と訊いた。

「とにかく入れてくださいよ。私がここで殺されたら、翌朝あなたが疑われますよ」

しつこく食い下がってくる。私はまだ警戒を解いたわけではなかったが、仕方なく、

「――わかりました。だが不用意なことをしたら、私は警告抜きであなたを攻撃しますよ」

と念押ししてから、ドアを開けた。

「ありがとうございます。いやあ肝が冷えた」

髭面の男はまだ鎧を着ていた。彼は転がり込むように私の個室に入ってくると、さっきまで私が座っていた椅子にどっかと腰を下ろしてしまった。

「それで？　話というのは？」

私は彼の前に立った。

「いやあ、なんと言ったらいいのか――」

トリアーズは頭をぼりぼりと掻いた。

「さっきの試合のことなんですが。俺の負け、ってことになってましたよね？」

「え？」

私はまた虚を突かれた。今頃になって判定に対しての抗議か？

「そうですが――それがなにか？」

「いや、相手が死んじまったじゃないですか。ああいう場合はどーなんのかなあ、って思って。繰り上げで俺の勝ち、ってことになるんじゃないですか」

「――いや、考えていないが。それよりも今は大会そのものがこのまま続くかどうかもわからない状況なんだし」

私はたしなめるつもりでそう言ったが、トリアーズは渋い顔になって、

「いや、困るんですよ。俺の勝ちってことになると」

と奇妙なことを言った。

「……なんだって？」

「せっかく第一回戦で首尾よく、ダメージも受けずに負けられたのに、また試合ってことになると、正直辛いんですよ」

トリアーズはやれやれ、と首を横に振った。

「ありゃあキツい。魔導師の立ち合いってのがあんなに厳しいとは思ってなかった。いやいや、専門魔導師じゃない自分の出る幕じゃないって痛感しましたよ」

髭面の小男は、私に向かってウインクしてきた。

だが今こいつが言ったことは、その意味は——

「おまえ——何者だ⁉」

大会に登録されている戦士トリアーズのはずがない——この大会に参加している者で、専門魔導師でない人間などいるはずがない！

私はそいつの鎧の、首回りの鎖を摑んで吊し上げようとした——だがその瞬間、

——ずるっ、

という音と共に、私の手に重みが加わった。摑んでいた鎧の、その全重量がいきなり上乗せされたのだ。そしてそしてその鎧の中身の方は——

「————！」

私は天井を見上げた。

高い、その空間に舞っている――それはもう、どう見ても肥満体の小男ではなくなっていた。

鎧を放り投げた私の頭上から、その顔を覆っていた付け髭が落ちてきた。私はそれをとっさに払いのけた。

そして着地した影めがけて、雷撃呪文のかまえを取ろうとした。

……そこで動きが凍りつく。私の目の前にいる、そいつは……

「――あっ、ああ！　攻撃はしない方がいいわよ！」

と、可愛らしい声で言って、立てた指をちっちっと振ってみせた。

「まだ、爆裂呪符を隠し持ってっからね――下手に撃つと、暴発するわよ？」

と、鈴《すず》が鳴るような声で告げられたが、私はそんなことよりも、なによりも驚かされていたのは――

「お――女の子か⁉」

どう見ても、それは十七、八歳にしか見えない少女だったのだ。だが――幼さの中にも〝豹《ひょう》〟のような鋭いイメージがある。私が最初にトリアーズの中に見た、あの鋭い眼はこの、彼女の地だったのだ。

「別に若作りって訳でもないのよ、これでも」

また、ちっちっちっ、と指を振る。

「名前はシャオ。ウージィ・シャオって言えば、知ってるかしら？」

私の眼が丸くなる。

「なんだって？　──あ、あのウージィ・シャオなのか？　あの世紀の大盗賊ウージィ・キャオの孫娘で、跡を継いだという──」

「そう、それ」

彼女はぱちん、と指を鳴らした。

「知ってんなら、話は早いわよね？　あたしは変装して、この紫骸城に潜入したってわけ」

「な、何のために？」

「もちろん、呪闘神リ・カーズの遺《のこ》した秘宝を盗むために決まってんでしょうが」

シャオは即答した。

## 2.

「リ・カーズの秘宝だって？」

私は思わず間抜けな声を上げてしまった。

「そんなものが存在するのか？」

紫骸城が冒険者によって開けられてから三百年もの年月が経つが、そんなものが見つかったという話は聞かない。この私の問いに、彼女は答えた。

「〝あるという証拠はない――だが、ないという確たる根拠もない〟こいつは先代の大盗賊ウージィ座右の銘《めい》よ。二代目のあたしもそれに倣《なら》う」

可愛らしい顔立ちに似合わぬ、それは自信というか、覚悟に満ちあふれたものの言い方だった。

「…………」

私は少し絶句した。

先代、つまりウージィ・キャオはただの盗賊ではない。元はヒギリザンサーン火山の噴火によって、未曾有《みぞう》の大飢饉《だいききん》が世界を襲ったときに、数少ない食糧を独占してしまった一部の権力者たちから食物を決死の覚悟で強奪し飢《う》えきった人々に配ったのが始まりという、ほとんど勇者のような伝説の大泥棒である。噴火の影響から世界が回復した後は、各国の特務部隊と取り引きして闇世界の裏情報を盗んだりしていたとも言われている。噂では、特に七海連合がお得意さまだったともっぱらの話だ。母国を持たない商人たちの相互扶助団体に過ぎなかった七海連合が世界に急速に勢力を拡大していったのは、この大盗賊の盗んだ情報力に依るところが大きいとする見方さえあるくらいだ。

「――そういえば、本物のトリアーズはどこに行ったんだ？」

「ああ、彼なら今頃はどっかの歓楽街で遊んでるか綺麗に整地された砂浜で酒杯片手に甲羅干《こうらぼ》しでもしてる頃でしょうよ。この城に入る転送呪符を売った金で、ね」

「よく取り引きできたな……」

「あら、だってそうでしょう？　トリアーズ氏みたいな傭兵出身者はどうせ、大会で優勝しても疎《うと》んじられるだけなんだもの。賢い彼はそれを知っているから、より実利的な選択をしたってわけよ」

（その彼を見つけて、取り引きを持ちかける君の方が遥かに賢そうだがな……）

と思ったが、これは口に出さなかった。

「紫骸城に眠るリ・カーズの秘宝か……確かに、限界魔導決定会以外に、この紫骸城に入る手段はないからな。千載一遇のチャンスではあるわけか」

「うまくやったつもりだったのよ——適当に負けて、その後でこの城を調べてやろうって思ってたのに、まさかあんなことになるとはね」

彼女は首を振った。その仕草《しぐさ》が、当たり前だがさっきのトリアーズのままなのが妙な気がした。

「そこで、ものは相談なんだけど——あなたと組ませてくれないかしら？」

「……どういう意味だ？」

「あなたはこの、紫骸城に起きている事件を解決する気なんでしょう？　それを手伝うし、情報も提供するから、こっちの方にも協力してくれないかしら？」

「私には宝探しの才能なんかないぞ？」

「あなたはどうやら、あのゾーン・ドーンに信用されてるみたいじゃないの。あたしも協力者ってことでさ、犯人の捜査に加わっていることにしてくれないかしら」

「……それで、その合間にあるかどうかもわからないお宝を探そうっていうのか？」

「なければないでもいいのよ——〝ない〟ってことが確定するからね。問題は〝あたしが確かめたかどうか〟ってことなんだから。これは盗賊としての誇りの問題なのよ」

シャオはきっぱりとした口調で言った。本気なのはわかるが、しかし協力の依頼は私でなくともいいはずだ。

「君なら、七海連合のミラル・キラルの方が協力を求めやすいんじゃないのか？　ウージィ一族とあそこは、いわば仲間なんだろう？」

するとシャオは肩をすくめた。

「そりゃあ、ここにいるのがあなたの友だちのクリストフ少佐とか、雷閃《らいせん》のジェストとか、連合軍の中でも腕が立って信用のおける人間だったらそうするけどね——あの双子じゃあ、こっちの生命がいくらあっても足りないからさ」

そう言われて、私はあらためて気持ちが重くなる。

この、危険を危険と見ない大盗賊の跡継ぎにさえこんな風に言われるあの二人は、いったいなんなんだ——と。

「ま、それよりもフローレイド大佐、あなたが信用のおける人物と見たからよ。あなたなら、こっちの気持ちもすぐに察してくれそうだしね。秘宝って聞いても全然、眼が欲深い光り方しないしね？」

いたずらっぽい調子で言われた。女の子にこう言われると、なんだか馬鹿にされているような気もする。

「言いなりになりそうだと思ったのか？」

少し強い口調で言うと、シャオはあわてたように両手を振った。

「あっ、あっあー、そうじゃないわよ。気ぃ悪くした？」

「君は君として行動できるからいいだろうが――我々の急務は宝探しじゃなくて殺人事件の解決なんだ」

「わかっているわよ、うん」

「本当に？」

「もちろん」

「ならば――二人だけでは駄目だよな。なあU2R？」

私がそう言うと、シャオはきょとんとした顔になったが、そのとき背後のドアが開いた瞬間にはもっと、あっけに取られた顔になった。

「左様でございますね、フローレイド様、シャオ様」

私以外には誰にも開けられないはずの扉をあっさりと開けて、擬人器がそこに立っていた。

ゆっくりと部屋に入ってくると、ドアはふたたび自動で閉じた。

「……あ？」

シャオはまだ呆然としている。

「君は、どうして擬人器がこの大会に参加していると思っていたのかな?」

私は、いささかの意趣返しを込めて嫌味っぽく言ってやった。

「無論、大会の管理にあたって公平で中立の立場を守れる格好の適任者ということもあるが——一番の理由はこれなのさ。生命のない擬人器は、どんな精神活動も呪詛に反応しない。つまり——」

「……呪文で掛かる自動鍵が通用しない、というわけね。確かに管理人が部屋に入れないんじゃあ、いざというときに役に立たないもんね——」

シャオはぼんやりとした声で言って、それから「ふっ」と笑った。

「いつのまに仲間になってたのよ、あなたたちは……油断も隙《すき》もないわね」

私は元々、試合が終わった後でU2Rと事件について相談する手はずになっていた。その前にシャオが押し掛けてきたとしても、その予定そのものは変わらなかったのである。

「君の正体と目的を、このU2Rにだけは教えておく。勝手なことをされては困るからな……その代わりに、秘宝とやらが見つかったら、その栄誉と富は君のものだ」

そう言うと、シャオは苦笑した。

「泥棒に栄光は必要ないわよ。むしろ動きにくくなるから避けたいくらいね」

「機械にも必要ありません」

U2Rが相槌《あいづち》を打つと、私も付け足した。

「私も、正直名声とやらにはうんざりしている」

「なかなか気が合いそうじゃない？　あたしたちって」

シャオは我々に向かってウインクして見せた。


「で――ニーガスアンガーの方は正直見当が付かないけど、ラマド師の殺害に関して言うならば、怪しい奴は確かにいるわよ」

シャオは早速、盗賊ならではの情報収集力を披露《ひろう》した。

「彼の恋人が、この紫骸城に一緒にいるのよ」

「恋人？」

「資料では、ラマド師と個人的な接触のある女性は見当たりませんが」

U2Rの指摘に、シャオはちっちっと指を振って、

「恋人ってのは、女とは限らないわよ？」

と言った。私はそれを聞いて「あっ」と声を上げた。

「もしかして、ウォルハッシャーの警護役の、あの金髪の若い魔導師か？」

食事の席で、妙に青い顔をしていたあの男だ。

「気づいてたの？　そう、その通り。彼とラマド師は二年前から極めて親しい間柄にあったのよ。もともとはラマド師がウォルハッシャー公爵のところに表敬訪問したときに〝お知り合い〟になったらしいんだけどね」

「それは内密の関係だったのかな」

「そりゃそうよ――ラマド師はリバーダンの軍事顧問よ？　魔導師ギルド直属の者と個人的にどうたら、なんてことが公《おおやけ》になったら、国からギルドに有利な裏取り引きでもしてるんじゃないかって疑われる立場にあるわけよ」

「ううむ」

私は唸った。私はギルド内での母国の発言権を増やそうとこの紫骸城まで来たが、権力が増えたら増えたでそういう細かい問題がたくさん生じるのだと思うと、色々と複雑な気持ちになったのだ。

「彼の名前はタイアルド。年齢は二十七歳。わりかし名門の出身で、一流の教育を受けている――いわゆるエリートね。まあ、そうでなきゃウォルハッシャー公爵の側近にはなれないけど。しかし四男坊で、家を継いで自分がギルドの議員になる見込みはまずないという半端《はんぱ》な立場ね」

「ということは、秘密が漏《も》れて地位を失うことへの恐怖感も大きい、ということか？　痴情のもつれもあるだろうし、動機的にはいくらでも考えられそうだが――」

しかし、なんとなくそれだけでは決定的なものとは思えない。ラマド師はあんなに異常な殺され方をしたのだ。

そんなに単純な事件とは思えないし、それならば紫骸城でなくとも他の場所と機会はいくらでもあるはずだ。

「まあね、方法はまるでお手上げね。でも魔導の素人のあたしから見ると、魔法が使えるんならどんなトリックでもできそうな気がするけどね」

「それは口で言うほど簡単じゃない。第一、その仕掛ける相手の方だって魔導に精通しているんだから、どんな方法でも、その対抗策が常にあるはずだ」

「でもさ、なんてったっけ、ほらあの〝印象迷彩〟とか。ああいうことができるんだから、凄いヤツならばなんでもできるのと同じじゃないの」

「たしかにあの第一回戦は見事だったが、あれだって〝氷〟について忘れさせただけで、それ自体では致命的なダメージを生むような攻撃じゃないよ。結局は麻酔薬と同じようなものなんだから」

「でも、とんでもない伏兵がいて、そいつが隠し持ったモノ凄い強さでやってたら、どうする？　トリックの証明がどうの、なんて呑気《のんき》なことは言ってられないわよ」

「それほど凄いヤツだったら、そいつのレベルはもう――」

と言いかけて、私は一瞬凍りつく。


〝これは、リ・カーズの呪いです――〟


その言葉が脳裏に浮かんだのだ。そう、確かにリ・カーズのレベルであれば、どんな異常な殺し方をしても何の問題もなく、誰が相手であっても平気だろう。

だが、そんな馬鹿な――そんなことはありえない。いくらなんでも、そんな空想的なことが真実であるはずがない。

私が頭を振って、この不気味な思いつきを追い払っているのを見て、シャオとU2Rが私の顔を覗《のぞ》き込んできた。

「どしたの？」

「お加減がすぐれませんか？」

「い、いやなんでもない――それよりも」

私は、あらためて覚悟を決めていた。

「そういった、裏の人間関係などが存在する以上、やはり他の人間すべてに直接話を聞かないとどうしようもないな。資料を見ているだけでは限界だ」

「ですが、いきなり訊いて回っても皆様に応えてはもらえないでしょう」

「ああ。だから――許可をもらおう」

「許可ァ？　誰に？　……って、つまり？」

シャオの問いかけに、私はうなずいた。

「ギルドの最高責任者ウォルハッシャー公爵に直接掛け合って、委任状をもらうのが一番手っ取り早いだろう。ここに集まっている連中はみんな、権力者にはとことん弱そうだしな」

この私の意見に、シャオが片眉を上げた。

「大胆ねえ――」

「一応、英雄だからな」

やや自嘲《じちょう》を込めて言ったつもりだったが、シャオとU2Rが揃って、

「なるほど」

とうなずいたのには参った。

## 3.

オブルファス・ギィ・グルドラン・ウォルハッシャー公爵という男は、それまで代々ギルドの総帥をつとめてきたムノギタガハル一族のスキャンダルにつけ込んで、なかば強引な手口で権力をもぎ取った男として一般には知られている。

だが、外見的にはとてもそういったぎらぎらした印象はなく、七十を越す高齢であることもあって、非常に物静かな人物という感じだった。

ただし、全身に彫られた老化防止紋章の夥しいまでの量が、この男の財力を示している。これだけの紋章刺青《しせい》を彫り込むのには、下手すれば一国の国家予算一年分くらいはかかることだろう。

「――それで……フローレイド少将――でしたか？」

紋章と皺《しわ》にまぎれてまったく表情の読めないウォルハッシャーは、私の眼を穏やかな視線で見つめながら言った。禿頭《とくとう》の、その隅々まで紋章がある。

「私に、なにか話がある、とか……？」

縦に長い長いテーブルの、その向こう側の席に座っているのに、彼の話し声はほとんど囁き同然で、私は聞き取るのに苦労していた。

「……大佐です、公爵閣下《かっか》」

私は訂正した。おそらく公爵は、相手が最低でも将官クラスでないと話をすることすらほとんどないのだろう。

私の周りは、十人ものエリート魔導師がしっかりと固めている。少しでも怪しい動作をすれば、彼らが私の首を文字通り飛ばしてしまうのは間違いないことだった。

「ああ、そうだったそうだった——うっかりしていた。大佐か。なるほど」

公爵はひとり、うむうむ、とうなずいている。

「話というのは、ニーガスアンガー卿とラマド師の事件に関してのことです」

私は前置きなしで切り出した。

「うむ。君の見解では、あれは殺人だということらしいな」

「ラマド師の死に関してはまだ公式見解は出されていないはずです。ニーガスアンガー卿については大会執行委員会の正式な裁定が下されてしまいましたが——しかし新しい事態が訪れた以上、前の件も考慮し直さなくてはならないはずです」

「ああ——」

公爵はわずかにかぶりを振った。

「ニーガスアンガーか。あれも気の毒な男だな？」

この権力者にも人の死を悼《いた》む気持ちがあったのか、と私は少し意外な気がした。

「ええ、まったくです。惜しい方を亡くした」

「いやいや、そういう意味ではない——あれがもう少し賢ければ、前回の大会のときにも、優勝などせずに、ふさわしい地位で満足していただろうに、ということだ。愚かな男だった。分相応ということを知っておれば、ギルドでの立場もそれなりに持てただろうに、な」

公爵は、その穏やかな顔立ちにぞっとするような酷薄な笑みを浮かべた。

「こんなところで死ぬこともなかった。頭が良くない、ということはそれだけで犯罪的ということかな」

（…………）

私は、わかってはいたが、それでもこうもあからさまに人の死を軽んじられて、ただの権力ゲームのコマ扱いされるとやや対応に困った。

怒っては元も子もない。だがただ唯々諾々《いいだくだく》と意見を受け入れても舐《な》められるだけだ。私は相手が最高権力者であることをこの際忘れることにした。

この老人はただ面会許可証を配給するだけの小役人だ、段取りは踏まなければならないが、畏れることもない——という態度でのぞむ。

「次は——誰でしょうかね？」

私の言葉に、公爵の顔がかすかにひきつった。

「何の……ことかね？」

「次に殺されるのは誰か、ということに関心はおありにならない？」

私は静かに言った。

「最初のニーガスアンガー卿は、確かに主流派から外れた人間だった――だがその次のラマド師は、これはギルド内でもそれなりの立場を持っている人間だった――こうなると犯人の目的は、かなり〝見境《みさかい》がない〟ということに、なりはしませんか」

「…………」

公爵は私を見つめてきた。その視線からは、さっきまであった偽りの穏和さがやや取れかけていた。私はかまわず続けた。

「犯人の目的と方法は、現時点ではまったく想像も付かない――としか言いようがない。どんな立場の者でも、その危機にさらされている」

「…………」

「今、大会執行委員会のやるべきことはひとつ、試合の早期再開ではなく、この事態の根元を突きとめることだと思います。そうしないと第三、第四の被害者が生まれないとも限らない。まさか委員会も、あのミラル・キラルの言うような〝これは限界魔導での出来事なのだから、人が死ぬのもやむなし〟という立場はお取りになってはいないでしょう？」

私があの双子の名を出した途端に、公爵の顔にあからさまな嫌悪が浮かんだ。

〝あの――クソ忌々《いまいま》しい！〟

とでも言っているかのような、それは非常に人間的な表情だった。

「あのフィルファスラートどもの話はするな。あいつらは魔導師ギルドに害をなす者だ」

「害？」

「フィルファスラートなどという、何世紀も前の亡霊みたいな名前などなんの実効性もないというのに、連中と来たらまるで今がまだリ・カーズが死んだ直後の世界みたいな愚かしく青臭い理想論を振りかざして――偉大な先達たちに対しての敬意が、あいつらにはまるで存在せんのだ！」

突然激昂《げきこう》して大声を上げ始めた。私は少しあっけに取られた。

「この私が、みずから手渡してやったトロフィーを、あ、あいつらときたら――こ……〝こんなものはゴミだね〟などと――いったい何様のつもりでいやがるんだ！」

感情をむき出しにして喚《わめ》き散らしている。どうやら、ミラル・キラルが数々の大会で優勝した過去の、その中にはこのウォルハッシャーが主催していたものも少なからずあったのだろう。そこでも双子は、例のあの調子で徹底していたに違いない。

そして、どうやらあの二人のバックが七海連合という魔導師ギルドに匹敵する大きな勢力であることも、彼の怒りの火に油を注《そそ》ぐ原因のようだった。

しばらく耳にするのも苦痛なほどの罵詈雑言《ばりぞうごん》が飛び交っていたが、しばらくするとやっと落ち着いたようで、ぜいぜい息を切らしながら公爵は、私をじろりと睨みつけて、

「おまえがやれ」

とぼそりと言った。

「は?」

「殺人事件だかなんだか知らんが——その程度のことに委員会がわざわざ動けるものか。だがおまえが気になっているのならば、勝手にするがいい。おまえの責任で、だ。ただし——ひとつ条件がある」

「なんでしょうか?」

「あのフィルファスラートどもの手柄になるようなことだけは、絶対にするな」

的外れなことを言われたので、私はやや辛抱《しんぼう》しつつ説明しようとした。

「……どちらにしても、特殊戦略軍師である戦地調停士は七海連合からの指令か、他の政府からの正式依頼がなくては決して動きませんよ」

「そんなことはどうでもよい! 問題なのは——」

言いかけた、その途中で突然、彼は息を止めて、そして凄まじい勢いで咳き込み始めた。

「——うがかはげへごほごはがほげへごほ!」

喉が裂けるかのような激しさだ。私は席を立ちそうになったが、その前に側に控えていた医療師らしき男たちがすぐさま彼の背中をさすったりし始めた。

その様子を見ていると、なんだか自分も喉が苦しくなってくるような気がする。

（……ざらざらしているような——まったくなんなんだこれは）

公爵の咳はすぐに収まり、彼は「もういい」と医療師たちを下がらせた。そしておもむろに私の方を向いて、

「……問題なのは、どんな問題があったにせよ、それを解決するのはギルドの仕事であり、決してギルドに貢献しない双子であってはならない、ということなのだ。わかるかな、中将」

「……大佐です、公爵閣下」

「いいや、君はこの紫骸城から外に出たら中将になっている。ギルド総会のヒッシバルの議席も、現在の倍になっているだろう。ただし——それは君の言うところの〝事件〟とやらが何の問題もなく終結していれば、の話だ」

ここで彼は、完全に最初の老獪《ろうかい》な、物静かな権力者の態度に戻っていた。

「失敗すれば、もちろんヒッシバルは四等国指定を受けて、議席を失うのみならず、ギルドに上納金を納めないと加盟資格も失うことになるだろうがね」

「……わかりました」

私はうなずくしかない。後戻りはできない。

「そこで閣下、お願いがあるのですが」

私は正式に、U2Rを私の補佐として借り受ける件と、この紫骸城内における自由行動権を保証する委任状をもらうことを頼んだ。

しかしこれには公爵はまるで耳を貸そうとせずに、私は後ろにいた男たちに肩を摑まれた。

「時間です、大佐。ご退出下さい」

警護役の魔導師は静かに言った。

「まだ話は途中だ」

私は抗弁しかけたが、しかし彼らは私を摑み上げて、強引に外に引っぱり出した。

背後で、ウォルハッシャー公爵の居室のドアが閉じる。

「おい、何のつもりだ？」

「細かい折衝は、我々がします。公爵閣下は何も関与されません。わかりますか？」

親衛隊長にあたる役目らしい男がドスのきいた声で私に言った。

「……よくできているものだな。責任は公爵閣下には一切《いっさい》ないというわけか。何かあったら君らも罪を被《かぶ》ることになるんだぞ？」

私は言ってやったが、彼らは無表情でまるで反応しない。

私を取り囲んでいる警護役の中には、問題のタイアルドとかいう金髪の男もいたが、私はあえて何も言わないでおいた。あるいはこの男は真相を知っているのではないか、という考えもないわけではなかったが、しかしそれは口に出さなかった。他の警護役もいるこの状況では問いつめても答えないだろう。

そのかわり、少し睨んでやった。だが彼の顔には他の者同様の無表情が貼りついているだけで変化はなかった。

私はあきらめて、あらためて細かい要請を述べた。ほぼ受け入れられたが、しかし行動の完全な自由は認めてもらえなかった。あくまでも委員会に指定された範囲内だけだ。

（シャオに怒られそうだな……）

と思ったが、まあ彼女なら委員会の眼を盗んで行動するのは造作もないだろう。

それよりも、私は前から思っていた疑念をひとつ、完全に確認できたと思った。

ギルドでは、身分の低い人が死ぬことをなんとも思っていない――つまり、

（いつ、どこで恨みを買っていて、全員を皆殺しにしてやると思っている奴がいてもちっともおかしくないということだな）

私は、その可能性こそが真実ではないかと思い始めていたのだ。


……後から考えると、この私の推測は半分は当たっていて、半分は全くの見当外れだった。事態は――この紫骸城をめぐる悪意は、もっと複雑で、かつ容赦《ようしゃ》のない底無しの闇だったのだ。

このとき、事件がまだ本当の意味で姿を現してすらいなかったということを、私はすぐに嫌というほど思い知らされることになる。

『絶望から眼を背《そむ》ける者に、未来を語る資格はない』

――オリセ・クォルトの言葉より

# 第四章

## inside the apocalypse castle

## 1.

時間が経過した。

夜を越えて、朝が来た——という言葉は、この紫骸城の中では使うことができない。窓がひとつもないこの城塞の中では、外でどのような変化が生じているのか知る術《すべ》はないからだ。

いずれにしても不安におののく人々はいずれも穏やかならぬ目覚めのときを迎え、そして、その中のある者たちには、二度と——

＊

紫骸城は、大きく見ると三つの区画からなっている、ということを私はシャオから教えてもらった。

「ひとつは人がいるところ、ひとつは建物を支える柱とか補強材とかがあるところ、そしてもうひとつというのが、これが実に〝吹き抜け〟のところよ」

「吹き抜け？」

「そう、まったく何もない空間。床もないから、部屋としてはまったく使えない。天辺《てっぺん》から地下にめりこんでいる所まで、中に入っている人間からはまったく見えないから、、、っぽが、実にこの紫骸城の体積の九割を占めているのよ」

「つまり——この城塞は張りぼてみたいなものなのか？」

「そういうことね。その間を風がびゅうびゅう吹いている。私たちがいるこの部屋の床の下だって、おそらくは地上から遠く離れた宙ぶらりんの所だと思うわよ」

そんなことを言われると、つい私は赤茶けた床の表面をまじまじと見入ってしまう。

その下の遠い遠い地面までの距離を考えると、しっかり立っているにもかかわらず高所恐怖症になってしまいそうな錯覚を覚えた。今にも床が抜けて、奈落の底に転落しそうな気がしてならない。

私とシャオは、例の委任状が支給されるのを部屋の中で待っているところだった。現在、委員会での雑務をしているはずのU2Rがそのまま持ってきてくれることになっている。

「通路は、基本的には螺旋《らせん》になっている——それで上と下が階段無しでつながっているわけ」

「回廊はほとんどまっすぐに見えるがな」

「間をつないでいるホールも微妙に曲がっているんだと思うわ。それに――長すぎるのよ、基本的に。薄暗くて先が見通しにくいし――まっすぐに歩いているつもりでも、少しずつ、少しずつ曲がっているのに気がつかない、とか」

「……なるほど」

私は最初にこの紫骸城に入ったときの印象を思い出し、納得した。

「そういえば……あの竜の骨って、まさか本物じゃないよな？」

「竜の骨？」

彼女は知らないようだった。私が説明してやると、彼女の眼がぎらぎらと輝くのがわかった。

「何それ？　そんなものあるの？　ぜひとも確かめたいわね……！」

「しかし、あれはいくら何でもここから持ち出せないぞ。大きすぎる」

「本当に竜の骨格そっくりなら、スケッチでも高く買ってくれる好事家《こうずか》や研究者がいるわよ。知り合いに〝竜探しのアーナス〟って男がいるから、あいつなら飛びついて喜ぶわよ、きっと」

その名前は高名な冒険者のものだったので、私は少なからずこの盗賊の顔の広さに驚いた。

「そういうものかな。まあ、あとで案内するよ」

「思わぬ副産物ね。いやぁ、来た甲斐《かい》があったわ。うんうん」

「…………」

私はすごく嬉《うれ》しそうな彼女を見て、はしゃぎすぎな気がしてきてやや不安になる。

「しかし、君が考えているリ・カーズの秘宝というのは、一体どういうものなんだ？　金銀宝石の類なら、以前にここを訪れたはずの冒険者が持ち帰っていると思うが」

水を差しておこうと、そんなことを言ってみた。だがこれに彼女はニヤリとして、

「金？　銀？　宝石？　──そんなものは、所詮ただの〝資産〟に過ぎないわ。大盗賊が盗む秘宝というにはちと夢がないわよ？」

「なんだって？　どういう意味だ？」

私は彼女が何を言っているのかよくわからなかったので訊き返した。

「秘宝というのは、必ずしも形のあるものではない。秘められたるもの、見えざる真実、隠された意図──秘宝というのはそういうものよ。この場合、秘宝というのは紫骸城そのものね」

「つまり──紫骸城が建てられた理由、とかそういうことか？　それはオリセ・クォルトと戦うために呪詛を集めることだろう？」

「確かに、紫骸城は呪詛収束効果のある素材で建てられていて、かつ大きな空洞にそれを蓄え続けるようにはできている──だがそれだけだと、なんか足りないのよね」

彼女は空間の、見えない何かを睨みつけるような鋭い顔つきになる。

「理由として不足──それだと、紫骸城がこんなにぐにゃぐにゃな造りになっている説明

にならない。三角錐《すい》とか、長方形とか、ドーム形とか、そういった単純な形の方がその目的にはかなうし、それに――そんな目的は当然、相手のオリセ・クォルトだって予測できるわけで、それに対しての対抗策を敵に取らせることになる。この城塞が超巨大な〝兵器〟だというなら、もっと本当の使い方があるはずなのよ」

彼女の眼は、正に狩人《かりゅうど》のそれだった。追いつめて、仕留める者の本気が私にも突き刺さってくるかのようだった。

「なるほど――説得力があるな。だがそんなものがわかるだろうか？」

魔導を究《きわ》めた者が、同等の相手を出し抜くために用意した仕掛けなど、我々の認識では把握《はあく》できないのではないだろうか。

そして――

（もしも、それがニーガスアンガーやラマド師を殺したのならば、それはまさにリ・カーズの呪いということになってしまうな）

私はぞっとした。

すると私の顔色を読んだシャオが、

「あっ、あっあー、たぶんそういう目的じゃないと思うわ。相手を殺傷する仕掛けとか、その辺ではないと思う。それなら、これまで紫骸城に入ってきていた大勢の人々が無事ということの説明にならないでしょ？」

とウインクしながら言った。

「たぶん、リ・カーズ本人だけに関係するような何かなのよ。そう思うわ」

「しかし、そう断言できるものでもないだろう。仕掛けなら時限式とか、誤作動とか、その可能性は否定しきれない」

私としては、この紫骸城全体から醸《かも》し出される雰囲気が〝生かして帰さぬ〟と言っているような気がしてならないのだ。

「まあね、でもあたしは自分の勘を信じるけど。それで、その城塞の秘密なんだけど――」

彼女は身を乗り出してきた。顔が私のすぐ目の前に寄ってくる。若い女の子の香りと吐《と》息《いき》が鼻先に掛かってきて、私は少なからずどぎまぎした。

「な、なんだ？」

だが彼女は私の動揺などお構いなしで、そのまま言葉を続けた。

「――実は、見当が付いている」

にやり、とした。

私は驚いた。

「なんだって？　それじゃあ――」

と言いかけたところで、ドアが開いて「失礼いたします」とU2Rがやってきた。

私ははっとなって一瞬U2Rの方を見る。そして顔を戻したときには、もうシャオは身を引いていた。

「まだ内緒ね」

いたずらっぽく言う。

「でも、時が来たらあなたにも協力してもらわなきゃならないと思うわ。この秘密の解明には魔導師の協力が不可欠なのよ」

「…………」

私は、なんだか遊ばれているみたいな感じになったが、しかしすぐに気を取り直して、

「U2R、委任状はもらってきたかい?」

と殺人事件の方に気持ちを戻した。

「はいフローレイド様、確かにいただいてまいりました」

受け取って、中身を確認する。問題はなさそうだった。

「よし——それではさっそく、朝食前に皆を〝尋問〟するとしようか」

我々三人はとにかく、相手に何の先入観も与える前にできるだけ多くの人間に話を聞いておこうと思って、手当たり次第に行くことにした。

「U2R、頼む」

私の合図で、個室の鍵を無効化できる擬人器がすかさずドアを開けてしまい、私とトリアーズの変装をしたシャオがずかずかと無遠慮に入り込む。

「——な、なんだおまえらは?」

寝台に横になっていた男が飛び起きた。どうやら一晩眠れなかったらしく、眼が血走っていた。青びょうたん、という印象の頼りなさそうな若い男だった。まだ二十代だろう。

「彼の名は？」

私は本人ではなく、管理者のU2Rに訊ねた。

「はい、ノス・マイヤーン様です。メルクノース代表で今大会に参加されています。大会参加はこれが初めてです」

打てば響くような返事に私はうなずいて、

「ようしマイヤーン卿。我々はラマド師の死について調査をしている者だ。権限は大会執行委員会から直々にもらっている。これが証明だ」

私が委任状を鼻先に突きつけてやると、マイヤーンという男は眼を白黒させた。

「な、なんだって？　なんのことだ？」

「あなたは、殺されたニーガスアンガー卿と個人的に知り合いだったか？」

「な、何を唐突に。私は何も知らないよ」

「あなた個人が、他の者から殺されてもおかしくないほどの恨みを買っている、というようなことは？」

「し、失敬な！　なんなんだその質問は！」

「答えた方がいいぜ？」

トリアーズの声でシャオが言う。

「下手に隠していると、あんたもあの二人のように殺されちまうかも知れないからな、いやマジで」

せせら笑うように言われて、マイヤーンの顔が青くなる。

「ま、まさかそんな——」

「なにか、他の魔導師の間で奇妙なことがあった、というような話を聞いていないか？」

「え、えーと——」

彼は必死に考え込んで、あれこれと噂話のようなスキャンダルを色々暴露した。しかしそのほとんどは下世話なものばかりで意味がなさそうだった。そういうことならシャオが知っているからだ。

しかし本人は話しているうちに興奮してきたらしく、べらべらと際限なくまくし立てる。

「そうそう、例のナナレミ夫人が今回来ているだろう？　あれは実は、ムノギタガハル一族としては今回は出場辞退するはずだったのが、ウォルハッシャー公爵が圧力を掛けて、無理矢理に出ざるを得ないようにしたらしいよ。恥を掻かせて、ムノギタガハル一族の権威を失墜させるつもりらしい——」

「だろうな」

私は適当なところで相槌を打って、話を遮った。こいつとばかり話をしている暇はないのだ。どうやら何も知らない、というのは本当のようだ。

「ご協力感謝する。それでは」

私たちはさっさと外に出た。

「今の男の印象はどうだ？」

私はシャオに訊いた。裏社会に生きる彼女は私よりも人間観察眼があるだろうと思ったのだ。実は切れ者だったりする可能性もあるから、用心に越したことはない。

「いやあ、アレじゃあないな、さすがに」

変装用の髭の下で彼女は、へっ、と鼻を鳴らした。

「人が殺せるだけの覚悟も、自分が殺されることへの想像力もない、ただのボンボンだわ」

「しかし、大会参加者の平均的な人物像です」

U2Rの言葉に、私はため息をついた。

尋問すべき人間は百人以上もいる。これはかなり疲れる作業になりそうだな、と覚悟をあらためて固めた。

だが、その必要はなかった。

そんな呑気なことを言っていられない事態が、私たちのすぐ前まで迫っていたのである。

「――おかしい」

まず、U2Rが異常に気がついた。

「鍵を外しても、ドアが開きません」

それは個別尋問を始めてからわずか三人目のことだった。

「何か、作為的に固定されているような感触があります――」

私ははっ、となった。

「――どけ！」

私は怒鳴って、鍵が外れているドアを思いっきり蹴《け》り飛ばした。

だが、妙に重い手応えがあるだけで、ドアはほとんど動かない。

「くそ、なんだこれは？」

ドア自体が歪んでしまっているようだった。

わずかに隙間が空《あ》く程度で、とても開きそうにない。

そのとき、ひゅうっ、という風が抜けていくような変な音がした。

「――？　なんだ――」

と私とU2Rが訝《いぶか》しげに見つめ合ったそのとき、シャオの顔色が変わった。

「――まずい！　逃げろ！」

大声で叫んで、私とU2Rを突き飛ばすように押した。

「な、なん――」

私たちは混乱しつつも、彼女が走り出した方向に慌てて付いていった。

そのとき、背後がいきなり爆発した。

振り向くことはできなかった。そのまえに爆風に飛ばされていたからだ。

だが身体が転がったので、後ろで何が起きたのかはわかった——今、私が蹴ったあのドアが吹っ飛んで、そこから火柱が吹き出していたのだ。

(——な、なにいっ⁉)

私は仰天したが、しかしその間にも軍で訓練された防衛術を身体が勝手に取っていた。

火には水——

防御魔法の原則のひとつに則《のっと》って、私はとっさに空中の水分を凝固させる呪文を唱えている。これは同時に、気化作用で辺りの気温を急速に低下させる働きがある。そう、冬の窓の内側に水滴が付くのを、逆に、水滴を付けるようなことをしたから窓の外が冷える、というようなものだ。

たちまち、周囲は水蒸気の煙でぶわわっ、と真っ白になった。

湯気だ。

蒸し暑い空気が辺りに充満する。

「——なんだ、今の爆発は?」

私は立ち上がった。シャオとU2Rも、それぞれかろうじて無事なようだ。

ドアが吹き飛んだ部屋からは、煙がぶすぶすと出ている。

「……物が燃えて、室内の酸素が消費された結果、密閉された部屋が真空状態になっていたのよ。それが、ドアの隙間から酸素が入り込んだ結果、爆発的に燃焼したってわけ――」

シャオが解説した。付け髭が飛んでしまっている。

「大規模火災でよくある現象よ。火を消しに来た者がよく、これでやられてしまう――」

「大規模……火災だって？」

私は愕然としていた。

室内で、大規模火災並みの燃焼が起きていたとしたら、それは――

私は再び飛び出していた。ドアが床の上にひしゃげて転がっていた。その上を飛び越して室内に入る。

「――うっ！」

すさまじい異臭がした。その臭《にお》いを私は知っていた。戦場で、火炎呪文が塹壕《ざんごう》内を荒れ狂った後にするその臭いは――

「…………」

私は、またしても呆然と立ちつくすしかなかった。手遅れなのは一目瞭然《りょうぜん》だった。

部屋の真ん中で、その部屋にいた人間だったものが、綺麗に、よく焼いた炭のように白っぽく焦げて、しゅうしゅうと煙を立てていた。

密室で、焼死体で――しかも超高温で焼かれて。

別にどうってことのない、平均的な大会参加者にすぎないはずの者が……。

「なんてこった……」

私の頭の中も真っ白になりかけて、そこで——ぎくりとした。

恐るべき可能性に、私は気がついたのだ。

どうってことのない、平均的な者が——ということは、もしかして……

「ま、まさか——」

私は蒸し暑い高温の中で、なおも背筋が凍りつくような戦慄《せんりつ》を覚えた。

「まさか——ここだけではないとしたら！」

叫びながら、私は部屋から飛び出した。

## 2.

……結果的に、焼死体の数は実に四十七人に及んでいた。

私は、それらの死体が並べられたホールで、一人、絶望に苛まれつつ立ちつくしていた。

「…………」

私は、つい昨日のことを思い出していた。

私が試合の審判をするというので緊張していたときに、声をかけてくれた老婦人のことを。

「まあ、慎重でいらっしゃるのね」

そういって、私の気持ちを和《なご》ませてくれた彼女の笑顔は脳裏に焼きついている。

私は彼女の名前を未だに知らない。

だが、あれから生き延びた者たちが集まったときに、あの婦人の姿はなかった。

この——ホールに並べられた四十七の死体の中にいる、としか思えない。

「………」

なんということだろう。

どうしてこんなにも——こんなにも平然と、取り返しのつかないことが連続して起こるのだろうか？

私はあれからすぐに、委員会の警護役連中の所に飛んでいって、今すぐに紫骸城にいる全員のドアをがんがんノックして、爆発に注意しながら片っ端から開けてみろと命令した。

「鍵が掛かっている、だって？　——何かが起こっている部屋には、鍵なんか掛かっていない。室内にいる者が死んでいたら、生命に反応する魔法鍵は作動なんかしていないからだ！」

それから大騒ぎになった。

焼死体は次から次へと発見された。

爆発したのは結局、私が最初に発見したものだけで、後の死体は部屋の中でただ、周りを焦がして人間だけが燃え尽きていた。

（明らかに、物理魔法攻撃だ——だが、彼らはなんで、防御しようとはしなかったんだ？）

死体が並べられたホールで、私は呆然とするしかなかった。

死体を調べた限り、私に捜査権が正式に与えられる前に、既に死んでいたようだ——間に合わなかった。

「……くそっ」

心底、自分の無力さが憎らしくなった。

大会参加者の半数と、関係者の三割もの人々が一夜にして殺されてしまったことになる。これはもう殺人事件などというレベルを越えていた。

これではもう——大量虐殺《ぎゃくさつ》だ。

「いやあ、壮観ですねえ——」

妙に陽気な声が聞こえてきた。振り返るまでもなかった。それは嫌みなほどに耳触りのいい、澄んだ声だった。

「やあフローレイド大佐！　大変なことになったようですね？　なんでもあなたがこの事件を担当されているとか？」

爽やかな微笑《ほほえ》みを浮かべながら、双子の片割れキラストルが近寄ってきた。

姉の方は、遠くから我々の方を、ぼーっ、と見るともなしに見ている。

夥しい死体が並んでいるというのに、二人ともまったく動じた様子がなかった。

「…………」

私が黙っていると、キラストルは死体のひとつにかがみ込んで、その表面に触れるか触れないかの位置をなぞっていた。楽器でも弾いているかのような、優雅な手つきだった。

分析しているのだ。やがて彼は「ほう」と感心したような声を出した。

「こりゃあ、掛けられた術そのものは単純ですね。ただの火炎呪文だ。子供にだって唱えられるような基本中の基本だ。そんな呪文に、限界魔導に挑もうというような者たちが、いとも簡単に焼き尽くされてしまうとは……これはどういうことですかね？」

面白がっているような口調に、私はカッときた。

「何が言いたいんだ！　貴様がこの謎を解いてくれるとでも言うのか？」

怒鳴ると、ミラロフィーダが遠くからくすくすと笑っているのが聞こえた。

弟の方は、顔を上げて私に言った。

「気を付けた方がいいですよ、大佐」

「何がだ？」

「僕らに手柄を与えるな、とか注意されているんじゃないですか、あの好々爺《こうこうや》に」

ウォルハッシャー公爵のことを、まったく馬鹿にしきったような物言いだった。

「僕らに意見を求めたりしたら、あの爺さんの反感を買いますよ。ヒッシバルの未来が懸かっているんでしょう？　慎重にやらなくっちゃ、ねえ？」

　思わず目の前が真っ暗になるほどの怒りに駆られる。

「——余計なお世話だ！　おまえたちはこの大量死の見当が付いているのか？」

「いいや、まったく」

　キラストルは肩をすくめて、しかし全然悪びれた様子もなく言った。

「ただ言えることは、死んだ彼らは皆、未熟だったということだけでしょう」

　ニヤリ、と笑った。

　こいつらは、ギルドの偉いさんたちとはまったく別の意味で、人が死ぬことをなんとも思っていないようだった。

「よくそんなことが言えるな……自分たちは絶対に殺されないという自信でもあるのか？」

「は？」

　私の怒りの混じった問いに、キラストルが意外そうな顔をした。

「何のことです？」

　それはほんとうにわからない、という表情だった。

　そのとき私の背後からいきなり、

「この方はね、キラストル——」

　という声がした。いつのまにか、姉のミラロフィーダが私のすぐ後ろにまで近づいてきていたのだ。

「人間に死の運命がない、という可能性があるとおまえは信じているのか、というようなことを訊いたのよ」

「――へえ？　そりゃまた、ずいぶんと不思議なことを訊くものだね。もちろんそんな馬鹿げたことは信じていないさ。誰でも必ず死ぬし――そしてそれは僕も例外ではないよ」

真面目な顔で、訳のわからないことを言った。

「僕も殺されるし、あなたも殺される、姉さんも殺されるし、みんな殺される――それがこの紫骸城の中か、外に出てからかはわからないが、殺されないですむ者などこの世に存在しない。僕らは皆、生まれ落ちたときから殺人事件の被害者となるべく存在しているんですよ」

つまらない言葉遊びだと私は思った。ついムキになって、

「誰だって死ぬ。だから皆は殺されているのと同じ――そしてその犯人は〝神〟だ、とでも言うつもりか？　ずいぶんと陳腐な運命論だな」

と言い返してやった。しかしこれに、

「いいえ」

とキラストルは即答してきた。

「僕らは、僕らの愚かさ故に死ぬのですよ」

「……？」

「神に責任転嫁《てんか》するのは我田引水《がでんいんすい》というものです。人間を殺しているのは他の人間の無自覚だし、その加害者もまた、他の無自覚な加害者によって殺されてゆくのです。誰もが被害者だ。故に、誰もが殺人者でもある」

淡々とした口調で、およそ理解不能なことを唱《うた》うように語る。

「僕らは真実に近づいているのだろうか？　それとも同じところをぐるぐると回っているだけなんだろうか？　このくだらない円環を断ち切るにはどうすればいいんだろう。どうするべきだと思います？」

問われても、私は何を訊かれているのかすら理解できないのだ。

「――無自覚が悪いというのなら、自覚すればいいだろう」

わからないながらも、対抗意識だけでそんなことを言ってみた。

するといきなり、背後に立っていたミラロフィーダがそっ、と私の二の腕に抱きついてきた。

「――良し《ディード》」

耳元で囁かれた。

「まさにその通り――私たちは、自らが悪意の塊《かたまり》であり、その奴隷《どれい》であることを自覚しなければならない」

その甘い声は、吐息と共に私の耳朶《じだ》をくすぐった。背筋がぞくりとした。

（…………うっ）

必ずしも戦慄《せんりつ》だけではない震えだった。自分が足元から崩《くず》れ落ちてしまいそうな、そんな感覚が這《は》いのぼってくるようだった。

「この世で最も絶望的なことは、何かご存じかしら？」

「……なんのことだ？」

私が訊ねると、弟の方が、

「英雄殿は、どのような環境で育ったのですか？」

と唐突に訊いてきた。

「……母が軍人で、父は商人だった。それがどうかしたのか」

「貴族縁者でも、被差別階級の出身でもない？」

「そうだ。それがどうかしたのか？」

「いや、それならばわかるでしょう――この世の中でもっとも絶望的なことが。それは救いがないことでもない。厳しい環境の中でしか生きられないことでもない――そういうものは、それと戦ったり、それに屈服して卑屈な生き方を選べたりと、それなりに道というものが残されている――だがしかし、最初から何もかもがそこそこであることは、これは逆に、どこにも切り拓《ひら》くべき道がないということでもある――適当なところで満足するしかない。心の中に悪意を秘めたままでね」

また訳のわからないことを言いだした。

「――何が言いたいんだ？」

「私たちは――」

姉が、また私の耳元で囁く。

「ほとんどのフィルファスラートと同様、中庸《ちゅうよう》な環境に生まれて、ぬるま湯のような生活をして、育ってきました――両親は今でも健在ですが、彼らは私たちと離れてもまだ、そこそこで居続けていますわ」

「しかし、僕らが不運だったのは――そこそこで生活していくには、僕らには魔導師としての才能がありすぎたということですよ。僕らの周りにいた人々と同じ人生を送るには、僕らは異常すぎた――だが、つまらない偏見《へんけん》のせいで、フィルファスラートという名前は、魔導師の世界では冷遇される宿命にある――しかし、それも所詮そこまでの話でもある。ギルドだって、結局はそこそこの社会でしかない。どこに行っても僕らにはそれなりの未来しか待っていなかったんです」

「――君たちに才能があることは認める。ふさわしい待遇を求めて、それまでの環境とは無縁の戦地調停士になったということか？」

私の問いに、二人は揃って笑った。

「いやいや、問題はそんなところにはない！」

「問題は――本当に人々は、自分たちが選んでいるはずの〝安定〟を求めているのかどうか、それが知りたいのです。それは〝本能〟が求めているものなのでしょうか？」

「魔導の研究というのは、結局は怨念《おんねん》と悪意の研究です――かくも熱いものがありながら、なぜ人は平気な顔をして〝安定〟などしていられるのか。僕らはそれが知りたいのですよ」

「とことんまで行ったとき、人間の内部に必ずあるはずの〝本能〟はほんとうに〝無事〟や〝平穏〟を選びたがるものなのか——互いに相争う者たちの仲立ちをする戦地調停士は、その研究に打ってつけなのです」

姉は、また私にしなだれかかってきた。

その肌の柔らかさと、燃えるような熱さが私に伝わってきて、私はまた動揺していった。

（……ううう）

「人間というのは、自分たちで創り上げたこの退屈で不透明で混乱した世界に対して、最終的にはどっちに転ぶのでしょうね？　〝良し《ディード》〟？　それとも〝無駄《ナイン》〟？」

……耐えきれなくなって、私はミラロフィーダに向かって、

「——やめろ！」

と強い口調で言い、不安に駆られて、つい乱暴に彼女の身体から腕を振りほどいた。

彼女はすこし驚いたような顔をして、しかしすぐに、

「——ふふっ」

とゆとりのある微笑みを浮かべた。

「あなたは、どうやら悪意と戦い続けることで道を切り拓いていこうとする方のようね

――それもまた良し《ディード》。それだけの覚悟はおありになるようだわ。ただし――それは厳しい道程《どうてい》です」

「…………」

　私が黙っていると、弟の方がまた口を出してきた。

「確かに、あなたはあのヒースロゥ・クリストフに影響されているようだね。彼もまた、自ら困難な道をわざわざ選択しているような人間だからねえ」

「でも、あなたにはあなたを支えてくれるＥ・Ｔ・Ｍはいない」

　ミラロフィーダがぽつり、と呟いた。

「その、Ｅ・Ｔ・Ｍとは一体なんだ？」

　私は以前から気になっていた疑問を問いただした。しかしこれに姉は、

「…………」

　と無言で答えず、気のせいかその表情が心なし翳《かげ》っているように見えた。

「？」

　私が〝この女でもこんな顔をするのか？〟と思ったとき、弟が、

「あれは悪意というよりも、皮肉といったようなものを武器にしている、いわば僕らの天敵といったところですよ」

　ニヤニヤしながら言うが、例によって何を言っているのかまるでわからない。

「なんのことだ？」

「屈折を恐れず、意志を重ねていけば、いずれはまっすぐになれるとでも思っているんでしょうかね——あの〝オピオンの子供〟は」

苦笑めいた、その表情からは何も読みとれなかった。

## 3.

私は遺体が並べられているホールから出て、皆が集められている場所に戻ることにした。

紫骸城の薄暗く、だだっ広く、ひたすらに延びる回廊は、死体が無数に出た今でも、はじめて来たときとまったく変わらない印象で私に圧迫感を与え続けている。

どこまで行っても決して明るいところにはたどり着けないのだ、光などはない、ここは永遠に影の側しか存在しない場所なのだ……と言い続けているような——むしろ、今の方がそのイメージがふさわしくなってきているようだった。

「…………」

またしても、喉元から何かがせり上がってくるような息苦しさを感じる。一人になると、その感覚が必ず浮かび上がってくる。

（……ざらざらする）

足元の、下は完全に空っぽだという床の上を踏みながら、いつかそれを踏み抜いてしまって底無しの闇に転落するのではないか、そんな不安に駆られて仕方がなかった。

だが私の転落は〝いつか〟を待つ必要はなかった。

「――フローレイド大佐、君に答えてもらわなくてはならないことがある」

警護役の隊長が、みんなの所に戻った途端に私に詰め寄ってきた。

一人だけでなく、警護役のほぼ全員が私の周りをいきなり取り囲んできた。

その眼が殺気立っている。

「な、なんですか？」

私がさすがにたじろぎつつ後ずさろうとしたら、その背後にもたちまち人が立った。

肩や腕を掴まれる。

「君は、擬人器のU2Rを自分の手足のように操れるらしいな？」

隊長が鋭い目つきで訊いてきた。

「操っているわけではなく、私と彼は――」

「彼？　まるで人間のようにいうじゃないか。あれは機械で、しょせんは道具に過ぎない存在だ。それを人間扱いして、いい気にさせて、我々の知らぬ間に手の内に取り込んでいたというわけか？」

私は、事前にU2Rとの共同作業を他の者に言いそびれていたことを思い出した。あれが、こんな形で不信の因《もと》になってしまったのだろうか？

「そ、そんなつもりはない。あくまで我々は共通する目的を持って――」

言いかけたところで、私は彼らの向こうに異常なものを見た。

トリアーズの変装をしたままのシャオが魔力を封じる鎖で縛《しば》り上げられているのだった。

そしてその足元では、動力を切られたと思しきU2Rがごろりと倒れていた。

シャオには猿ぐつわもされていて、私と目が合った途端に「うー」と呻《うめ》いた。

「な、なんのつもりだ貴様ら⁉」

私は叫んだ。だが警護役の者たちは血走った目で私を睨みつけるだけだった。

「各個室は、完全に鍵が掛かっていたはずだった――その中で焼き殺されるはずがない。ならば犯人は鍵を開けることができた擬人器と、その仲間しかありえないだろう」

隊長が押し殺した声で言った。私は愕然とした。

「そ、そんな馬鹿な！　だいたい殺人事件を調査しようと提案したのは私で、おまえたちは何もしようとしなかったじゃないか！」

「それも、後で誤魔化すためだったと考えられる。だが他の者では絶対にできないのだから、どんな言い逃れもできはしない……！」

私を摑んでいる者たちの力が一層強くなる。

「お、おい馬鹿なことはよせ！　こんなことをしている間にも、真犯人はのうのうと次の殺人を企《たくら》んで――」

抗議しようとしたときにはもう、私も猿ぐつわを無理矢理はめられていた。

あっというまに、全身を縛鎖でぐるぐる巻きにされる。

鎖が肉にめり込んで、ぎりぎりと音を立てた。痛みに絶叫しそうになるが、口には猿ぐつわが食い込んでいてそれすらかなわない。

「貴様らを拘束する！　この城から出られる期限が来るまで、貴様たちには如何なる行動の自由も許さん！　──すぐには殺さないぞ。徹底的に調べ上げてやる！　そうだ──」

隊長の顔にひきつるような笑みが浮かんだ。

「この紫骸城の〝拷問室《ごうもんしつ》〟で骨の髄《ずい》までたっぷりとな……！」

＊

如何なる抗議も虚《むな》しく、我々は紫骸城の奥深い階層にまで強引に引きずられていった。

その途中で、私と並んで連れていかれていたシャオが、変装の隙間から私の方に妙な目線をよこしてきた。

「──」

言葉は当然なかったが、その眼は私に何かを訴えていた。それは決して責めるようなものではなく、むしろ──

「──」

私は、彼女の意図を察して、うなずいた。やむを得ない。

シャオは私から眼を逸らすように、瞼《まぶた》をしっかりと閉じた。

その鎖に縛られた身体が、がくん、と大きくのけぞる。

そして次の瞬間、小太りのトリアーズの身体はただの抜け殻《がら》と化していた。

「――なにっ⁉」

警護役の魔導師たちが焦ったときにはもう遅い。

盗賊シャオは、その素早い動作で一瞬天井に貼りついたかと思うと、そのまま蹴って全員の包囲の外にあっというまに飛び出している。

「――女⁉」

誰かの驚きの声が聞こえてきた。続いて爆裂呪文が彼女めがけて放たれるが、かわされれば攻撃はすべて紫骸城の壁に吸収されてしまう。足を停めるのに適した散弾状の攻撃はここではほとんど無力なのだ。

それを見越してのシャオの行動だった。

「――ごめん！」

彼女の声が私を取り囲んでいる魔導師たちの向こうから聞こえ、そしてそのまま姿を消したらしい。何人かが慌てて追っていくのがわかった。

だが、彼女を捕まえられるような者は連中の中にはいないだろう。なにしろかの大盗賊ウージィ・キャオの孫娘なのだ。

（……うまくやってくれることを、祈るだけだ）

もはや連続殺人鬼の凶行を止めるのは、彼女に任せるしかない。

私は眼を閉じて、彼女のために祈った。

「な、なんなんだあれは？」

私は襟首《えりくび》を摑まれて、問いつめられた。

しかし猿ぐつわをはめられている私が答えられるはずがないではないか。つい目で笑ってしまったら、思いっきり殴られた。

そして、さっきよりもさらに荒っぽく突き飛ばされて、引っ立てられていく。

先に待っているのは、あまり考えたくない悪夢だった。

〝あなたにはＥ・Ｔ・Ｍはいない〟

ミラロフィーダの言葉が、なぜだかふっと思い出された。

（…………）

私は、自分では本物の英雄には結局なれないことを知っている。現に今もこのざまだ。

（――だが）

だが私がヒースロゥのような真の英雄で、かつ、ここにそのＥ・Ｔ・Ｍとやらがいれば、この泥沼のような地獄もなんとかなる――とでもいうのだろうか？

『敵を一人倒せば勝者で、十人倒せば強者で、百人倒せば英雄で、
千人倒せば支配者で、一人残らず倒せば神で、そして――
自分も倒されれば、ただの悪党だ』

――――〈魔女の悪意《ビイアス・リ・カーズ》〉より

# 第五章

## inside the apocalypse castle

# 1.

（――くっ、なんてこと……！）

ウージィ・シャオは必死で逃げながら、まんまとしてやられたのだろうか――と隠れたる犯人の悪意に、ともすれば脚が震えて走れなくなりそうになる。

自分たちが調べはじめた途端に、こんな逆襲をされるとはまったく予想できなかった。相手はどうやら、ギルド上層部やそれに属する連中の愚かさまで計算に入れているようだった。

（――やはり、内部の者の犯行……？　でもあたし一人では――）

フローレイドは、彼女が一人で逃げることがわかっても、まったく怒りを見せなかった。それどころか〝頼む〟というような信頼すら眼に浮かべて彼女を見送った。

それを思うと胸がずきりと痛む。彼女は盗賊で、逃げるときに少し〝自分だけでも助からないと〟という意識がなかったといえば嘘《うそ》になる。

だが、フローレイドはそれすらわかった上で、なお彼女に託《たく》したのだ。

そんな深い信頼をこれまで彼女はされたこともなかったし、それに応えられる自信もない。

追っ手はほとんど振り切った。もともとこの紫骸城は馬鹿みたいに広いから、逃げたり隠れたりする場所には事欠かないのだ。対して追っ手の人数は決して多くない。彼女の能力をもってすれば何日でも潜み続けることができるだろう。

食糧は、転送の際には持ち込めなかったが、盗賊の心得《こころえ》で、既にここに入ったときに倉庫から盗んである。

だが——それで転送呪文が作動するその時まで隠れ続けていて良いものだろうか？

(——ちくしょう、どうすればいいのよ……？)

なんとかフローレイドだけでも助けて、この紫骸城から脱出する方法を探すか？

だがそんな甘いことを、犯人が許してくれるだろうか？

(どうする……？)

＊

「——トリアーズの方は逃げた、だと？」

報告を聞いたウォルハッシャー公爵はしかし、さほど怒りもせずに、

「まあよい。どうせ何もできん。警戒《けいかい》を怠《おこた》らなければ問題はあるまい」

と静かに言った。報告に来た警護役はすぐ「わかりました」と言って引っ込んだ。

公爵が居室として使っている部屋の扉は、被害者たちが殺害された密閉状態になるのを防ぐために開けっぱなしにされているが、部屋それ自体がだだっ広いので話などが外に伝わることはないし、部屋の重厚さも失われてはいない。

その公爵の着いている席の、その横は警護役が固めている。

そこに、おそるおそる顔を出したのは大会審判長のゾーン・ドーンだった。

「あの……公爵閣下に申し上げたいことがありまして……」

「なんだ？」

ウォルハッシャーは素っ気なく、静かな声で訊ねた。

「は、はい。そのですね——」

ゾーン・ドーンはもじもじしていたが、やがて意を決して、顔を上げて、

「その——フローレイド大佐は、おそらく無実です」

と、弱々しい声で言った。

「ふむ？」

「彼には、その——動機がありません。むしろ母国のためにはこの大会で失態を演じることができない立場にあります。審判職に対しても彼は極《きわ》めて真面目に取り組んでおりました、事件の捜査を買って出たのも、その辺りの事情がある故でして——」

ゾーン・ドーンはまだフローレイドを信頼していた。それに論理的に考えても、彼が犯

人だというのはどうにも無理があるように思ったので、勇気をふりしぼって上申《じょうしん》に来たのである。もちろん、本当の犯人に殺されたくないという気持ちが一番の動機であったが。

「だから？」

言われても、公爵は静かな口調を崩さない。

「無実だったら、どうだというのだね」

「――は？」

ゾーン・ドーンの口がぽかん、と丸くなった。ウォルハッシャーはそれにかまわず言葉を続けた。

「フローレイド大佐が無実だったとして、では他に犯人が見つかると言うのかね？　そしてその間に、我ら魔導師ギルドは延々と混乱し続けるというわけか？　既に愚か者どもの中には、これは私のせいではないかと言う者まで出てきている始末だ。一刻も早く犯人を捕らえて、この皆の不安を鎮めなくてはならない。違うかね？」

「……と、おっしゃいますと――」

「大佐が真実、U2Rと共謀して犯行が可能だったかどうかなどは二の次だ。いいかね、今我々は、今後のギルドの運営を左右する限界魔導決定会を執行中なのだよ。これ以上の混乱は避けなければならない。中に犯人がいるとして、そいつが何者であれ、魔導師ギルドは致命的な影響を受けざるを得ない。だからそれを少しでも軽減するためには、犯人にはギルドの責任問題など忘れさせるほど、世界中があっと驚く〝人材〟が必要なのだ。たとえば、高名な英雄で、しかもギルドとはあまり関係のない人間とか、な」

ウォルハッシャーの声はあくまでも穏やかだ。

だがそれを聞いているゾーン・ドーンは、そのいまひとつ制御の利かない表情は激しく痙攣し、顔色は真っ青になっている。

「そ、そんなことをおっしゃられても——じ、じゃあ真犯人の方はどうされるおつもりですか？　そいつは、我々が誰を犯人にしようと、見逃してなんかくれませんよ……！」

ほとんど悲鳴のような声にも、公爵は静かに、

「殺し屋なのだろう？　ならばその正体を突きとめるのも殺し屋を使えばよい。殺人者の心理は殺人者が最もよく知っているはずだ。後は内密に、その真犯人とやらを捕らえて、処分してしまえばよい」

静かな答えに、ゾーン・ドーンの顔が今度は真っ赤になった。

「そ、それはまさか——こ、公爵！　それはいけません！　あ、い、いつを起こす気ですか？　そんなことをすれば、それこそギルドは——」

「何を恐れることがある……ヤツはもう身体のほとんどは石化している。話を聞くだけだ」

「問題はそういうことではなく——ギルドが、全世界から悪鬼と憎まれているヤツを確保していることが世に知られたら、我々はおしまいです！　七海連合がそれを知ったらどう

するんですか？　ここにはミラル・キラルも来ているんですよ⁉」

「あいつらは既に軟禁しているはずだ。秘密を嗅ぎつけたりはできない――もちろん、君だって何も言わないだろう？　ゾーン・ドーン君」

公爵は、ここではじめてゾーン・ドーンの方を正面から見た。

「死人の君だって、二度目の死は迎えたくあるまい？　あるいは昔の君は、いらざる事に首を突っ込んで、その結果この世から消え失せたのかも知れないぞ」

（………………！）

ゾーン・ドーンは絶句した。

「自重《じちょう》というのは、この世でもかなり貴《とうと》い美徳のひとつだと思うが――異論があるかね」

ウォルハッシャーは、その老化防止紋章だらけの顔の中で、眼だけを光らせて一度は死んだ男を見据《みす》えている。

ゾーン・ドーンは以前から自分の〝死因〟はどうにも胡散《うさん》臭いと思っていたが、まさかそれは魔導師ギルドそのものが……。

（………………）

だがその疑念を口にできるほど、ゾーン・ドーンに度胸はなかった。

「――い、いえ、おっしゃるとおりだと……存じます」

弱々しく頭《こうべ》を垂れるしか、彼にできることはなかった。

＊

双子はフローレイド大佐が捕らえられるとほぼ同時に、任意同行のような形で紫骸城の一角に閉じこめられていた。今や危険な密室状況にあるというのに、彼ら二人の顔には動揺はない。

「ふふん……ギルドは何を企んでいるんだろうね？」

弟は壁にもたれて立っていて、向かい側の壁に彫り込まれた渦巻き状の模様を見るともなしに見ている。

「本気でフローレイド氏を犯人だと思っているわけじゃないだろう。そこまで愚かとはさすがに考えられない。しかし、それではどうする気なのかな」

「おそらく――切り札を出すつもりでしょうね」

椅子に腰を下ろしている姉は静かに言った。

「切り札？　まさか連中、あの石になってるレクマスを召喚《しょうかん》する気なのかい。正気とは思えないね」

弟の、この意見に姉は即答した。

「元々、彼らに正気などはないわ」

弟は大笑いした。

「違いない！　だが、レクマスに今回の事件の、犯人の気持ちがわかるかな？」

「きっと、ギルドは殺人者は皆同じだと思っているのよ。それに——レクマスを論破できないことを、自分の頭の悪さのせいにはせずに、彼がもの凄い天才だと思っているんじゃないかしら」

姉は淡々とした口調で言う。

この場に、さっきまで話し合っていたウォルハッシャーかゾーン・ドーンの、どちらかがいたとしたら彼らは揃って眼を剝いただろう。

ギルドが絶対の秘密として隠しているはずのことを、この双子はどうやら細かいところまで知り尽くしているらしい。

知っていて、それで、何もしていないのである。自分たちが属しているはずの七海連合にすら、何も告げていないのだ。

「なるほど、あり得るね。ウォルハッシャーのような自惚《うぬぼ》れ屋がしそうな勘違いだ。でも実際はどうなんだろうね？　レクマスの頭脳はどの程度のものなんだろう？」

「少なくとも、彼が殺した数万人の人間の誰よりも頭がいいと〝自分では〟思っているでしょうね」

姉の言葉に、弟はふうむとうなずいて、それからしみじみと言った。

「歴史に悪名高い、かの暗殺王朝の最後の継承者——レクマス・レーリヒか」

どこか冗談ごとを語っているような、おかしそうなその呟きに、姉が冷ややかな声で付け足した。

「その亡霊よ、正確には」

## 2.

かつて対立する勢力を暗殺という手段でひたすらに退《しりぞ》けた王朝があった。その名をレーリヒという。

その初代レーリヒは、暴虐《ぼうぎゃく》な前王朝に対抗するためにつくられた抵抗組織の副官だったという。彼は手強い施政者側に対抗するために、あらゆる手段を執らざるを得ない立場にあった。彼自身はやがてその戦いの中で戦死するのだが、それを受け継いだ息子が父を殺されたという復讐心もあって、暴走した。なまじ悪辣《あくらつ》な支配者の打倒という大義名分があった分、何をやってもかまうものかという意識が固定化してしまったのだ。

人質を取り、要求を呑《の》ませてからそれを虐殺し、怒り狂った敵に無関係の者たちを殺させて周囲の反感をあおるといったことなどを平気でやるようになっていき、それは遂に権力を奪取した後になっても変わらなかったのだ。当時のレーリヒの支配圏の周囲にはこの新しい王朝を乗っ取って我がものにしようという諸国の眼が光っていたし、内部でも強引なそのやり方に対して常に反対する声が絶えなかった。それら諸問題に対して、レーリヒ王朝が取り続けた策は、既に芸術的なまでに洗練され完成されていた〝誰をどう殺せば、どのような効果があるか〟というその、恐るべき殺戮効果のノウハウだったのだ。

人々はこの血みどろの中でひとつの名を付けた。いわく、

〝暗殺王朝〟

……と。レーリヒという名は〝必殺〟の代名詞となって、それは現代に至るまで変わっていない。

これが頂点に達したのは七代目にして最後の王レクマス・レーリヒだった。自らも優秀な戦闘魔導師であった彼はとにかく殺して殺して殺しまくり、呪闘神リ・カーズの再来とまで言われた。

七代まで続いたというのは長いようだが、実際には二十年足らずで王朝のすべての歴史は終わっている。その間に六人の王が次々と死んだだけであったのだ。中にはどう見ても次の王となった弟や妹に殺されたとしか思えない例もある。レクマス自身もその例に洩れず、身内を何人も殺している。

だがそのレクマスも、かつて自分たちが打倒した前政権のように革命政府に倒されて、一族郎党は女子供に至るまで皆殺しにされたと言われている。

現在はその血統は、傍流の、さらに傍流が裏世界の情報屋として知られるザイラス一族としてかろうじて残っているのみだという。

「――だが、まさかザイラスの、勝手に〝侯爵〟などと名乗っているあの連中とて、よも

やそのレクマス本人が仮死状態で魔導師ギルドに捕らえられたままになっているとは夢にも思うまい」

ウォルハッシャーは珍しく愉快そうな表情を直にみせた。

「王でありながら、みずから虐殺の先頭に立って五千人以上をその手に掛け、部下に殺させた数も含めれば百万に迫るとすら言われる史上最狂の殺し屋レクマス・レーリヒ——まさにリ・カーズの再来と呼ばれるにふさわしい男だな」

公爵は、紫骸城に無数にある大広間のひとつ、便宜上《べんぎ》〈百面の間〉と呼ばれる場所に、側近の警護の者たちを引き連れて立っていた。

「はあ……」

その横のゾーン・ドーンは相変わらず顔色が良くない。

そして、この広間の壁にはそのゾーン・ドーンの異相すらかすむような奇怪なものが無数に浮かび上がって見える。

それは壁にある微妙な凹凸が、周囲の光に照らし出されて影ができている、その結果に過ぎないのだが——それらはすべて、どこか人の顔に似ているのだ。

だから広い空間を囲んでいる壁中に、なかば影に溶け込んでいるような顔に似たものがびっしりとそこに立っているものたちに視線を向けてきているような——

「………」

ゾーン・ドーンはあまり壁を見ないようにしているが、ウォルハッシャーはまるで平気らしい。視線などを気にするようでは権力者にはなれないのだろう。

その広間の中央に、今、魔導師ギルドの長が三代に亘って受け継いできた小さなペンダントがある。その奇妙なところは、石をひとつだけ塡《は》めてあるその周囲の装飾の方はきらびやかで豪華な作りなのに、肝心のその中央の石というのが宝石でも何でもない、本当にただのそこらの石ころにしか見えないということだった。

「…………」

だがその〝石〟の正体を知っているゾーン・ドーンからすれば、宝石などこれに比べたらそれこそただの鉱物に過ぎぬことを理解している。

なにしろ——その〝石〟こそがレクマス・レーリヒの石化された身体の一部、そのものなのだから。

ペンダントの置かれている場所には、それを囲む魔法陣も描かれている。

その他のどんな魔法陣にも似ていない奇怪な紋章こそ、レクマス・レーリヒとのコンタクトを取るための特別な呪文を作動させるものだ。

魔導師ギルドの長たちは、困ったこと——特に、殺すか殺されるかというような大問題が生じたときに、こうしてレクマスを呼び出しては相談をしているのだという。

「……汝、石となりて静止したる生命よ。亜空に彷徨《さまよ》えし精神の残滓よ。その断片を依《よ》り代《しろ》として今ここに、かりそめの姿を以てふたたび現《うつつ》に戻れ……！」

ウォルハッシャーがぶつぶつと呪文を唱えている。

その様子を見ながら、ゾーン・ドーンはなにか嫌な感じがした。なんだかウォルハッシャーは生き生きとしているように見える。

自分が、世界中に隠している秘密を行使できる立場にある、ということそれ自体を楽しんでいる——楽しみすぎている、そんな感じがしてしまうのである。

権力者というのは、どうしても他の者が知らないことまで知ることになるし、それを使わなくてはならぬ立場に置かれることもある、それは仕方がない。

だがそれを楽しみとするようになってしまったら——それを使うこと自体が目的になってしまって、本来の〝そんなものはない方がよい〟という視点が抜け落ちてしまうのではないだろうか？

今のこのウォルハッシャーに、その傾向が見えるとは言えまいか。

これまでの事件をどうも舐《な》めてかかっているように見えたり、強引にフローレイドを逮捕してしまったりしたのは、レーリヒを呼ぶための機会を得る、それこそが理由で目的だったとしたら——

（…………）

ゾーン・ドーンはしかし、それが事実だとしても自分は何もすることができないだろうと思った。

ウォルハッシャーが呪文を唱えていると、やがて、魔法陣の上に置かれた〝石〟が薄ぼんやりと光り始めた。

光は強くなったり、弱くなったり、脈打《みやく》つように変化している。

魔法陣全体から妙に血腥《ちなまぐさ》いような臭《にお》いが漂《ただよ》ってきた。

それが何の臭いなのか、ゾーン・ドーンは知らないが、この魔法の性質を考えると、それは百年ぐらい前にレクマス・レーリヒが殺されかけていたその瞬間に、周囲にただよっていた臭いなのだろうと思う。

それが何の臭いなのか、ゾーン・ドーンはあまり考えたくなかった。

やがて光は、その脈動はひとつの形になっていった。薄い光でひとつの映像とも陽炎《かげろう》ともつかぬぼんやりとしたものに固まっていく。

それは人の形をしているが、しかしその人には身体の半分がない。腰から下がないのだ。だがそれはいわゆる幽霊に脚がないというようなものではなく、無理矢理にもぎとられたその断面が剥き出しになっているのだった。

それが、上からぶらさげられているような形で宙に浮いているのだった。

その、この形をしている石像が世界のどこかに隠されているはずである。だがその場所は絶対の秘密で、知っている者はギルドにもほとんどいない。

死ぬ寸前に、魔法でその身体を石に変えられて、そのまま隠蔽《いんぺい》されてしまったのだ。死ぬこともできず、といって生き続けているともいえず、ある意味ではずっと人を殺し続けた人生の罰を受け続けているとも言えるが、だが――この秘密に関わる者には誰一人そんな道徳的な考えなどない。

ギルドに興味があるのはレーリヒの持っているその暗殺奥義のノウハウのみだし、そして石化されて、呼び出されるときにしか意識のないレクマス・レーリヒ本人は——何を考えているのか、それは本人にしかわからないことだった。

〝…………〟

魔法陣の上に浮かぶ幻影の、その両眼がゆっくりと開いた。

そして、ゆっくりと首が動いて、周りを見回しはじめる。

そして、口の両端が上がりはじめて、やがてそれは——満面の笑みに変わる。

〝ここは——もしかして、紫骸城の中か？〟

幻影の声は妙に明瞭《めいりょう》であり、蜃気楼《しんきろう》のような姿と異なって、色濃い現実感があった。

「そうだ——レクマス・レーリヒ。貴様に訊きたいことがあって、こうやって呼び出させてもらった」

どこか——いや歴然と得意そうな表情を隠そうともしないウォルハッシャーが話しかけた。だが幻影はこれに答えず、周りに視線をめぐらせている。

〝私も、かつては限界魔導決定会に出させてもらえないかとずいぶん誓願《せいがん》したものだったが、当時のギルドは辺境の王などには決してその権利をくれなかったものだ——いや、まさかこんな形で紫骸城の中に入れるときが来るとはな〟

感慨深げに、ひとりで喋っている。

〝リ・カーズの城か——おお、なんという奥深い存在感よ〟

まるで声楽家のように、よく通る声をホールに響かせた。

「感動するのは勝手だが、私の命令には従ってもらうぞ、レクマスよ」

〝ああ——これはウォルハッシャー殿、また老化防止紋章が増えているな？　見たところ、以前から二十年ほど経っているようだな〟

「時間感覚があるのか？」

ついゾーン・ドーンが訊いてしまった。すると幻影は彼の方を見て、

〝ほう？　これはこれは——そちらはずいぶんとお変わりになったようだな、ゾーン・ドーン殿。目つきがまるで別人だ——一度か二度、死んでいるのではないかね〟

こっちは初対面だが、どうやら向こうは昔の彼のことを知っているらしい。

「な、何故わかった？」

〝昔の貴公は、もう少し愚かな顔をしていた。その愚かさは努力して拭《ぬぐ》い去れるという性質のものではなかった。馬鹿は死ななきゃ治らないという典型例だったよ。死んでよかったな、ゾーン・ドーン殿〟

なんだか、ものすごい失礼なことを簡単に言われたような気がした。

「そんなことはどうでもいい」

ウォルハッシャーが口を挟んできた。

「我々は今、殺人鬼と戦っている——その正体を貴様に突きとめてもらいたい」

〝紫骸城の中で、殺人鬼か——リ・カーズの呪いじゃないのか？〟

幻影はくすくす笑いながら言った。ゾーン・ドーンは顔がひきつるのを自覚した。

するとと幻影はすかさず、

〝いい表情だ、ゾーン・ドーン殿。その感情の定まらぬ死人の貌《かお》こそ、不条理なこの世を表現する最適のものだ〟

と言った。

死人は何と言い返したらよいのか迷い、息を詰めた。そこにウォルハッシャーが顎《あご》をしゃくった。

「くだらぬ会話はそこまでだ。ゾーン・ドーン、こいつに事態のあらましを説明してやれ」

「は、はい閣下」

彼は身体の半分がちぎられている幻影に向かって事件のことを説明していった。

〝ニーガスアンガーという男は、今回の参加者の中で一番強かったのか？〟

説明の途中でレーリヒは訊いてきた。一瞬ためらってから、

「……一般見解ではあまり力はなく、守りだけに徹しているという意見だが……そうだ、強かったと思う」

と正直に言った。するとレーリヒはうなずいて、

〝ふむ。続けてくれ〟

と促した。

ゾーン・ドーンはそれからラマド師の殺害や大量の焼死体の発見などの事柄を順を追って細かく説明した。

「そして、これが大会参加者の全資料だ。この中に犯人がいるのはほぼ間違いない」

幻影の相手でも持つことのできる、同じような紙束の幻影を呪文でレーリヒの前に浮かび上がらせた。

〝ありがとう〟

レーリヒは目の前に現れた資料を、血で真っ赤に汚れたように見える手で取って、読み始めた。

その速度はおそろしく速い。

斜め読みしているにしても、速すぎる。一秒とかからずに、もう次のページをめくっている。

時折、何がおかしいのかくすくすと忍び笑いを洩らすが、それでも手の動きは停まらない。

ものの数分とかからずに、彼は全部を読み終わってしまった。

〝実に興味深いな〟

幻影はひとりうなずいた。

〝実に……興味深い事件だ〟

「犯人がわかったのか？」

ついせかせかと、ゾーン・ドーンは訊いてしまう。

だがこれに幻影は答えず、ウォルハッシャーの方を向いた。

〝ひとつだけ――ひとつだけはっきりとしていることがあるが、それがなにか理解しているかな？〟

「？」

と皆が、この唐突な問いかけに眉をひそめた。しばらく沈黙が落ちた。その空白の効果をたっぷりと確かめるような間を置いて、レーリヒはやっと口を開いた。

〝動機だ〟

幻影は静かに言った。

〝この事件の犯人が、どのような動機で一連の殺人を犯しているのか、その理由だけは極めて明確に示されている〟

「な、なんだと？　それは一体なんなんだ？」

〝それは意志の表明だ。そいつは〈魔導など何の役にも立たぬ〉ということしか言っていない。犯人が何者であれ、そいつは現代の魔導師ギルドの技術を役立たずと断じたくてしようがないのだ〟

せせら笑うような言い方には、自分自身も同じ意見だというようなニュアンスがあった。

「まるでミラル・キラルの言い草だな――まさか奴等こそが？」

〝フィルファスラートの名を持つ双子か。会ってみたいものだな。ほんとうにリ・カーズの血を受け継いでいる者かどうか、興味がある――〟

「だが……奴等は最初から公然とギルドに挑戦的だ。わざわざ人殺しをする必要はない。七海連合の後ろ盾もあることだし」

ゾーン・ドーンの言葉に、レーリヒは、

〝彼らが犯人でなくて、幸いだったな〟

と言った。

「……どういう意味だ？」

〝連中がその気なら、ギルドとその――私が死んだ頃にはまだ存在していなかったが――七海連合軍とやらの全面戦争にまで持っていきかねない。違うかね？〟

この大胆な――だがミラル・キラルの戦地調停士としての経歴を見れば説得力のある断定に皆が押し黙ってしまった。

「……ミラル・キラルのことなどはどうでもいい。わかっていることを言えばよいのだ」

ウォルハッシャーが不機嫌そうな声で先を促した。

〝そうだな……この紫骸城という環境はまず、根本的に殺人をするのに適さない場所だという認識が必要だ〟

「適さない？　し、しかし現に――」

〝暗殺にはいくつかの〈鉄則〉がある。その中には〈事件と自分と被害者を、できるだけ無関係のものに見せる〉というものがある。だがこの城に入っている時点で、すべての人間が限界魔導決定会という共通する関係を持つことになる。疑われないようにする方法が皆無なのだ。そして鉄則には〈仕事の後の逃げ道を確保しておく〉というものもある。これも紫骸城では非常に難しいことだ。まともな頭を持つ殺し屋ならばこんな場所は絶対に選ばないだろう〟

「……つ、つまりこれは専門の殺し屋の仕業ではないというのか？」

ゾーン・ドーンの問いかけをレーリヒは無視した。

〝暗殺で肝心なのは技術ではない。想像力だ。こうすればこうなる、という事前の計画が成否を決めるのだ。やり方を前もって考えておくことこそが暗殺の奥義とも言える。そして今回の事件、被害者たちは一見、色々な方法で殺されているようだが——その殺され方にはひとつの共通点がある。それがなにか、わかる者はいるかね？〟

また問いかけてきた。

「……え？」

全員が虚を突かれた。それはそうだ。全身を乾涸らびさせられて、バラバラに砕け散った——マントの下の背後から氷柱《つらら》でいつのまにか一突きにされていた——白い炭になるほどの超高温で焼き殺された——どれも独特で、まるで似ていないようにしか思えない。

だがレーリヒは自信たっぷりで、適当なことを言っているようには見えない。

「——ええい、質問をするのはこっちだ。その、得体の知れない共通点というのは何だ？」

ウォルハッシャーが苛立ちを見せながら言った。

すると幻影は穏やかな笑みを浮かべた。そして全然関係ないようなことを言い出す。

〝人が人を殺すということは、どういうことだと思うかね？〟

「──なんだって？」

〝もっとも多い例としては、経済効果の一環、という認識がある。戦争がその代表だ。相手を殺すことで、金に換《か》えるのが目的──有利な立場で勝利を得るのは結局のところ、戦後に自分たちの有利なように相手を支配して、より大きな利潤《りじゅん》を自分たちのものにするためだ。この場合、殺す相手のことなど、実際にやるほとんどの兵士はただの障害物としか思っていない。そして殺害するのになんの偽装もいらない。戦争で人を殺すことは、国家や、それに類する巨大なものが〈正しいことだ〉と保証してくれているからな〟

なんだか、戦争というものを上の方から見ているようなその言い方は、謀略と詭弁《きべん》で歴史をねじ曲げる戦地調停士のようでもある。

「それが……どうしたというのだ？」

〝他の例としては、相手が自分を殺そうとしたから、やむなく殺した、というものがある。正当防衛と呼ばれるものだな。この場合も手段は問われない。自分が助かることが最優先だから、これも相手のことは特に考慮されない。やっているうちに憎しみに駆られることもあるが、二義的なものだ。殺人の本来の目的ではない。だから大抵、これは見苦しい殺しになることが多い〟

　幻影はかすかに首を振った。

〝そして、なんといっても普通一般に言われる殺人事件の動機としては、憎しみのあまりに相手を排除しようというものだ。恨《うら》みだ。それこそが先に立つものなのだ。殺人は憎悪の果てにある。これには際限がない。とにかく相手に思い知らせるためにやるのだから、実際のところ殺してしまったら後には何も残らない。だからこれを集団同士でやると悲惨なことになる。相手のどこまでを殺し続ければいいのか自分たちにもわかっていないのだから〟

　こう言われて、ゾーン・ドーンはぎくりとした。

「そ、それが……今我々が遭遇している事態なのか？　犯人はギルドを憎むあまりに、紫骸城にいるあらゆる者を殺そうというのか？」

　震える声でされたこの問いに、レーリヒは少し沈黙した。

〝…………〟

　たまらなくなって、声をかけた。

「お、おい答えろよ！」

　すると芝居がかった様子で、レーリヒは頭を振ってみせた。

〝そこで——殺害方法の共通点だが、ここに今回の事件のひとつの特徴が現れている。一瞬で乾涸らびさせられたり、後ろから一突きされたり、あっというまに灰になってしまったりするのは、そう——殺す側はさておき、殺される側にとってはどういうことになるか想像してみたことがあるかな〟

「……え？」

〝ここには何かがあるかな？　こういう死に方が、その本人の精神に対してどんな影響がある？　答えは——ゼロだ。ここには何もない。すべては一瞬で起きている。苦痛どころか、本人たちは自分が死んでしまったことすら気がつかなかっただろう——〟

幻影は優しい口調で言って、周りの者たちを見回した。

〝圧倒的な魔力で殺している割に、そこに苦痛を与えていない——これは何に由来するものなのだろうか。怨恨《えんこん》？　いいや、それをいうならばここにあるものは——悪意だ。どんなに優れていると自分で思いこんでいる魔導師でも、ここでは生き延びるのに何の役にも立たないという事実を突きつけられる、これはあてこすりの嫌味だ〟

「だから、それが何だというのだ⁉」

とうとうウォルハッシャーが大声を出した。彼に、自分がレーリヒを思いのままにできるという喜びが今、完全になくなっていて苛立ちのみがあるのは明白だった。

〝つまり——ここ紫骸城に於いても、さっき言った暗殺の鉄則は、ちっとも破られてはいないのだ。関係の隠蔽も、逃げ道の確保も、おそらくはそんなものはどうでもいいほどの前準備が既にされている——〟

レーリヒは、もう説明しているのではない。これはなんというか——独演会になっていた。

〝私としては、これはまさにリ・カーズの呪いなのかも知れないと思う。事件のことだけではない——すべてのこと、あらゆることが我々に掛けられた呪いなのだ。オリセ・クォルトとリ・カーズの戦いというのは、魔女たちの生死を懸けた対決というような単純な事実を超えて、この宇宙の構造そのものを象徴するものなのだ。光と影、善と悪、万物には二極分離する根元が存在しているが、しかしそれは本当に分かれているものなのだろうか。魔導兵器として創られた呪われし人造人間のオリセ・クォルトが悪逆の魔王を倒す光の使者になり、栄光の血筋に生まれついて、その頂点に立つ祝福されたる者だったはずのクラスタティーン・フィルファスラートことリ・カーズが人々を虐殺し蹂躪する闇の支配者となったことは偶然なのだろうか？　この両者はほとんど二人で一人だ。鏡の裏表のように、お互いの属性を反対の形で持っている。持っている威力は同等、だがその使い方は一方が己の存在を高めることのみに用い、一方は他の者たちを助けることに費やす——人を殺すための者が人を救い、人を導くはずの者が人から未来を奪い去っていく——この皮肉はそのまま現在に至るまでの世界に影を落とし続けているだろう？　戦争は確実に文明を進歩させたし、芸術はしばしば人々を退廃させて、自らの不道徳を正当化する。我々はみな、オリセ・クォルトとリ・カーズの戦いの、その足元で足掻《あが》いているだけなのだ——〟

誰かが、さすがにこの饒舌《じょうぜつ》に口を挟もうとしたのだろう、息継ぎのような音がしたが、レーリヒはその者に口を開かせる暇《いとま》を与えずにすかさず言葉を被せた。

〝すべてのことは相対的で、絶対的なことなどない？　そんなことはない。それにしては世界のあらゆること、人生のさまざまな選択は、取り返しがつかぬことばかりではないか——この世に絶対はない、という言葉は誤りだ。この世には絶対しかないのだ。人が生きるということは、絶対をいかに崩していって、どうにでもなることに変えていく作業だとも言える。だが——その機会はもはや諸君からは永遠に失われたことを、今、ここに告げておこう〟

「……なんのことだ？　さっきから何を言っているんだ？」

ゾーン・ドーンのかすれ声がホールに響いた。

レーリヒはこれに微笑をもって応えた。

〝暗殺の基本中の基本——事前にどのような計画を立てておくか、それが成否を決める。これはその教科書通りなのだ。犯人は何者なのか？　それを確かめることはもう、諸君には意味のないことだ。その者が何者か、紫骸城にいるのかいないのか、そんなことはもはやどうでもよくなってしまっている——既に引き金は引かれていて、いま進行していることは、その結果に過ぎないのだ。そう——〟

レーリヒは皆を見回して、きっぱりと断言した。

〝諸君は全員、この紫骸城に入った時点で呪いを掛けられてしまっているのだ——死に至る、決定的で絶対的な呪いを、な〟

# 3.

「——いたぞ！」

薄暗い回廊に声が響いた。

声にウージィ・シャオは身を起こした。そして走り出す。

警護役たちも彼女を追って走り出した。

静まり返った紫骸城の回廊に、せわしない足音が幾重にも谺《こだま》する。

だが、この追う者にも追われる者にも、共に、

〝いったい自分たちは何を目指して、どこに向かっているというのだろう？〟

ということが、まるでわかっていなかった。

（……結局、こいつだって真犯人じゃないんだろう？　我々と同じ被害者で、事件に巻き込まれているだけなんだ——）

警護役の者たちも、そのことは理解してしまっている。

捕らえたとしても、それで事態が進展するわけではないのだ。

自分たちがこの陰惨な事件から救われるわけではないのだ。

もういっそのこと、わざと見失ってこの女を逃がしてしまおうか——というようなことを、追跡者側がぼんやりと考えはじめていたそのときだった。

逃げているウージィ・シャオの様子が、何かおかしい。

妙に足がもつれたりして、動きがぎくしゃくとぎこちなくなっている。

「——はあっ、はあっ、はあっ——」

少女のなまめかしいとも言える吐息が、やけに大きく、妙に後を引く。苦しさに喘《あえ》いでいる——

だがこの少女は、こと走ったり跳んだりすることにかけては世界でも指折りの大盗賊なのだ。それがこの程度の疾走《しっそう》で、息を切らしたりするのはどうにも異常だった。

「………？」

警護役の者たちもそのことに気がついた。

みるみる速度が落ちていく彼女に、彼らは追いついた。

「お、おい——大丈夫か？」

およそ追う者が捕らえようとする者に対して言うべきではない呼びかけを彼らはシャオに掛けた。

だがシャオは彼らの手が自分に触れようとするその寸前に、びくん、と大きく跳ね上がった。

「——がっ！」

だが、その跳躍は妙に不自然だった。シャオが自分の意志で跳んだのではなく、なんだか床が跳ね上がって彼女を弾《はじ》き飛ばしたような、そんな動きだった。

彼女の身体は天井に激突し、そして盗賊ウージィ・シャオは――

「……な、なんだと⁉」

追跡者たちの絶叫が回廊に響きわたった。

＊

「――なんだと？」

長い沈黙の後で、ウォルハッシャーが声を絞り出した。

レーリヒは静かに答える。

〝確実な方法だ――紫骸城に転送呪文で入ってくる。その瞬間に魔導師は絶対に特定の呪文を詠唱している状態になる。そうだ。魔導師ギルドから配られた呪符を、だ――〟

そう言われた瞬間、あっ、とその場の全員が声を上げた。

「ま、まさかそんなことは――こ、この呪符は我々が何度も点検済みで、そこに呪いなんか――」

警護役の者があわてて自分の呪符を取り出した。

〝そうではないと言えるかな？　その完全な保証があるかね？　その呪文を詠唱してしまうことで、その者が持っている魔力に対応したある効果が発動してしまうような、そういう呪い――だから誰よりも強いニーガスアンガーは、その強さに見合って、一番先に死んでしまったのだ。だが他の、まだ生き残っている者たちも時間の問題——それが諸君らを既に蝕《むしば》んでいるのだ〟

「そ、そんなものがあるとして——どうすればそれは解呪できるんだ？　いったいどんな呪文だというのだ⁉」

　ゾーン・ドーンが叫んだが、しかしもうレーリヒは彼の方に振り向こうとはしなかった。

〝それが何なのか、そんなことが私如《ごと》きにわかるものか——これはおそらく、本当にリ・カーズの呪いなのだ。正確には紫骸城という、オリセ・クォルトを殺すために創られたこの城の、その副産物——今回使われた呪符と、その仕掛けが反応した結果に違いない。呪符だけならば問題はない。リ・カーズの仕掛けも、それだけならば程度の低い魔導師たちにはほとんど作用しない。だが——この二つが組み合わさったとき、そこに劇的な作用が生じたのだ。まさにこれは、数百年の時を経ても滅びることのなかった紫骸城の、リ・カーズの不滅の殺意の勝利なのだ！〟

　幻影は叫び、そして哄笑《こうしょう》した。

〝誰がやっているのか、呪符に一見無害な呪文を紛れ込ませた本人が誰なのか——そんな詮索《せんさく》は無意味だ！　これは、この殺戮はリ・カーズの仕事なのだ！　絶対の〈魔女の悪意《ビアス・リ・カーズ》〉の前には、すべてのものは崩れ去るしかないのだ！　ふふふははははははははははははははははははははははははははははははははははははははは！〟

それは恐るべき笑いだった。

そこには何もなかった。

ただただ、この暗殺のみに人生を費やし、そして自らも殺戮された男の精神の、どす黒いクレバスのようにばっくりと口を開けている虚無が広がっているだけの、なんの救いもない狂笑だった。

「…………」

ゾーン・ドーンと警護役の者たちは呆然として、この底無しの笑いを浴びるだけだった。

やがて、それは唐突に途切れた。

ウォルハッシャーが足を一歩前に出して、魔法陣の中のペンダントを踏みつぶしたのだ。がりっ、という音と共に〝石〟は砕け散った。

同時に、浮かんでいたレーリヒの幻影も消え失せた。媒介物《ばいかいぶつ》である石が破壊されたために、彼の意識を呼び出していた呪文が消えたのだ。新しい媒介を彼の石化された身体から削《けず》り取って、それに呪文を掛けない限り、もう二度とレーリヒが意識を取り戻すことはない。

「……ふ、ふざけおって！」

ウォルハッシャーの声は、自分では怒鳴ったつもりだったろうが、それは悲しいほどに震えた掠《かす》れ声に過ぎなかった。

「馬鹿げたことをぬかしおって――な、何が決定的な呪いだ！」

「ふ――ふたつの仕掛けの、その相乗効果というのは……確かに盲点だった……」

ゾーン・ドーンはまだ呆然としていた。

「それが本当ならば……どちらかひとつの呪文の性質を突きとめない限り、我々はおしまいだ……」

「たわけたことを言うな！　あんなものは狂った暗殺者の虚言に過ぎん！」

ウォルハッシャーはがなった。

「犯人は必ず、この紫骸城の中にいる！　そいつを引っ捕らえて、秘密でも何でも白状させればすべては済むことだ！　大したことではない！」

言葉の勢いとは裏腹に、ウォルハッシャーの指先が細かく震えているのが、その場にいる全員の眼に確認できた。

そのとき、この〈百面の間〉に警護役がひとり大慌てで駆け込んできた。

「た――大変です！」

血相を変えて、息をぜいぜいと切らしているその様子はただごとではない。

「どうした⁉」

「そ、その――トリアーズが、いやあの、トリアーズに変装していた女が、その――」

「あの逃げていたヤツか？　あいつがどうかしたのか？」

「お、追いかけていた、わ、我々の目の前で、その――焼き殺されました……！」

その言葉に、ゾーン・ドーンたちは一瞬絶句した。

「……え？」

「い、いきなり炎に包まれて、そして……」

＊

……弾け跳んで、天井に激突したウージィ・シャオは、空中でいきなり炎上した。

全身から炎が吹き出して、そのまま火だるまになる。

「――わっ⁉」

追いつきかけていた警護役たちは、とっさに後ろに下がっていた。

火の塊は床に落ちた。そして――燃えながらよろよろと起きあがり、警護役たちの方に歩み寄ろうとする。

「――うおおああ、あ――」

なにやら声のようなものが聞こえてきた。だが炎が全身を包んでいるのに、人は喋ることができるものだろうか？

ひっ、と警護役たちはかすれた悲鳴を上げる。

「うう、ああ――ふ、フローレイドに――」

全身を焼かれながら、なおもそれは人のいる方に近寄っていく。

「――彼に、もう……解決に……手段を……選んで……られない、――と……彼に、決断を…………」

まだ、それは何かを言おうとしたらしいが、ここでまるでそれを操っていたものが焼き切れたかのように、がくん、と力を失って倒れ込んだ。

そして、ぶすぶすと焦げていく。

「…………」

呆然と、その光景を見守っていた者たちは、ここでやっと、はっ、と我に返ってあわてて冷気呪文で炎を消し止めた。

だが時既に遅し、それはもう、真っ白く炭化した生命のないものになってしまっていた。

＊

「……と、いうわけです」

ウォルハッシャーの元に報告に来た警護役は、まだ青い顔をしていた。

「――――」

公爵は、その禿頭まで真っ赤にして、ぶるぶると瘧《おこり》のように全身を震わせている。

「……な、なんということだ……」

ゾーン・ドーンがその場にいた全員の代表のように感想を洩《も》らした。

「犯人の攻撃に、まるで見境《みさかい》というものがないのは間違いない――自分以外に疑われていた者までも殺してしまうとは――なんということだ……！」

やはり、これはもうレーリヒの言っていたことが正しいと思うしかないのだろうか？

（……や、やはりフローレイド大佐に、英雄の彼に、なんとかして力を借りなくては……）

ゾーン・ドーンが心の中で決意を固めたときに、ウォルハッシャーの怒声がホールに響きわたった。

「――断固たる処置が必要だ！」

それはもう掠れ声ではなかった。加盟者十万人を束《たば》ねる魔導師ギルドの、その頂点に立つ権力者の、他の者を竦《すく》ませる圧倒的な迫力だった。

びくっ、と全員がひきつったように公爵の方を反射的に振り向いた。

公爵は誰とも目線を合わせず、宙空《ちゅうくう》を睨みつけている。

「そうとも、私はまだまだ甘すぎたのだ！　悠長に犯人を突きとめるなどと、生ぬるいことをしている場合ではない――他の連中は今、どうしている⁉」

怒鳴られて、警護役の者が直立不動になって答えた。

「は、はいっ。ご命令の通りに、食堂に使っているホールに待機させてあるはずですが」

その言葉を聞いているのかいないのか、ウォルハッシャーは血走らせた眼をぐりぐりと動かしながら呻く。

「――思い知らせてやる！　そうとも、ふざけた奴等に、誰がここの支配者なのか、身に染みて理解できるように、徹底的に――やってやるぞ！」

その声は、さっきのレーリヒの狂笑のように、どす黒い空虚が底にあるような、聞く者をぞっとさせる響きを持っていた。

「何がリ・カーズの呪いだ！　紫骸城の仕掛けがなんだというのだ！　私は魔導師ギルドの総帥なのだぞ！　〝魔女の悪意《ビイアス・リ・カーズ》〟だろうがなんだろうが、何人《なんぴと》たりとて私を傷つけることなどできはしないのだ！」

彼は、本当に老人なのかというほどに、ぎらぎらとした生気を撒き散らしながら怒鳴り続けている。

「………………」

ゾーン・ドーンたちは忌まわしい不吉な予感に打ち震えながらも、誰も、この公爵の態度に疑問を差し挟むことができなかった。

『夜はいつか明けるかも知れないが、夜明け前はまた、
一日で最も寒々とした時刻でもある』

――――オリセ・クォルトの言葉より

# 第六章

## inside the apocalypse castle

## 1.

……後で、ケッチタの暴走事件と呼ばれることになるトラブルに私が関わることになったのは偶発的なことだったと言えよう。

それは三ヵ国が合同で開発した魔導炉の乗っ取り事件だった。それはこれまでにない、界面干渉学《かいめんかんしょうがく》という難解な学問の成果を取り入れた、画期的な魔導炉の稼働実験のときに起こった。

私は、そのときはまだ中佐で、しかも私の所属は情報統括部《とうかつ》であるから、別に佐官であるといっても、その下に兵士や下士官たちを従える立場にはいなかったし、これは現在に至るまで同じだ。戦場にいる兵士たちからは〝上から命令を出しているだけ〟と言われ、部内からは〝現地に行って情報を確認せよ〟と言われるという、半端な立場にある。

その実験の時も、私はヒッシバル軍の査察官として参加していた。そしてヒースロゥ・クリストフも七海連合軍の査察官代理として来ていたのである。当時の階級は大尉で、まだ少佐ではなかった。

私は、そのときは〝これがマハラークの争乱を防いだ男か〟と遠くから眺めるだけ、という感じだったのだが、しかしいざ実験を開始しようとしたときに、かねてより潜伏していたテロリストたちが魔導炉を占拠《せんきょ》してしまったのだ。

〝我々の要求を呑まない限り、魔導炉は暴走状態に陥らせる。そうなればこのケッチタ島のみならず、周辺の列島の国々ことごとくが壊滅的な被害を被《こうむ》ることになろう。我等は未来の偉大なる達成のためなら死など恐れない〟

という声明を我々に向かって発してきた。

私は、このときのヒースロゥの顔を一生忘れないだろう。

「……死を恐れない、だと?」

風の騎士と呼ばれる男は、全身に怒りをみなぎらせていた。そして彼は力強い声で言った。

「無関係の、罪のない者たちの死を恐れずして、何が〝未来〟だ……!」

それはまったく、本心から放たれる言葉だった。私は、彼よりも階級が上であったにもかかわらず、本能的に彼がこの状況の〝王〟であり、私はそれに従わなくてはならないと感じた。

今にも彼は一人で飛び出しかねなかったが、私はそれをなんとかなだめて、二人でテロリストたちが立てこもっている場所に向かった。私一人だったら、本国に救援要請だけして、さっさとその場から逃げ出していただろう。ヒースロゥという男の勇気が、いくじなしの私にまで染み込んできて、力に変わっていたかのようだった。

私がまず、交渉役として連中の前に両手を上げながら現れて、あれこれと話しかけた。そしてその隙にヒースロゥが背後から奴等を強襲した。

風の騎士は、おそろしく強かった。

私はそれを痛感した。テロリストはあっというまに倒され、人質となっていた者たちのほとんどが解放された。

だが、私がミスをした。

私の方に引きつけておいた者の一人が、炉の設計者の一人であったノーティ博士を拉致《らち》して逃亡に成功してしまったのだ。

「す、すまない……余計な差し出口をしたばかりに」

私はヒースロゥに詫《わ》びた。だが彼はまったく私を責めず、

「いや、ああしていなかったら人質の被害はもっと多かった。あなたのおかげで最小限ですんだのだ」

と逆に励《はげ》ましてくれた。

逃亡したテロリストは、かねてより周辺の諸国と断絶状態にあった軍事国家に亡命した。私とヒースロゥはそのまま奴を追いかけていたが、しかし亡命されては、これは政治的な問題になってしまう。

だがこれにヒースロゥは力強くうなずくのみだった。

「その辺のことは、あいつがなんとかしてくれているはずだ……我々はとにかくヤツを捕

らえて、人質にされた博士を取り戻すのが第一だ」

それはどうやら、七海連合が得意とする裏取り引きなどの謀略の領域の話らしい。あるいは誰か戦地調停士がからんでいたのかも知れない。

我々は険しい山を登って、テロリストが逃げ込んだ要塞に向かっていった。

そこは難攻不落とうたわれた渓谷《けいこく》の城塞だった。私はさすがに、そこに二人だけで乗り込むのは無謀かと思えた。だが放っておいたらまたヒースロゥが一人で乗り込んでしまうに決まっているので、何も言えずにいた。私は確かに彼より弱いが、しかし援護ぐらいはできるし、盾となることもできるだろう。

このとき、ヒースロゥは私の不安を見通しているかのように、あの言葉を言ったのだ。

「いいかフロス、城塞なんてものはそれ自体は怪物でも何でもないんだ。あれはただの道具だ。戦争のための、ちょっと大掛かりな道具ってだけに過ぎない。城それ自体を恐れるのは意味のないことだぜ」

この言葉に、私はまたしても深く励まされたのだ。

(ヒースロゥ……君ならば)

私はぼんやりとした思考の中で、彼のことを考えていた。

(君がここにいてくれたら……この歴史上類のない世界最大の呪われた城塞さえも、ただの道具に過ぎないと言ってくれるなら……私は――）

＊

――私は、暗闇の中で眼を醒《さ》ました。

どうやら継続する苦痛の中にあっても、うたた寝をしていたらしい。

（思ったよりも、私もタフじゃないか……？）

ふっ、と力無く笑った。

ここは拷問室だった。

私はその中で、宙に浮いている形で固定されている。見えない鎖が私の手首と足首を四方から引っ張って、吊し上げているのだった。

肉に食い込んだ部分は擦れ続けて、傷口がいくつも開いてしまっている。何かのはずみで静脈が傷ついたら、おそらく出血多量で死んでしまうだろう。そうでなくとも、あまり長い間縛られたままだと、血が通わずに壊疽《えそ》を起こして、手足の先が腐り落ちてしまうかも知れなかった。

ぎりぎりと痛む。

だが痛みを感じているうちは、まだ私に生命力が残っているということでもある。

周囲には誰もいない。

監視する役目の者が最初はいたのだが、なにかあったようで、私が捕らえられてからしばらく経ってばたばたと騒がしくなり、そしてそれっきり、誰も来なくなってしまった。

「…………」

もしかすると、全員が既に死んでしまったのかも知れない――という嫌な考えが頭をかすめた。

ところがそのときである。

暗闇の向こうから、ひとつの足音が響いてきた。

そして、それと重なるように、金属的なものがなにやら〝ぎい、ぎいい〟と軋むような音も聞こえてくる。

私ははっ、となった。

「――フローレイドさん、まだ生きていらっしゃるかしら……？」

おそるおそる、という感じで声がかけられてきた。女性の声だ。

「…………」

私は、実は自分は、まだ紫骸城に入ってきたばかりであり、今までのことはずっと幻覚を見ていただけなのではないかという錯覚に陥りそうになる。

「――フローレイドさん？　いらっしゃるんでしょう？」

そうやって声をかけてくるのは、私がこの紫骸城で最初に対面した人物、ナナレミ夫人だったのだ。

やがて、遠く闇の向こうに彼女の姿がぽつんと、ぼんやりと見えた。拷問室は、どうやらずいぶんと広いらしい。

（この紫骸城では、何もかもが皆、閑散としていて、茫漠《ぼうばく》としているな……）

ナナレミ夫人の手の中には、もちろんブリキ人形の赤ん坊がいて、ぎいぎいと音を立て続けている。

向こうからは、部屋の奥にいるこっちは見えないようだ。

「……ここです」

私は精一杯大きな声を出したつもりだったが、しばらく声を出していなかった喉はかすれていて、ひどく弱々しい声しか出なかった。

「ここですよ、ナナレミ夫人――」

だが声は届いたらしく、彼女はぱたぱたと足音を立ててこっちにやってきた。

「まあ、ずいぶんと酷《ひど》い目にお遭いになって――」

彼女は、引っ立てられていったときに殴られた私の顔に、おそるおそる手を伸ばしてきた。

そして彼女は片手に人形を抱えながら、私に手を差し伸べたままぶつぶつ口の中で呟いた。それは簡単な治癒《ちゆ》呪文だった。

傷が塞がっていく。身体から苦痛が消えていく。助かった――と心の底から思った。

「あ、ありがとう――」

まず礼を言った。それから私は、

「……今は、どういう状態なんですか？」

と、何よりも知りたいことをまず訊ねた。すると夫人は顔を曇らせて、

「……あなたのお仲間の、女の子が死んだそうです」

と言った。私は衝撃を受けた。彼女はさらに、シャオがやられたときの様子を詳しく話してくれた。

「……なるほど」

私はうなずいた。事態が逼迫《ひっぱく》しているのは間違いない。夫人はさらに説明を続けた。

「それで、ウォルハッシャー公爵が反殺呪文を全員に掛けるように言ったので、皆困惑しています」

私は我が耳を疑った。

「なんですって？　公爵は正気なのか？」

反殺呪文とは、他の生き物を殺すと自分も死に至るという古代の禁断呪文のひとつだ。しかし人間に限らず、あらゆる生命というのは他の生命を犠牲にしなければ生きられない存在だ。それを禁じる呪文というのは、事実上〝もうすぐ死ね〟と言っているのと同じ、殺傷用の呪文なのである。

しかもこの古《いにしえ》の呪文は、いったん掛けられてしまうと解呪するのに非常に手間を食うのだ。殺人事件を防ぐためとはいえ、その解決が長引けば皆が死んでしまいかねない。

「みんな、もう既に、充分におかしいんだと思いますわ」

ブリキの赤ん坊を手にした彼女がそう言うと、それはひどく説得力のあるものとして響いた。そして彼女はそのままの調子で、

「でもフローレイド大佐、おそらくこの紫骸城の中で今、あなたが最も正気に近いと思います」

と続けた。

「……は？」

私がきょとんとしたときに、またブリキの赤ん坊がぎいぎい言い始めた。彼女はそれをしばらく「よしよし」とあやした後で、再び口を開いた。

「今回の、この事態を解決できるのはおそらくあなたです。フローレイド大佐。あなたしかできない」

「……どういうことです？」

私は訊き返したが、夫人はこれには答えず自分の言葉を続けた。

「この世には……ニセモノが罷《まか》り通っている、そうは思いませんか？」

真顔で言った。私は何と答えていいのかわからなくなる。彼女の腕の中にいてぎ、い、ぎい言ってるものこそが、まさにその〝ニセモノ〟の典型としか思えないからだ。

「世界に冠《かん》たる魔導師ギルドの権威なんていうものも、しょせんは本当の力ではない、ただ虚仮《こけ》威《おど》しのニセモノだし、偉大なるムノギタガハル家の栄光の歴史というのもニセモノ——リ・カーズとオリセ・クォルトが戦った後の、この三百年という歴史そのものすら、

なんだかとても大きなニセモノのように、わたくしには感じられるのです。人々が大切だと思っていること、後生大事に抱え込んでいるもの、それらすべてがどうでもよいことで、そして——みんなも本当はそのことを、もう知っているのではないか、と——そんな気がしてならないのです。でも……」

彼女は自分の腕の中の人形に目を落とす。

「この子の父親と出会って、わたくしはほんとうの人生というものを知ったような気がしたんです。別に、そんなに大した男じゃなかったけど……でもわたくしは、彼といるときは自分がニセモノだという気がしなかった。彼は愚か者で、わたくしがどんな立場の女で、近寄るとどんな目に遭うのか、まるでわかっていなくて、結局その愚かさ故に殺されてしまって……でもわたくしは今でも、彼と過ごせた短い時は、ほんものと出会っていた時間だと思っています。そして、フローレイドさん、あなたも——そういうものときっと、出会ったことのある人です」

彼女はきっぱりとした口調で言った。

私は彼女の、そのまっすぐな目にたじろいだ。

「……私が？」

「あなたは何か、心の中であなたを支えてくれるものを持っている——そして、あなたはそれに対して自分の方でも応えようとしている」

彼女は腕の中の人形を優しく揺らしながら、穏やかな口調で言った。

「わたくしにはわかるのです——あなたは、ムノギタガハルのためにすっかり歪んでしまった魔導師ギルドを、ふたたびまっすぐなものに戻すことができる人です」

「…………」

私は、実は彼女は完全に正気で、すべては演技なのではないかと思った。人形を扱う手際の良さが、無意識レベルで真に自分の子供をいたわるものでなかったら、そう確信してしまっていただろう。

しかし——と私はなおも考える。

彼女は確かにおかしいかも知れないが、同時に正気でもあるのだ。

狂気と正気は、必ずしも相対するものではない。それはどんな人間の心の中にも、常に並んで存在しているのであろう。

「……ムノギタガハル——それはあなたの一族だ。あなたはご家族のことが、いや、亡くなられたお父上のことがそんなに嫌いなのですか？」

私は、もう彼女が突拍子もない反応を見せるのではないかとビクビクするのをやめて、思ったことをまっすぐに訊いた。

彼女の反応は不思議なものだった。ナナレミ夫人は怒るでも笑うでもなく、

「——ふうっ」

と深いため息をついたのだ。

「……？」

私が眉をひそめると、彼女はかすかにうなずいて、

「あなたはどのくらい、わたくしの実父トラス・ムノギタガハルについてご存じかしら？」

「――いや、正直なところ魔導師ギルドの二代前までの総帥ということぐらいしか知らないが」

「そう、七期連続で職を独占し続けました。自分の次代の総帥には子飼いの者を送り込んだから、実質は八期です」

「……一期が五年だから、四十年か？」

「その前はわたくしの祖父。ムノギタガハルという名前はギルドの頂点にもう、二百年以上も居座っていたのです。ウォルハッシャー公爵が簒奪《さんだつ》するまで」

正直、私はギルドと縁がなかったので、そこまでとは思っていなかった。

「……本当に名門なんだな」

「なにしろ、初代はこの紫骸城に最初に入った冒険者の隊《パーティ》の一人だったのです。下っ端だったそうですけど」

「そうなのか？」

「当時はまだ、周囲にバットログの森が成長していなかったし、入り口の完全な再成もされてなかったからなんとか出入りができたのだそうです。他の人たちは、さらに冒険を続けて世界に散っていったらしいけど――ムノギタガハルは魔導の探究をするという名目で

隊から抜けて、ギルドの前身となる組織をつくって、他の勇敢な冒険者たちの威光を借りてそこの頭首におさまったのが始まり――昔からそういう存在だったのです」

彼女はブリキの赤ん坊に優しい視線を向けながら説明してくれた。

「限界魔導決定会も、ムノギタガハル一族の都合のいいようなルールで始められたのです。場所は紫骸城という大出力の魔法が役に立たない環境で、小手先の技術こそが最も魔導で重要なものだという意識を皆に植えつけていった――単に、大出力の方面に才能がない自分たちが、その方が有利で、かついくらでも相手を出し抜く汚い手口を知っていたから。そして紫骸城でやること自体が、その発見者の末裔《まつえい》である自分たちの権威向上につながっていたのです」

「……そうだったのか。道理で魔導の探究に真剣なミラル・キラルが大会に反発していたわけだ」

私は納得した。

ナナレミ夫人はうなずいて、

「そして、そういうムノギタガハル一族の体質を、魔導師ギルドの他の者たちも利用した……要するに一族に取り入れれば、自分たちの地位も立場も安泰ということに気がついた者たちが。魔導師ギルドは長い間、そういう連中によって牛耳られてきたのです。しかし時代は変わる。魔導も細分化し、ギルドの位置も変化していった。そう――フローレイド大佐、あなたのようにギルドと無縁の、優れた者たちが現れ始めたことで、ね」

「……わ、私が?」

私は戸惑ったが、彼女は力強くうなずいた。

「あなたならばできる——最初のムノギタガハルが犯した間違いを正して、魔導師の代表として、その未来を選択し直すことが、きっとできるはず——この、紫骸城で起きている事件は、そのための陣痛のようなものだとわたくしは思います。これまではニセモノに過ぎなかった歴史を、あなたや、あなたのお友達の風の騎士のような人たちが本物に変えていくことができると——わたくしは信じています」

ナナレミ夫人は私の目を見つめてきた。彼女はこのことを言うために、監視の目を盗んで囚われの私に会いに来てくれたのだろうか?

「………」

私には、答える言葉が見つからなかった。

# 2.

……それはケッチタの暴走事件を終わらせるために私とヒースロゥが要塞に向かっていたときのことだった。

風の騎士は私に、こんなことを言った。

「たとえば、二つの道があるとする。一方は誰が見ても文句のつけようのない正しい選択で、もうひとつはどうも具合が悪そうなもの……そういう場合、どっちを選べばいいと思う？」

「……そりゃあ、正しい方を選ぶのが普通じゃないか？」

私がそう答えると、彼はうなずいて、

「ああ、俺もそう思う。だがそれは、ごくわずかの人間にしかできないことだと言う奴がいる。人間というのは、大抵の場合間違っているから、最善と次善の二つがある場合は、まず次善のことをどうすれば良くなるかを考えた方がいい、とそいつは言うんだ」

ヒースロゥは、その人物のことを語るときに、妙に優しい目をしていた。

「最善というのは、所詮それだけで、その後というものがない——だが次善を良くしようという意志は、その決断以外のことにも広がっていく、とか——まあ、そんなような意味なんだろう」

「なるほど。そう言われればそんな気もするな。その方というのは哲学者かい？」

私がそう言うと、彼は笑った。

「まあ——変わり者だよ。しかし、確かにあいつほど頭のいい人間には他にお目にかかったことはないがね」

「どんな人なんだ」

「なんていうかな——うまく説明できないな。ただ、わかりやすく言うと」

「うん」

「仮面を着けているんだな、これが」

「——？　それはどういう意味だい？　人と距離を置いて正体を見せない、とか？」

「いやいや、そういう抽象的な意味ではなくてな——仮面なんだよ、とにかく」

言いながら、ヒースロゥはくっくっと、心底おかしそうに笑っている。

私はよくわからなかったが、しかしこれからの大仕事を前に緊張がうまくほぐれたのはわかっていた。

私もヒースロゥと一緒に、くすくすと笑った。

だが——後になって、私はヒースロゥが何故このときこんなことを言ったのかを知ることになった。

要塞への侵入作戦は、確かに難関だったが、だが風の騎士の素晴らしい戦闘力と、天候が味方して、接近していた低気圧を私が呪文で操作し要塞全域に暴風雨としてぶつけられたこともあって、なんとか成功した。

だがそこに待っていたのは、あまり後味の良くない結末だった。

人質だと思って救出に来た博士こそが、実はテロリストの黒幕本人だったのだ。

（道理で、あれだけ厳重な警備がされていたのに、あっさり魔導炉が占拠されてしまったはずだ……）

私が苦い気持ちで博士を逮捕して連れてくると、一足先に脱出路を切り開いていてくれたヒースロゥは悲しげな顔で出迎えた。そこに驚きはなかった。

「……君は、勘づいていたんだな？」

私が訊くと、彼はうなずいた。

「元々、あの計画自体が無闇に急ぎすぎだという疑問が七海連合でも指摘されていたんだ。何かがある可能性が高い、と」

「それで……君が出てきていた訳か」

納得した。私の方は事件に関わったのは偶然だったが、風の騎士は最初から戦うために来ていたのだ。

「だが確証もなかったし、七海連合には、実験を抑えられるほどこの区域に対する影響力がまだない。それに何事も起きない可能性も高かったんだ」

「まさに〝次善の策〟という訳か。不透明な中で何ができるか考える――」

私はため息をついた。

「すまなかった。騙《だま》すつもりはなかったんだ」

彼は詫びたが、私はこれに首を横に振った。

「いや、あやまることはないさ。本当に博士が人質だった可能性もあったんだからな。むしろ私に気を使ってくれていたんだ。感謝しているよ」

私は、素直にそう言った。真実を前もって知らされていたら、私はきっと不安を抱えて、作戦の途中で取り返しのつかないミスをしていただろう。

私には数多くの不透明さの中で最善を選ぶだけの能力はない。それは今回のことで痛感していた。

しかし——それでも、そんな私でも、ヒースロゥのように頼りになる者のいないところで決断をしなければならないときがきっと来るだろう。

そのときに、私はどんな道を選ぶことになるのだろうか？

周り中が悪意に満ちていて、そこに善がどこにもないような環境であったら？

そのときに、私は——

＊

——ナナレミ夫人が去ってからしばらくして、また人の気配が拷問室に吊されている私のところに接近してきた。

「…………」

今度は、それが誰なのか私にはすぐにわかっていた。

いくら若々しいとは言え、その足音は歴然と老人のそれで、そしてこの紫骸城にここまで老いている人間はたった一人しかいない。

「——フローレイド大佐。まだ生きているか？」

その声は遠慮のない調子で高圧的に響いた。

魔導師ギルドの現在の総帥、ウォルハッシャー公爵である。

「………」

しかし私は答えなかった。

「ふん……」

ウォルハッシャーは近づいてきた。一人だ。警護の者はいない。

「生きているようだな。それならば用がある」

睨みつけてきた、その目に私も視線を向ける。

「私にも反殺呪文を掛けるのか?」

む、と老人の、毛がほとんど抜け落ちている眉が寄る。

「……誰かここに来たのか? そういえば傷が治っているな。――ふん、まあいい。知っているなら話が早い」

「皆に、もう掛けてしまったのか?」

「そうだ。残るはおまえだけだ」

ウォルハッシャーは私に近寄ってきた。

「そんなことで、この事件が解決するとでも思っているのか? 誰も、他の者を殺せなくしたところで無力だったらどうする? これはリ・カーズの呪いかも知れないんだぞ」

私が静かに言うと、

「そんなことはない! リ・カーズは三百年も前に死んでいる、太古の遺物だ! そんな者のことなど関係あるものか!」

と強い口調で言い返してきた。

「私は、これまでやると決めたことは必ずやってきたし、思い通りにならなかったこともない！　私のやることに逆らうな！」

「先代のムノギタガハルも、死ぬ前に同じことをあんたに言ったんじゃないのか？」

私が切り返すと、老人はぐっ、と少し言葉に詰まった。

やがて頭を何度か振ってから、

「……貴様ごときにはわからないのだ」

と押し殺した声で言った。

「あのムノギタガハルの支配が、どんなに悪辣で、陰湿で、横暴だったか、ギルドとまともな繋《つな》がりのなかったヒッシバルの奴にわかるものか」

「そっちが我が国を締め出していたんじゃないか」

私は異議を唱えたが、これにウォルハッシャーは答えず、

「私が奴等を引きずり下ろすのにどれだけ苦労したと思っている！　私がいなかったら、ギルドは今、あの頭のおかしい娘が支配していたのだぞ！」

「ナナレミさんは、昔からおかしかったわけではあるまい」

「はっ！　何を言っている。平民風情の、あんな男と簡単に逃げ出すような女だぞ。もともと頭のタガが外れているのだよ」

その言い方を聞いて、私は（ん？）と違和感を覚えた。

「〝あんな男〟……？　まるであんた、ナナレミさんの夫を直《じか》に知っているみたいじゃないか？　まさか──」

私の指摘に、ウォルハッシャーが明らかに〝しまった〟という顔になった。

「まさか──二人を逃がして、スキャンダルの種にしたのは、あんたの差し金だったのか？」

「──だったらなんだと言うのだ？　自分から逃げたがったのはムノギタガハルの馬鹿娘の方だ。仮に私がそれに手を貸していたとして、何の咎《とが》がある？」

開き直ったが、しかし私は気づいていた。

「それだけじゃない──後で、わざと見つけさせて、その騒動を利用しただろう。つまりナナレミさんの夫を殺したのは、あんただということになる──」

「殺したのはムノギタガハルだ！」

「あんたはそうなることを知っていたはずだ。あんたが殺したも同然だろう」

「だったらなんだと言うのだ！　たかが平民の男が一人死んだぐらいで、この私を弾劾《だんがい》するというのか？」

「わからないのか？」

「なにがだ！」

「その傲慢《ごうまん》さ──あんたもムノギタガハルと同類じゃないか。人を人とも思わないその性質は、ムノギタガハルの創った魔導師ギルドそのものだ。あんたは結局、ギルドに反抗しようとしたナナレミさんを排除して、その後継者としておさまるべくしておさまってしまったんだよ。あんたは自分で前支配者のムノギタガハルを打倒してギルドを乗っ取ったりなんかしていないんだ。ただその体制を支えている奴隷の一人に過ぎないんだよ——」

私の静かな指摘に、ウォルハッシャーの禿頭が真っ赤になった。

「——な、何を、貴様——」

怒りのあまり声にならないらしい。私はそこに冷たい調子で続けた。

「そうだろう？　なんであんたは、この拷問室に警護役や側近たちを連れてこなかったんだ？　信用できなかったんだろう？　自分でもあんたは、私に罪があるとは思っていなかった。そんな奴を相手にするとき、何を言われるのか——他の者たちに聞かれるのが怖かったんだ。あんたは十万を越すギルドの部下の、その誰ひとりとして〝味方〟にできていないんだ。あんたも彼らも、ギルドの組織の奴隷であることに変わりがないから——違うか？」

「…………」

ウォルハッシャーはぶるぶる震えながら私を睨みつけてくる。

だが、それが急ににやりという笑いに変化した。

「なるほど——確かに英雄殿の言う通りかも知れん。だがもうひとつの可能性もあるのではないか？」

「え？」

「たったひとりでここにやってきたのは、ここでやることを誰にも知られたくないから、ではないかと——な」

言うなり、彼は右手を私に向かって差し伸べた。その瞬間、私の喉が見えない手でぎゅっと摑まれた。

「……っ！」

私の息が詰まる。

「一度は犯人に仕立てようとした相手は、これは邪魔者だ。外に出る前に始末しておいた方が良いという発想も——あるだろう？」

ウォルハッシャーは囁くように言った。

空気を操作する魔法だった。空気の塊で造られた見えない輪っかが私の喉に塡《は》まっていて、それがどんどん締まっていくのである。

そして拘束《こうそく》されている私の方は、これに対抗するための呪文を唱えても鎖から魔力が逃げてしまって外に出せない。

「ぐ……ぐぐぐ……！」

私は必死でもがくが、どう考えても脱出の術《すべ》はなかった。

気が遠くなりかけた、その寸前で輪っかの収束が停まった。

「…………？」

私が疑問の眼差しを向けると、ウォルハッシャーは奇妙な表情で私の方を見ていた。

それは複雑な顔だった。功成り名を遂げた老人というよりも、まだ確固としたものを掴んだことのない、疲れ切った青年のような、苛立ちと怒りと、そして投げやりな哀しさの漂う眼をしていた。

「英雄殿——か」

彼は私に向かって言った。

「おまえ自身だって、私と似たようなものだろう。実際には風の騎士がほとんど事件を解決して、自分はそれに乗っかっているだけだろうが。おまえの〝栄光〟というのは偽物だ」

静かなその口調には、殊更《ことさら》に私を侮蔑《ぶべつ》しようという響きはなかった。事実を言っているだけだ、そんなニュアンスがあった。

「おまえだって、その立場に居心地の悪いものを感じているんだろうが。母国の連中に頼み込まれて、こんな紫骸城のような所にまで来る羽目になって、それは別におまえが望んでついた位置ではあるまい。違うか？」

「——違わ——ない、な」

私は苦しい喉から、無理矢理に声を出して返事した。

「だが——だからこそ、これからは——風の騎士に——恥じることのない——人生を」

「恥じることのない人生だと？」

私の言葉にウォルハッシャーは失笑した。

「そんなものが本当にあると思うのか？　おまえは世界というものが何でできていると思

っているんだ？　真、善、美が根本にあるとでも考えているのか？　世の中には失敗と裏切りが積み重なっているんだ。確かに我々のように稀《まれ》に成功する者はいる——だがほとんどの者は失敗しているし、成功が妬《ねた》ましいし、世界に対して恨みを抱いている——そしてそういう奴等こそが、自分たちはただのその他大勢だと思っている大多数の連中こそが世界を創っているんだよ。自分たちでは何もしようとしないで、他の者の足を引っ張ることしか考えていない奴等こそが、この世の原則を定めているのだ。そんな中で——そんな世界で正義に恥じることがない人生などあるものか。あるとすればそれは、自分でそう言って憚らない、ただの恥知らずだけだ。そうとも、おまえがさっき言ったムノギタガハルのような奴こそが、おまえのような人間が辿《たど》り着く先なんだよ」

老人は淡々とした口調で言った。

「………………」

私は、彼は私にではなく、まるで自分自身に対して言っているようだと思った。

そして、私の喉に塡っていた空気の輪っかが唐突に消え失せた。

「ふん——本気で殺すと思っていたか？」

彼は鼻先で、喘ぐ私を笑った。

「そこまで愚かではない——やはりおまえには、この紫骸城から出た後で、この事件の犯人として被告席に立ってもらわなくてはならないからな」

「………………」

私は喉をぜいぜい言わせて、補給できなかった呼吸を必死に取り戻しながら公爵を睨んだ。

「……哀れな、男だな」

「――なんだと？」

「自分でも、自分のやっていることが虚しいことだとわかっていながら、それを続けるしかなくなっている――あんたはもう、怖いと言うことすらできなくなっているんだ。私は怖い。この紫骸城が怖くてたまらない――あんたは、そのことを認めることもできないんだろう？」

「………………」

ウォルハッシャーは答えなかった。

しばらく無言でいた老人は、やがてぽつりと言った。

「……英雄か」

その声には妙に力がなかった。

「リ・カーズと相討ちになったオリセ・クォルトも英雄だったのか？」

「さあな。だが――きっと己の生命より悪を倒すことを願った真の勇者であったのだろう」

「しかし、死んでは後に栄光も何もあるまい。オリセ・クォルトは神にも悪魔にもならず、後世の者たちの印象はリ・カーズのそれよりはるかに薄い。死んだらそれまでだ――たとえ、どんなに偉大なことを成し遂げようと、その後で自分がそれを誇示しない限り、誰もそいつを認めてくれたりはせぬ――だから、私もむざむざと死ぬわけにはいかない」

その弱々しい声の底には、ひどい疲労の蓄積が感じられた。

そして、老人はそのまま私に背を向けてしまう。

歩き出して、公爵は私から離れていった。

「——反殺呪文を、私に掛けないのか？」

私が問いかけても、彼はもう振り向かなかった。

「おまえの相棒だった女も殺された。そこに、そうやっていてもおまえを殺しに来る何者かがいるかも知れない。そのときおまえが反撃できないのは悔しかろう？」

その声はかすかに笑っていた。

「自分の生命と引き替えなら、あるいはその鎖を破っての攻撃も可能かも知れぬ。そう、オリセ・クォルトのように相討ちになれば、英雄として本望だろう？」

本気で言っているのか、その声だけでは判断が付かなかった。

「………………」

だがその背中はもう遠く、老人のシルエットからは何の感情も読みとることはできなかった。

## 3.

何度かうたた寝を繰り返した後だったので、どれくらいの時が経ったのかは正確にはわからなかったが、それは少なくとも一日かそれに近い時間が過ぎた後で私のところにやってきた。

大勢がぞろぞろと、私の前に集まってきたのだ。

先頭にいるのは例の死人ゾーン・ドーンだった。

他の者たちも見覚えがある。私をここに連れてきた警護役の者たちだ。私を殴りつけた隊長もいる。

「フローレイド大佐。大丈夫ですか？」

ゾーン・ドーンが訊いてきた。

「……どうしたんだ？　顔役が揃っているじゃないか」

私はいくらかの皮肉を込めて言った。すると意外なことに、連中は恐縮したような顔になった。

「いや——大佐には、誠に申し訳ないことをしました」

ゾーン・ドーンが頭を下げてきた。私はその神妙な態度になんだか気味が悪くなる。

「どうかしたのか？　何かあったのか？」

私は不安に駆られつつ問いただしたが、これに誰も答えず、無言で私を縛り上げている拘束呪文鎖を解除する作業を始めた。

「おい、勝手なことをしてもいいのか？　それともウォルハッシャー公爵から許可が出たのか？」

私が訊いても、誰も何も言わない。その内に、私は再び自由の身になった。

（いや、この紫骸城にいる限り、自由ということはありえないか——）

私の手足はかなり痺れていて、思うように動かなかった。よろけたところを、隊長が私を支えた。

「——いいんですか隊長。〝犯人〟に手を貸して」

私がそう言うと、彼は沈痛な面持ちで、

「……いかなる処罰も覚悟しております。何なりとご指示ください」

と言ったので、私は眼を丸くした。

「それは——どういう意味だ？」

私が訊くと、皆を代表してゾーン・ドーンが答えた。

「フローレイド大佐——我々は今から、あなたの指揮下に入ることに決まったのです。これは全員の意志です」

「……なんだって？」

「もはや、この事態から抜け出す道は英雄であるあなたにお縋《すが》りするしかないのです」

警護役の者たちも、私に頭を下げてきた。

「……どういうことだ？」

私は啞然《あぜん》としていた。これは何かの罠なのだろうか？　しかし彼らは全員が完全に本気の眼をしていた。

「それは——あなたご自身の眼でお確かめ下さい。我々からはもう、なんとも言いようが——」

「何とぞ、ご命令をください」

「このまま放置されては、我々は正気でいられません……！」

（…………）

彼らの必死な眼は、私の背筋を寒くさせた。何が起こったというのだろうか？

「とにかく——隊長」

私が呼びかけると、彼は「はっ」と頭を垂れた。

「なんなりと私に罰をお与え下さい」

「それは後回しだ。とりあえず今すぐに、U2Rの動力を戻すんだ。彼の方が事態の分析と細部の記憶に優れている」

「はっ、直ちに取りかからせます！」

私は不安な思いに胸を詰まらせながら、ゾーン・ドーンたちと共に拷問室から回廊に出て、歩き出した。

＊

私と、再起動したU2Rが案内されたのは、予想通りにこの紫骸城で現在使われている最も豪華な居室だった。

その広い室内で声を上げる者は、誰一人としていない。

その部屋を占領していた主は、もはや一言も口を利かない。

だだっ広く、密室状態を避けるために入り口が開けられていても、なおも奥の方では距離故の孤独が味わえるほどの、その居室の家具も何もないど真ん中で、それは豪奢《ごうしゃ》な絨《じゅう》毯《たん》の毛足になかば埋もれるようにして、床に倒れていた。

ウォルハッシャー公爵である。

彼は死んでいた。

「…………」

私とU2Rは、その死体を無言で見おろしていた。そのとてつもない異様さに言葉にならなかった。

まず異様なのは全身だった。

身体中の服が掻きむしられていて、肌がほとんど露出してしまっているのだが、それが蒼白なのだ。血の気がまるでない。

出血多量死――そういう死体の有様ではある。

だがその血が流れ出たはずの深い裂傷はどこにあるのだろう？

全身に、服を掻きむしったときに一緒についたらしい細かい傷が無数にあるが、それらは全部集めてもとても死ぬほどの傷ではない。動脈にも静脈にも達していない。しかも傷の有無も問題だが、それよりも何よりも——

（……その、流れ出た血はいったいどこに行ったのだ？）

確かに血液は、身体のあちこちに付着している——口からも垂れた跡がある。爪の間にも染み込んでいる。

だが、それらは人間の身体にある膨大な量の血液の、その千分の一以下の量でしかないだろう。

仮に、血をほとんど絨毯にこぼさずに身体から奪い取ってしまう能力が犯人にあったとしても、この居室には入り口はひとつしかなく、そこは常時警護役の者が監視し続けていて、誰一人通る者はいなかったのに、血はどこに持ち去られたというのだろう？

そして何よりも、その死体で強烈なものを放っているのは——ウォルハッシャーの表情そのものだった。

眼をくわっと見開いて、積年の仇敵《きゅうてき》に巡り合ったときのように、今にも何かに襲いかかろうとしているようだった。顔中に走る老齢故の皺が、すべて激情のために分断されていた。その表情による溝の方が、どの皺よりも深く裂けていた。唇《くちびる》の端や頬の上がる部分など、あちこちは皮膚が動きすぎたために切れていた。

出血多量による衰弱していく死、などはここには欠片《かけら》も見られない。ここにあるのは苦しみながらも物凄い衝動に突き動かされて、そのまま死んでいった男の姿だった。

全身に刻まれた老化や攻撃から彼を守るはずの刺青がむなしく、青ざめきった身体から浮き上がって見えた。彫るのに一年分の国家予算ほどもかかろうかというこれだけの防御呪文がまるで作用せずに、ただ殺されたことになる――

「…………」

私は、拷問室でこの公爵と話したときのことを思い出していた。

〝死んでは後に栄光も何もあるまい〟

彼はそんなことを言っていた。

だが――私は彼のことが嫌いだったし、今でも好きにはなれないから、彼の意見を認めるわけにはいかない。

老人の、この無惨なる死を放置して無駄にすることはできない、と思った。

「……誰も、この死を防ぐことはできなかったんだな？」

私の言葉に、周りの皆がうなずく。

「やられたことにも気がつかなかったんだな？」

またうなずく。

「犯人が、どうやってやったのかも見当は付かないのだろう？」

「はい……」

皆が力無くうなだれる中で、私は女盗賊ウージィ・シャオが遺したという言葉を思い出していた。

〝もう解決に手段を選んではいられない〟

〝彼に、決断を――〟


もはや我々には、一刻の猶予も残されてはいなかった。

「ならばもう――事件の謎にかまっている余裕はないな」

私の呟きに、U2Rが金属の顔を向けてきた。

「フローレイド様、如何《いかが》されるおつもりですか?」

私は頭を左右に振りながら、

「――気は、まるで進まないが……やむを得ないだろう」

と苦い声で言った。

4.

「――あ」

渦巻き状の模様が描かれた部屋の中で、軟禁状態にある双子の姉の方がいきなり声を上げた。

「――ああ、ああ――なるほど」

どこも見ていない、奇妙な目つきをしながら、一人でうなずいている。

「……？　姉さん、どうかしたのかい」

弟が訊いても、美しい彼女は答えずに席から立ち上がり、ふらふらとその場を歩き回り始めた。

「なるほど――そういうことだったのね。やっとわかったわ――」

彼女の、その跳ねるような軽快な足取りに、弟も「ほう」と感嘆した声を上げる。

「姉さん、今回の騒動の〝犯人〟がわかったようだね。さすがだ――僕にはまだ整理がついていないよ」

しかし姉は、どうやら興奮しているらしく弟の声になど耳も貸さずに歩き回り、ついには踊りだした。

そして歌い出す。

ようる
ようる
よらりらううる
よりらおうる
よのらしゃいる
よきる
よきるらうる

ようる
ようる

この世のすべてを祝福しているような、それは晴れやかで艶《あで》やかで、そして透明な美しい舞いだった。

弟は、その奇矯《ききょう》な姉を見てもなんとも感じないらしく、そのまま椅子に座っている。

そのとき、彼らを閉じこめていた扉の方から軋む音がした。本来ならば、中に入っている者のみが開けることができる扉だが、その鍵の部分は破壊されて、別の鍵を取り付けられているため二人からは開けることができなかったのだ。

音を聞いて、ん、と弟の方はそっちの方を振り向くが、姉は踊り続けている。

そして完全に外から封鎖されていたはずの扉が開かれた。

大勢の人間がいる。ほとんどが警護役の者たちだ。扉をこじ開けた擬人器のU2Rもいる。そして彼らの先頭に立っているのは……

「これはフローレイド大佐！　いつ自由の身になったのですか？」

彼は陽気に話しかけたが、フローレイドは、

「…………」

とむっつりと黙っていて、返事をすぐにはしなかった。

ようる
ようるりら
ようりりらら
双子の姉の方はまだ歌っている。

そんな女に、警護役の者たちはどう反応していいかわからないようで、眼を白黒させている。

「どうかしたんですか?」

弟はそんな動揺している彼らに、まるで頓着せずに呑気な調子で言った。

「……君たちは、前に言ったな」

しばらく経ってから、フローレイドがやっと口を開いた。

「この事件を〝なんとかできる〟と——」

「はい?」

弟は片眉を上げて、そしてああ、と大きくうなずいた。

「ははあ、さてはウォルハッシャーが死にましたね?」

簡単な調子でさらりと言った。

「あの老人が生きていたら、僕らのところにまで話が回ってくることはありえない。違いますか?」

「……そうだ」

フローレイドが肯定《こうてい》すると、弟はやれやれと首を左右に振った。

「しょうがない老人だ――反殺呪文でも役には立たないだろうと忠告したのに。――おお」

ぽん、と手を叩いた。

「すると皆さんに掛けられていた反殺呪文も、術者が死んだから消えましたか？　良かったじゃないですか。あんなもの付けられてたら、あなたがた三日と保《も》ちませんでしたよ」

その通りだったらしく、警護役たちが少したじろいだ。

「――おまえたちのは？」

と返された質問に、彼は、

「はっ！」

と鼻を鳴らした。

「あんなもの、掛けられると同時に解除してしまいましたよ。いや、お話にならない未熟さでしたよ。ただでさえ難しい古代呪文を使いこなすには、ははっ、あの程度の才能じゃあ、ねえ」

死んだ者のことを彼はためらいなくせせら笑った。

ようる
よきる

よきろぅる
ようりしゃらん
ようる

姉はまだ歌い、舞っている。

フローレイドは一度、ぶるっ、と身震いをした。そして意を決したように息を大きく吐くと、二人の方をあらためて見つめた。

「——君たちに、お願いしたいと思う」

それは感情を押し潰したような声だった。

その感情とはおそらく——嫌悪と恐怖だ。

そこそこの結末を憎んでいるこの双子が何かを選ぶとき、その側にいたいと思う人間はいない。

「ほう」

弟がうなずいた。

「それがどういうことなのか、もちろんご承知の上で仰《おっしゃ》っているんでしょうね？」

「無論だ。私は祖国ヒッシバル所属の魔導大佐として、英雄としての立場から公式にこれを述べている」

「高く——つきますよ？」

双子の弟——キラストル・ゼナテス・フィルファスラートの念押しに、大佐は怒鳴った。

「かまわん！　私は——」

彼は息を大きく吸ってから、ありったけの声で叫んだ。

「——戦地調停士ミラル・キラルに、この紫骸城で起きている連続殺人事件の、その解決を正式に依頼する！」

張りのある声が居室に響いたその瞬間、それまで部屋に満ちていた歌と舞いがぴたりと停まり、そして双子の姉——ミラロフィーダ・イル・フィルファスラートは彼に向けて指を一本立てつつ、

「——良し《ディード》」

と言った。

『真実――それは例外なく、いつでも身も蓋《ふた》もない』

――――〈魔女の悪意《ビイアス・リ・カーズ》〉より

# 第七章

## inside the apocalypse castle

# 1.

聳え立つ巨大なる空虚、黙示録《もくしろく》の建造物である紫骸城から、一筋の光線が外の世界に向かって伸びていく。

その光線は拡散し、世界に散っていく。

その光には情報が込められている。

それはこれまで紫骸城で起きたことや、それに関連するあらゆる情報だ。

それがしかるべき者のもとに届けば、救援がやってくるはずだった。

だが——世界各地に設けられている、七海連合の基地の魔導探知装置に受けとめられて、解析されなければ、それはただの光だ。紫骸城を覆いつくしている魔境が光を屈折させて、減耗《げんもう》させ、情報を解析不能の無意味なものに変えてしまうかどうかは、神のみぞ知ることだった。

＊

「さて――これで打つべき手は打ちました」

凄まじい閃光の光線を城の外壁部めがけて撃ち出しておきながら、キラストルはさっぱりとした表情をしていた。

彼が今、紫骸城の外に向けて放った呪文は私のような軍人でも見たことも聞いたこともないものだった。

「大丈夫なのか？　紫骸城の、呪文を吸収する外壁を通しているのに、威力が弱まってしまったりしないのか？」

「当然弱まっていますよ。だからまず、一回吸収させるためだけの大規模破壊呪文を放って、それを無効化させたその隙をついて情報を光線化して撃ち出したんです。それも同じ情報を百七十四回繰り返して、ね。それぞれの情報はひとつも無事ではいられないが、それらを重ね合わせれば、なんとかひとつのものになる。いや、擬人器があってよかった。記憶回路も魔法で成り立っているから、事件のあらましを簡単に呪文化できましたからね」

と、彼は何やら難しい説明をしてくれたが、私には半分も理解できない。

わかったのは、とりあえず〝救難信号〟を外部に伝えることができたらしいということだった。それだけわかれば充分だ。

「——しかし」

私はあらためて、今、キラストルがまともな建物なら木っ端微塵《こっぱみじん》にしているだけの威力があったはずの大規模破壊呪文を叩きつけた外壁の表面を見た。

傷ひとつ付いていない。

「……情報の断片を光として通過させることはできたが、壁そのものを破壊することはできそうにないな。七海連合軍はどうやってこれを開けるつもりなんだ?」

転送呪文が作動できるようになるまで、まだあと三日もあるのだ。凶暴な犯人がいるはずの城塞の中では、そんなにはとても待てないだろう。

「まあ、なんとかするでしょう。用は済みました。姉さんたちの所に戻りましょうか」

「なんとか、って……」

私はこの男の脳天気ぶりを呆れるべきなのか、それとも七海連合軍の底知れぬ恐ろしさを思うべきなのか、少し悩んだ。

なにしろこの男は、事件解決を依頼された後で、ウォルハッシャー公爵の死体を見たときにいきなりとんでもない行動に出たのだ。私はあのときのことを思い出していた。

「……ぷっ」

彼は青白い死体を見るなり吹き出したのだ。

「ぷぷぷ——ふふ、ふは、ふふはははははははははははははははははははっ！」

　腹を抱えて、大笑いしている。

「あはははは！　なぁるほど！　そういうことだったのか！　まさしく〝本能〟の問題ということだな——いや、こいつは大変なことだ！」

　息もできないほどに、げらげら笑い転げている。

　私は、これが被害者を侮辱《ぶじょく》するものなのか、それとも何かの発作なのか判断が付かなかったので、助けを求めるように姉の方を見た。

　すると彼女は、

「申し訳ありません」

　と即座に詫びた。

「弟は〝衝撃《ショック》〟を受けているのです」

「——は？」

　一緒にいた者たちが皆、その一言に口をぽかん、と開けた。

「——ショック？」

「はい」

「……君は、受けないのか？」

「私は、先ほど済ませましたので」

さらりと、およそ意味不明のことを宣《のたま》った。

私はもう、文句を言う気にもならなかった。

「……いやいや、こいつは参った」

やがて笑いすぎに疲れたのか、キラストルがやっと静かになった。

「僕はどうやら、公爵を馬鹿にできないようだ。こんなにわかりやすいヒントを残してくれるとは、この人もなかなかやるじゃないか」

（わかりやすい……？）

私は何を言っているのだろうかと思ったが、何か反応する前に、姉がこの弟に向かって、

「キラストル――いいかげんになさい。皆さんがすっかり引いてしまっていますよ」

とやや力のこもった声で言ったので、気勢を殺《そ》がれてしまった。

「あ、ああ――そうか。そうだね。いや、申し訳ありませんでした」

素直に謝ってきた。だがどうにも、何か腹に一物秘めていそうで、私としてはすっきりしない。

七海連合軍の力を借りる以外に、他に方法がないから頼みはしたものの、やはり油断はできない。

「――君たちにはもう犯人か、あるいは犯行方法の見当が付いているんじゃないのか？」

「うーん」

「付いているような、いないような——というところですわ」

「……？　どういうことだね？」

ゾーン・ドーンの質問に、双子はそろって肩をすくめて、

「いずれにせよ、今はまだそれを明かせる時ではない——それは確かです」

「どうして」

私が訊くと、キラストルが、

「僕らに任せてもらえたんでしょう？　だったら自由なやり方でやらせてくださいよ」

と開き直った。

「事件は解決できるんだろうな？　もうこれ以上被害者を増やすことはできないんだぞ」

「しかし、そうなっても、誰にも責任はありませんよ」

簡単に言ったので、一瞬意味が摑めなかった。

「——なんだと？」

「ですから、この紫骸城に入っている以上、正確には限界魔導決定会に参加している以上、当然自分が死んでもかまわないという証明書にサインしているということですから、外に出たところで誰にも文句は言えないんですよ」

にやりと笑った。

「——それは……あくまでも試合上での事故に類することに関しての証明であって、今回のような場合には適用されない」

ゾーン・ドーンの意見に、キラストルはおやおやといった調子で首を振ってみせた。

「そんなことはない。証明は証明だ。それにどうやら被害者は皆、魔法で殺されている様子。――ということは限界魔導を究めるというこの大会本来の目的に照らし合わせれば、これは単に〝そいつが不用意で、かつ未熟だった〟ということにしかならないんですよ。これを逆転するような法律は国際法はもとより、ほとんどの国の現行法にもない。従って犯人に罪はなく、裁くこともできないんです。もちろんギルド規約にも反しています」

最後の付け加えは、ほとんど嫌味だった。

「それはそうかも知れないが、人道的に――」

「人道？　これは変わった単語を持ち出しましたね？　ギルドにそんな物があったんですか？　その割にはニーガスアンガー卿が殺されたときには、ずいぶんと穏やかな反応だったようですが？」

ねちねちと絡んでいく。ゾーン・ドーンの顔色が青くなったり赤くなったりする。

「そ、それは――その」

「もういいだろう、キラストル君」

私は話に割り込んだ。

「とにかく、犯人の法的立場などは現在のところ後回しだ。あくまでも君たちに依頼したのは事件の解決であって、犯人の捕縛ではない。我々が皆この紫骸城から脱出するのが先だ」

「良し《ディード》。優れた判断ですね」

ミラロフィーダが私を持ち上げるようなことを言ったが、もちろん、全然嬉しくなかった。

私としても、犯人がはっきりすれば法律などは放っておいて叩き潰してやりたいという気持ちに変わりはなかったからだ。


――七海連合に届いているかどうかわからぬ通信を送った後、私とキラストルはミラロフィーダが皆を集めているはずのホールに向かった。

「――正直なところ、君たちはどう思っているんだ?」

私が訊くと、キラストルは、ん、と片眉を上げた。

「と言いますと――犯人に罪があるかどうか、ですか?」

「君たちに、いわゆる道徳的な物の考え方がないのはわかっている……だがそれとこれとは別だ。犯人が仮に、君たちの言うような限界魔導を究めているとしても、それを他人に示すことなく己の殺戮のためだけに使っている。これは魔法文明を向上させるという大会の精神にも反しているだろう?」

私がそう言うと、キラストルは妖しげな微笑みを浮かべた。

「今回の犯人が限界魔導を究めている、とは思いませんよ。ただ、大会参加者としてルール違反はしていない、と言っているんですよ、僕は」

「しかし、君はさっき……」

「いやいや、法律がどうのこうの、なんていうのは、実際のところ戦地調停士としてはあまり意味のない話なんです。あれはゾーン・ドーン卿があまりにぬるま湯めいたことを言うので、つい、ね」

くすくす笑っている。

「なにしろ、戦争をしていてお互いを殺してやろうという連中の、その間を取りまとめるのが仕事なんですからね——法律や慣習はほとんど、どうやったら無視できるかという、その対象に過ぎませんよ。……つまり」

彼はいたずらっ子みたいな目つきでウインクした。

「罪を犯していることになろうがなるまいが、僕らにはそんなこと、どうでもいいんですよ」

「………」

私は、戦地調停士というのはとにかく争いを解消するという点で、ある意味では平和の使者と言えるのではないかという気持ちもまだ一方では持っていたが、どうやらそれは甘い考えだったらしい。

ここには戦争終結という目的を達するためには手段も動機も、そして善悪すらも選ばない、シビアな現実主義者がいるだけなのだろう。

我々がホールの側まで近づいていくと、だんだんざわめきが聞こえてきた。

そこに集められている、生き残っている者たちが不安の戦《おのの》きを上げているのだった。

それに対して、ミラロフィーダがひとり壇上から説明をしているらしい。

「……ですから、皆様は七海連合の者が到着するであろう明朝まで、それぞれの個室にお戻りになっていて結構です」

「そんな！」

「密室状態は危険なんだろう？　焼き殺されてしまうじゃないか！」

当然の抗議が湧き起こるが、ミラロフィーダは聞く耳持たないといった調子で微笑みながら、

「その場合は、単に皆様が未熟だというだけですから」

と至極当然のように言い放った。あまりのことに皆が押し黙った、その直後に絶妙の間で、

「冗談です。冗談」

とこれまた、表情を変えずに言い放った。

「………」

口をぽかん、と開けている皆に、ミラロフィーダはうなずいて見せて、

「いや、個室に戻られてももう危険はありません。焼き殺されたりはしない——何故なら、皆様方はもう、ああいう殺され方が、その危険が存在すると知っているからです。あれはあくまでも、ああいう死に方をするとは思っていなかった人たちだけが、掛かってし

まった罠ですから」

と自信たっぷりに言った。

私はキラストルの方を振り向いた。

「──そうなのか？」

「さて、どうでしょうか。しかし姉さんは、ああいうところでは嘘を言わない人ですよ」

（………）

たった今〝冗談です〟とか言っていたばかりじゃないか──と思ったが、これを言っても虚しいだけのような気がしてきて、私はそれ以上の言葉を呑み込んだ。

その間にも壇上のミラロフィーダに皆からの質問が飛んでいく。

「それはどういう意味だ？」

「あんたはもう、この事件の仕組みがわかっているのか？」

「我々にも説明してくれ！」

一斉に詰め寄ってきた。ミラロフィーダは平然としているが、その横に立っているゾーン・ドーンはおろおろと頭を振っている。そして彼は皆の後ろに立っていた私とキラストルの存在に気がついて、ほっとした顔になった。

早く来てくれ、と懇願《こんがん》するような眼で見られては行かないわけにもいかない。我々は人々をかきわけ演壇のすぐ側まで移動した。

だが私やキラストルが手助けをする必要はなかった。ミラロフィーダはざわめき続ける

皆に向かって、凜《りん》とした声で、

「皆様は、根本的な勘違いをされています」

と断言した。

皆が一瞬、う、と押し黙ったところで、彼女はさらに追い打ちをかけるように、

「みんなで集まっていれば安全――そんなことはまったく、ないのです。現にニーガスアンガー卿やラマド師といった方々は、衆人環視の前で堂々と殺されているではありませんか」

と続けた。彼女はすぐ側まで来ている相棒たる弟の方を見もしない。助けなどいらない、美しい横顔はそう言っているように私には見えた。

うう、と皆が呻《うめ》いたそこに彼女は澄んでよく通る声を被せていく。

「そうです――安全などもう、この紫骸城のどこにもないんです。一人でいようが大勢でいようが何の関係もない。信じられるものなど何ひとつない――なにしろ犯人がいるとすれば、それは今、この場所に集まっている者の中にいるはずなのですから――ほら！　あなたの横にいるそのひとですよ！」

いきなり言って、そして指差した。不思議なことに、その指はどこにも向けられている訳でもなかったのに、全員が〝自分を指している〟と思いこんでしまうような、そういうタイミングで出されていた。

一瞬だけ示して、そしてすぐに引っ込められたので、誰も後から確認できない。

わっ、という驚きと恐怖が混じった悲鳴が辺り中で湧き起こり、その間隔がたちまち倍に広がって密度が下がる。

それまで〝集団〟として一塊《ひとかたまり》になって詰め寄ってきていた者たちは、一瞬の内にばらばらな〝個々人〟に分断されてしまっていた。

「………」

ミラロフィーダは、あえてしばらく無言のままでいる。

重苦しい沈黙がホールに落ちた。

そうしてしばらく経って、ミラロフィーダはやっと口を開いた。しかしその第一声は言葉ではなく、

「――ふううっ」

という、長いため息だった。

それはなんだか、聞き分けのない子供を持て余している母親のような、なかば呆れた調子の吐息だった。

「――まあ、いいですけど。この場所に留まっているのも、個室にお戻りになって、時間まで立て籠《こ》もっているのも、もう強制はしません。皆様のご自由に」

そして、そのまま壇上から降りてしまい、足を停めずにホールから優雅な足取りで去っていってしまった。

気まずい雰囲気がホールに立ちこめている。妙に停滞して、どう動いたらよいのかわか

らぬ澱《よど》んだ空気だ。

私がどうしようかと思っていると、キラストルが「ほら」と小突いてきた。

「七海連合に通信したということを皆さんに教えてさしあげたらどうですか？」

「あ、ああ――」

私は壇上に上がった。すると場の空気がみるみるうちに穏やかなものに変わった。

「ああ、英雄殿だ――」

「おお、フローレイド大佐だ」

ホッとしたような雰囲気に、私は多少戸惑いつつも、

「皆さん、つい先刻、我々は七海連合に正式に救助を求めました。打つべき手は既に打ってあります」

と、とりあえず説明した。

「皆さんも、限界魔導決定会に参加されるほどの、世界でも有数の選ばれし魔導師なのですから、今回の危機に対しても、それぞれのお力で自分の身を守ることは、必ずしも不可能ではないと思っています。それに――」

私は、ミラロフィーダがもういないので、仕方なく弟の方に視線を向けて、言った。

「ミラル・キラルの実力は、皆さんも認められているでしょう。彼らの言葉をここは信じましょう。我々が備えている限り、密室そのものはもはや凶器たりえない、と――そう、他に信じられるものがないのだから、皆さんも、私も、自分の力を信じていくしかここは

道はありません」

適当なことを言って、頭を下げて、私は壇上から降りた。

皆は納得しているのかどうかわからなかったが、仕方ないか、という表情になってホールからそれぞれの部屋に散っていく。

そっちの整理の方はゾーン・ドーンとU2Rに任せて、私は去っていったミラロフィーダを追った。キラストルもついてくる。

「いや、さすがは英雄殿。殺気立っていた皆を見事に鎮めましたね。大したものです」

私は首を振った。

「いや、君の姉君がほとんど、皆の気勢を殺いでしまっていたからだよ――だが、なんとなくわかったような気がする」

「何をですか？」

「戦地調停士は口先だけで歴史の流れをねじ曲げてしまうという話の、その信憑《しんぴょう》性だ」

それを我が眼で直に目撃した――そんな感触があったのだ。


――こうして、紫骸城の内部でのみ繰り返された一連の事件は最後の局面を迎えた。

人々は不安に包まれながら、それぞれの部屋で緊張と恐怖に震えながら一夜を過ごした。

見えない悪意は未だ紫骸城を包んでいたが、その最後の鍵を握っているのが犯人なのか、双子の戦地調停士なのか、それとも――三百年前の黙示録の戦いの因果なのか、確たる考えを持っているものはこの世の何処《どこ》にもいなかった。

## 2.

〝……おい〟

闇の中で、私のことを呼ぶものがいるような気がした。

〝……おい、あんただよ、あんた〟

それは女性の声だった。

子供のような柔らかさがあったが、強い意志を感じさせる、凜々《りり》しい声だ。

(——あ？　なんだ……？)

私が疑問を心の中に浮かべると、即座に答えが返ってきた。

〝ここはあんたの夢の中だよ。フローレイドさん〟

また女性の声だ。しかしその彼女はどこにいるのだろうか、と思ったときにはもう、闇の中にその人の姿がぼんやりとだが浮かび上がっていた。

すらりと背の高い、引き締まった身体をしている彼女は、見えない椅子のようなものに腰を下ろして、長い脚を組んでいた。

(私の、夢……？)

〝そうだ。どうやらあんたは、魔導師としてかなりの才能があるみたいで、本来は単なるしるし《マーカー》に過ぎないこの私の、その掛けられたときの残留思念に共鳴しているんだよ〟

(……? なんのことだかさっぱりわからないよ。君は誰だ?)

その彼女は、とてもまっすぐな眼をしていて、なんだか女の子というよりも少年のような印象があった。まだ未成年の少女のようにしか見えない。

〝私の名はオリセ・クォルトだ〟

そう言ったので、私は驚いた。

(なんだって? この紫骸城を創ったリ・カーズと対決した、あのオリセ・クォルトなのか!?)

この女の子が、あの有史以来最大最強と言われる大規模魔導戦闘用人造人間の〈魔女兵器〉だというのか――?

〝正確には、そのオリセ・クォルトの掛けた呪文だよ。本体の彼女が、この紫骸城の正面扉をブチ抜いたとき、なんかヤバい感覚があったんで、念のために打ち込んでおいたしるし《マーカー》がこの私だよ。もちろんこんな、はっきりとした意識のあるほどの存在じゃないんだけどさ。そこはあんたの無意識が色々と分析して、元の術者の性格を表現しているわけ。夢の中で、会ったことのないはずの人が妙にはっきりと出てくることってあるだろ? まあ、アレみたいなもんよ〟

と、その夢の中の登場人物は自分から解説してくれた。

(なんだか……よくわからないが)

私は混乱していた。

（とにかく、君は、その――本当にオリセ・クォルトなんだな？　なんだか考えていたよりもずいぶんと――可愛らしいが）

〝それ、お世辞《せじ》？　あんましそーゆーこと言われても嬉《うれ》しくねーってゆー性格だけど？〟

（い、いやそういうつもりではなくて……なんていうか、もっと猛々しい戦士そのもの、ってイメージがあったから）

私は弁解した。夢の中と言っている割に、その感触は妙に生々しい。

〝まあ、わからねーでもないけどさ〟

オリセ・クォルトは苦笑して、首をかすかに横に振った。

〝なにせ超級魔導鬼だしね。戦うために産み出された、アワレな存在って奴だし。でも、まー、どーでもいいけどね〟

（あ、いや、気を悪くしたのなら謝るよ。別に深い考えがあって言った訳じゃないんだ）

私が焦って詫びると、彼女はニヤニヤと笑った。

〝兵器に謝ることたぁねーわよ。それよりも、あんたは今、なんかすっげー困ってんじゃないの？〟

（わかるのか？　――あっ！）

夢の中のはずなのに、私は本気でびっくりした。

（ま、まさかこの紫骸城の事件は、君の存在が原因なのか？）

〝だから、存在というほど大したものじゃないって。私は――そうね――だいたい九割ぐらいはあんたの想像なんだって。あんたが考えているみたいな、それで魔導師がバタバタと殺されていくような、そんなモノ凄い呪いなんかじゃねーって〟

ぱたぱたと両手を振ってみせる。私はまだこの夢の中の事態を理解しきってはいなかったが、なんとなくそれが本当のことだということは感覚的にわかった。たぶん彼女の言っているように、無意識では把握しているのだろう。

(それじゃあ、君ならわかるかな――この紫骸城には、呪詛を集めてエネルギー貯蔵庫にするという目的以外に、リ・カーズの隠された呪いみたいなものは存在しているのか?)

〝そいつが被害者たちを次々と殺した張本人だと?〟

(そ、そうだ。そういうものがあるのか?)

私はかなり意気込んで訊いたが、しかしオリセの答えは簡潔だった。

〝ない〟

(――え?)

〝そんなものはねー。そんなものが混じっていたら、この紫骸城そのものの能力が濁《にご》る。そんな無意味なことをあの女《リ・カーズ》はしない――〟

(能力って?)

〝だから、ただひたすらに、周囲に漂っている呪詛エネルギーを集めまくる装置としての機能だよ。そいつこそがリ・カーズの目的なんだ。紫骸城というのはそのことに徹しているから、こんなにもでかいんだよ。もしも何かひっかけがあったとしたら、こんなにむやみやたらとでかくする必要はない。もう七回りほど小さくても、何の問題もない。でかい理由はただ一つ——城のほとんどを占めている空っぽの空間を〈入れ物〉としてできる限り広く取るため。それ以外にない〟

（し、しかし独裁者としての、他の人間たちに自らの権勢を誇示するため、巨大なモノを創りたいという感覚もあるんじゃないのか？）

私がそう言うと、オリセは〝ふう〟とため息をついた。

〝そーゆーのは、普通の人間の発想よ。リ・カーズってのは、そうじゃねーんだよ。他の人間にどう見られているかなんて、カケラも気にしていない——この世のあらゆるものを馬鹿にしきっているんだよ〟

その言い方には本物の敵意があったので、私は少し驚いた。それはこの凜々しい少女に似つかわしくないようでいて、とても似合っていた。怒りが人を美しくすることはほとんどないのに、彼女にはそれが存在していた。

〝あいつは数限りないものをその足で踏みにじってきた——もったいぶった伝統とか、高慢な栄光とか、偉ぶっているだけの支配階級とか、潰れた方がいいものもあったが——その中には、小さいけど確かな希望というような、絶対に壊してはいけないこともあった——だから、私はあいつを許さない〟

まるで、このオリセ・クォルトが遺したイメージとしての彼女は、今もまだリ・カーズと戦い続けているかのようだった。

(――しかし、君たちは結局、相討ちになったんだぜ。私の無意識とつながっているなら、もう知っているだろうが)

〝らしいな〟

(だったら、もう済んだこととして、リ・カーズを許してやるというわけにはいかないのか?)

私は、いくらそれが美しい怒りであっても、この少女の執念がいつまでもこの世に残っているのはなんだか悲しいことのように思えたのだ。

ところがこれにオリセはきょとん、とした顔になって、それから大笑いした。

〝――あはははははははは! 何を言い出すかと思ったら! リ・カーズを「許す」って? そいつは願ってもないことね。そうできたらどんなにいいかと思うわ〟

私は、へ、と間抜けな声を出してしまった。

(どういう――意味だい?)

〝リ・カーズがなんなのか、たぶんあんたは正確には想像もできないだろうけど――でも例えば、あんただって誰か憎たらしい奴のことを「こいつ、死んじまえばいいのに」と一瞬でも思わないでいることはできないでしょう? そういう悪意が自分の内側《なか》に存在していることは、これはわかるわよね〟

何を言われているのかよくわからないが、言われていることは、確かにその通りだったので、私は（ああ）とうなずく。

するとオリセもうなずいて、

〝リ・カーズってのは、そーゆーのの塊みたいなものなのよ。あいつは、そういう悪意があると、決してそれを否定しない——他人のだろうが自分のだろうが、まるで区別しない——悪意そのものの結晶みたいな奴なのよ。あいつを許せるときは、きっと自分の中から醜《みにく》い悪意が全部無くなった後でしょうね。そしてオリセ・クォルトは——今のこの残影も、三百年前の本人も、そんな悪意を許したくはないという、その執念だけで生きている——それが悲しいことならば、私は悲しくたってなんとも思わない〟

きっぱりとした、毅然《きぜん》とした物言いは、とてもまっすぐだった。

私は、自分がとても間の抜けたことを言ってしまったことを悟った。オリセ・クォルトとリ・カーズの戦いというのは、余人には介入できぬ、底知れない深さと重みを持ったものだったのだろう。

私がすこし言葉を失っていると、オリセは、

〝己の内側《なか》にある悪意——そうだね、たぶん今、あんたたちが遭遇している事件も、きっとその辺に鍵があるんじゃないかな〟

と不思議なことを言った。

（え……？）

〝どんなに立場が違って見えようとも、被害者たちは皆〈人間〉——そこには必ず、同じ

ものがある。きっとそれがわかれば、すべては明白になるはずよ〟

(そ、それは一体なんだろう?)

私は意気込んで訊いたが、これにオリセ・クォルトは静かに微笑んで、

〝そろそろ、あんたは現実に帰らなくっちゃいけない――事件の結末を見届けるために〟

と言った。

そして、その少女のイメージはどんどん闇の中に遠ざかっていく。

(ま、待ってくれ!)

私は必死で彼女に呼びかけようとした。

(助けてはくれないのか!? そうだ、三百年前にリ・カーズから世界を救ったように、君は私たちをなんとかしてはくれないのか?)

情けない声ですがってしまった。だがオリセはそんな私に優しく、だがはっきりとした口調で、

〝そいつは、あんたたちの仕事だよ〟

とウインクしつつ言って、そして――

＊

「――です。仕事ですから――」

耳元で聞こえる声に、私ははっと眼を開いた。

私は個室のベッドに横になっていた。そして枕元にはU2Rが立っている。

「お仕事の時間ですから、お起きになってください、フローレイド様」

彼は穏やかな声で、私に話しかけていた。

「……あ、ああ……」

私はふらつく頭を押さえながら起きあがる。

さすがに不安があったので、よく眠れなかった——だが夢の中で、何か凄《すご》い者と対面していたような気がする。だがはっきりとはもう、思い出すことはできなかった。私は頭を切り替えた。

「異状はないか？」

「今のところ、新たな被害者は生まれていません」

「それは何よりだ。予定通りだったら、七海連合軍が来るまであと三時間だな」

私はベッドから降りて、背筋を伸ばした。

「ちゃんと来てくれるなら、もうすぐ外の空気が吸えるな」

「ですが、限界魔導決定会はこれでお終いでしょうね。少なくとも、紫骸城で開かれることは二度とありますまい」

U2Rが——機械のはずなのに——妙に寂《さみ》しげな声で言ったように聞こえたので、私は彼を見た。

「どうかしたのか？」

「いえ、そうなれば私はまた、何十年と凍結されたままになるのだろうなと思ったのです。この大会の運営に便利だということで、時代遅れの擬人器も活動させてもらえていたのですから、それが終わったら私は用済みです」

「おいおい――」

私はつい、彼の肩を人間のように叩いてしまった。

「心配するなよ。君の優秀さは私もよくわかっている。ギルドがいらないと言うのなら、私が引き取らせてもらうよ」

「ほんとうですか？」

その声が喜びに弾んでいるように聞こえたので、私はなんだかおかしくなった。一番最初に会ったときに、自分が彼に対して感じていた〝冷たい機械か〟という印象は、もう心の中に全然残っていなかった。

「しかし、かなり仕事が増えてしまうかも知れないからな、その辺は覚悟しておいてくれよ」

「何でもお命じください」

「では、とりあえず皆に最後の食事をしてもらうとするか――どうもこの紫骸城ではモノを食べるときにヤケに喉につかえるような気がしてならないが、それもこれで終わりだ」

私は明るい調子でU２Rに言った。

……だが、この陽気さは不安の裏返しだった。

私にはまだこれからこの紫骸城で、最後にとてつもないことに直面するのではないかという予感があったのだ。

それはおそらく――〝真実〟という名の、世界で最も容赦のない存在だろう。

私は感じていたのだった。

これまで幕間にいたその〝主役〟がとうとう、この紫骸城という舞台に姿を現すことになるのだろう――と。

＊

我々は揃って、かつては正面扉があったホールに集結していた。

そこにはオリセ・クォルトが撃ち抜いた痕《あと》が今も残っている。その部分だけ、あきらかに変形していて、本来なら二つに割れているはずの扉が自動修復能力の異常のために完全に一体化してしまっているのだ。

私とミラル・キラルが、皆の代表としてその扉のすぐ前に待機している。

「…………」

全員が無言で、扉の向こうから聞こえてくるはずの合図の音を待ち続けていた。

（――しかし）

皆の前では不安を表に出すことはできないが、如何に七海連合軍が優秀だと言っても、この紫骸城の周りに広がっている〝魔獣の巣窟〟バットログの森を抜けてくるのは至難の業だろう。途中までは私たちがこの紫骸城にやって来たように飛行艇を使うのだろうが、飛行物体の接近には嵐が発生する仕掛けが作動しているはずである。この場所まで来るには途中で降りて、あとは直に歩いてくるしかない。

（そこをくぐり抜けて城塞の近くに辿り着くだけでも不可能に近いのに、その後でこの如何なる魔法攻撃も吸収してしまう堅固な扉を破らなくてはならない――そんなことが本当にできるのだろうか？）

やるとしても非常に厳しい作業のはずだ。そんな過酷な任務をすぐに実行できる部隊が待機しているものだろうか？　強制的に命令して、無理矢理に遂行させるのか？

しかし、それを保証したミラル・キラルの二人は自信に満ちあふれていて、助けが来ないことなど、まったく考えていないかのようだった。

（戦地調停士が命じるということは、七海連合軍内でそんなにも力があることなのか？）

どうも連合軍の内部組織がどのようになっているのか想像しにくい。

私の視線に気がついたようで、キラストルがニヤリと笑って私に耳打ちした。

「――大丈夫ですよ」

そこには虚勢も何もない。私はとにかく待つしかないかと思った。

そして、実際に待つ必要はほとんどなかった。予定されていた時間の、その一時間ほど前に、

——ごん、

という鈍い音が扉から聞こえてきたのだ。

向こう側から、大きなハンマーか何かで叩いている音に間違いなかった。

わっ、と歓声が起こりかけたが、私はそれを慌《あわ》てて制止した。音はまだ連続していたからだ。

「——何か伝えようとしているんだ！　静かに！」

それは軍用の、単純な共通国際信号だった。これならばミラル・キラルに訊かなくとも私にもわかる。

それはどうやら、

〝まもなく、この扉を開けるための特務部隊が到着する〟

〝あと一時間ほど待て〟

——と言っているようだった。

「ほ——本当に来たのか」

「これで——助かったのか？」

「すーーすごいな七海連合は」

「まだーー信じられないよ」

人々の口から驚嘆《きょうたん》の声が漏《も》れた。私も同感だった。

これに比べたら、魔導師ギルドも我が母国ヒッシバル軍も、有事に備える組織として、まるで大人と子供のようなものではないのだろうか？

（軽々しく頼ってしまったがーーこの後、私は責任をとることができるのだろうか？）

そういう別の不安が起こったが、背に腹は代えられないのだからやむを得ない。

そして私がそうやって複雑な気持ちでいるそのとき、唐突に、キラストルがぱん、と大きく手を叩いた。

「ーーさて皆さん！　ここで皆さんにしておかなくてはならないお話があります。極めて重大な話です！」

それは開会式のときに皆を圧倒した、あの劇場歌手のようなよく通る圧倒的な声量の語りかけだった。

全員、思わず彼と、その横にいる彼の姉の方に注目する。

「重大な、そして生命に関わる問題ですーーもちろん、もう既におわかりになっているとは思いますが……僕らは謎の犯人の攻撃を受けている。今も受けている。いわば〝汚染《おせん》〟されている状態にあるわけです」

静かな態度で彼は話し出した。

だが、こいつはいったい、何を言おうとしているのか？

「汚染されている君たちを、このままこの紫骸城の外に出すわけにはいかない——それがもし、深刻な魔導ウイルスとでも言うべき悪質な呪いだったら、諸君らを外に出したら世界は破滅する。こんなことを戦地調停士としては見逃すことは当然、できません」

彼は芝居じみた調子でかぶりを振ってみせた。

「——な、何が言いたいんだ？」

私がおそるおそる訊ねると、彼はなんだか——すべてを嘲笑しているような、ひどく冷たい目つきになって、そしてうなずいた。

「ここで、この一連の事件の謎を〝解明〟させていただく——その結果、諸君がどうなろうと、僕らは一切責任を負わないから、そのつもりで。もし拒否したくとも——」

弟の宣告の途中で、姉がすかさず付け足した。


「無駄《ナイン》——」


ぞっとするような、それは恐ろしく、果てしなく透き通った声だった。そして弟が言葉を締めくくる。

「——他に残されている道は、もうどこにもありませんから」

# 3.

バットログの森――。

植物はどれも瘤《こぶ》だらけの太い幹を捻《ひね》らせて大蛇の如く互いに絡み合いながら空間を覆い、どこにいても魔獣たちの唸り声、獲物を待ち受ける気配、そして何かが何かを喰《く》らう音、喰らわれるものの断末魔が常に背後で響いている、そこはまさしく世界で最も危険で、闇が如何なる場所にも澱《よど》んでいる、昼なお暗いおどろおどろしい魔境であった。

「――ふう、ふう、ふう――」

その中を走るひとつの人影がある。

頼りない足取りで、息を切らしながらそいつは、それでも憑かれたように足を前に進め続ける。

そいつは両手で何か荷物を抱えている。それを捨てればもっと早く走れそうだが、そいつは決してそれを手放そうとはしない。

「ふう、ふう、ふう――うわっ！」

木の幹に足をとられて転倒して、全身が泥まみれになるが、それでも荷物だけは絶対に離さないで、よろけつつ立ち上がってまた走り出す。

その背後に聳え立っているのは――紫骸城だ。

そいつは天を突くかの如き城塞から、必死で離れようとしているのだった。だが城塞はあまりにも大きく、いくら走っても大してその大きさが減じない。

「ふう、ふう、ふう、ふう――」

一生懸命な疾走ではあるが、だがその姿は圧倒的な周囲の森から発せられる魔の重圧の前に、あまりにもちっぽけに見えた。

そしてそれが実証されるときがすぐにやってきた。

一匹の魔獣が飛び出してきて、そいつの行く手を遮った。

「……！」

そいつの顔がひきつる。とっさにそいつは火炎呪文を唱えて魔獣を攻撃するが、しかし魔獣は火の玉を真っ向から受けても、まるでダメージを受けずにそのまま立っている。

そしてゆっくりと、そいつの方に近寄ってきた。

「あ、あああ、あ……」

そいつは荷物を抱きかかえたまま後ずさる。魔獣の口元の、ぎらぎらした大きな牙がどうしようもなく眼に入って釘付《くぎづ》けにされる。

そのとき、

「――プーティウイッ？」

という不思議な声がそいつの背後から聞こえてきた。

すると魔獣は、首をかしげたかと思うと、急にそいつに興味をなくしてどこかに行ってしまった。

「――え？」

そいつが呆然としていると、後ろの方からこつこつと何かを指先で叩いているような音が聞こえてきた。

「まったく――ろくな知識もないのに、このバットログの森を出歩こうなんて非常識もいいところだね」

若い男の声に、そいつははっとなって振り向く。

そこに、不思議な人物が立っていた。

すらりとしたシルエットで、落ち着いた物腰はバットログの森の中でも周囲の魔の気配に負けない存在感があった。そしてその人物は、顔の半分をなにやら奇妙な装飾の仮面で覆っていた。

こつこつ、と指先でその仮面を一定のペースで叩いている。

そして、その人物が着ているマントの、その襟元《えりもと》に描かれた紋章、それは――

「あ……」

そいつが啞然《あぜん》としている間に、その仮面の男は近寄ってきた。

そして、突然に講義を始める。

「今の魔獣は別に君を取って喰おうとしたわけではない。ただ自分の縄張りに見慣れぬ者が入ってきたから、それを確認しに来ただけだ。それをわざわざ攻撃するなんて、まったく愚かなことを。君が弱かったから良かったようなものの、もし攻撃が強力で、魔獣に警戒心を持たせるようなものだったら君は殺されていたぜ。ちなみに、今の鳴き声はある種の、体内に毒を持つ小型鳥の物真似《ものまね》さ。魔獣はその小型鳥には近寄らないようにしているから、おまじない程度には相手を追い払う力がある。もっとも向こうが必死だったら、こんなものは意味がないがね」

そいつはふう、とため息をひとつついた。

「この森を舐めてはいけない——僕は世界一の冒険者から直に教えてもらったことがあるから、この森の怖さをよく知っているんだ。君が一人で飛び出したところで、この森から外に出ることなど不可能だったんだよ」

「…………」

なんだか、仮面の男はそいつが紫骸城から逃れようとすることを、事前に知っていたような口振りであった。

なにもかもお見通し。そんな気配がある。

そしてそれはまた、仮面の男の襟元の紋章にも当てはまる印象であった。人と人が手をつないでいる有様を象徴させた、その紋章を付けているのは全世界でもたったの二十三人しかいない。それは——

「せ、戦地調停士——」

その言葉に、仮面の男は静かにうなずいた。

「そうだ。君はもはや、七海連合の管轄下に入っていると知るがいい――〝犯人〟さん」

＊

「さて――この紫骸城で起きた事件には、これまで大雑把に分けて二つの仮説が挙げられてきました」

皆を前にして、キラストルが話し始めた。

「ひとつはギルドに恨みを抱く何者かがその壊滅を目的として行った犯行である、という見方。そしてもうひとつが、この紫骸城を建てたリ・カーズの呪いが作用した結果である、というものだ――なんだったら、ここにレクマス・レーリヒが挙げたという、両方の相乗効果というものを第三の仮説として加えてもいいが、考え方としては二つだ」

（レクマス・レーリヒ……？）

私はなんでこんなところに、歴史上の人物の名前が出てくるのかと思ったが、きっとなにかの蘊蓄《うんちく》なのだろうと考えることにした。横のゾーン・ドーンにちらと眼をやると、彼は真っ青になって驚いた顔になっている。もっとも、さっきから彼は驚き続けているのであまり変化はないとも言えるが。

「二つの仮説において共通するのは――どちらにせよ殺害方法は魔法呪文によるものであり、そしてこの紫骸城に集まっている人々は皆が魔導師であるから、容疑者は事実上、全員ということにもなる。これは殺されている被害者も含めての話だ。たとえば——一番最初に死んだニーガスアンガー卿にしたところで、あるいは自分の生命を生け贄に捧げることで成立する特殊な呪いを発動させていた、ということもまあ、可能性としてはあるわけだ」

言われて、私はぎょっとした。大いにあり得そうな話だったからだ。それならニーガスアンガー卿の、あの乾涸らびたような異常な死体にもなんとなく得心《とくしん》がいくではないか。卿は大会参加者中で最強だったわけだし——。

「しかし」

姉のミラロフィーダが冷ややかな調子で言った。

「これはおそらく、正しくない」

「ど、どうして？」

私は納得しかけたところを否定されたので、思わず訊き返した。すると弟がすかさず解説を始める。

「ニーガスアンガー卿には、ギルドにそれほどの恨みはなかった。それどころか彼はこの大会に参加するにあたってやる気満々で、今回も優勝してやると意気込んでいた。これは事前の調査で判明している。資料によると家族関係にも怨恨の線はない。まあ本当に恨みがないのか、と言われれば人間のこと、どんな理由でも出てくるだろうけど——でも彼ではおそらく、ない」

「なぜ断定できる？」

「彼の専門は防御——攻撃的な魔導師としては、大したことがなかったからだよ」

あっさりと言った。

私たちが絶句していると、彼は肩をすくめて、

「少なくとも、彼が何かの呪文を掛けていたのなら、僕と姉さんにはわからないはずがないのさ」

と自信たっぷりに言った。

「前回優勝者のニーガスアンガーはギルドでは有名だからね——当然、手の内は知れ渡っている。彼が何かをすれば、だいたいその根拠が想像できるんだよ」

「——才能の性質は既に分析済みで、それにこの事件の中身が当てはまらない、ということか？」

「その通り。そしてそういう視点に立つと、他の被害者の可能性もほぼなくなる」

だったらわざわざ言わなきゃいいじゃないか、と私はつい思ってしまう。

「では、やはりリ・カーズの呪いなのか——しかし、では何故これまで三百年も作動していなかった呪いが急に作動したのか？　問題はそこだ。これまでの限界魔導決定会になくて、今回のものにだけあった特別なことが呪いを起動させたのだろうか？　その特別なことというのはなんだろうね？」

キラストルは居並ぶ大会参加者たちを見回す。

「だいたい、前回の大会とあまり顔ぶれは変わっていない。そもそもギルド内だけで通用する権勢確認がこの大会の主旨《しゅし》になっている現在、そうそう参加者が激変するということはあり得ないからね、無理もない。しかし──」

彼はくすっ、と小さく笑った。それは妙に無邪気《むじゃき》で、ひどく──嫌な感じのする笑みだった。

「今回の大会には、あまり例のない人物が紛れ込んでいる。たとえば僕たち双子だ。ミラル・キラルはかなり珍しい例に入るだろう？」

言われて、皆の顔が一斉にさっ、と変わった。

もしかして、と皆が思い始めていたことを、自分たちの方から言い出したのである。

「なにしろ、もともと限界魔導決定会に対して執着心がない。得体の知れない存在。属している組織も七海連合という、ギルドとは無関係のところで、いったい何を企んでいるのか知れやしない。そして本人たちいわく、自分たちの目的は、人間に存在している〝本能〟の研究にあるという、なに言ってんだかよくわからないようなもの──いかにもって感じだろう？　僕らが紫骸城に入ってしまったんで、リ・カーズの呪いが作動し始めてしまったんじゃないか──だとしたら、実に光栄だよね。リ・カーズに見込まれたようなものだ」

弟は嬉しそうに言う。

「────」

姉の方は無表情だ。

「ま——まさかそれは」

誰かが震える声を出した。

「あ、あんたたちが〝フィルファスラート〟だからなのか……？　リ・カーズと血統的につながっているから——だからその、あんたたちが入城したことで、城塞は〝新しい主人が来た〟と感じて、それで再び目を醒ましたのだ、と——」

「血統？」

キラストルは眉を寄せた。

「血統ねえ——」

そしてくっくっくっと笑い出す。

「なにがおかしい？」

「血統ってのは、一体全体なんのことです？」

「え……」

「なんですか、そいつは子供には自分を生んだ親と似たような欠点がある、とかそういったことですか？　それともそういう親から子供に強制的に押しつけられる偏見の積み重ねのことですか？」

心底馬鹿にしきったように、キラストルは言った。

「優れた血統などという発想は、生物存在の根本を考えるとき、本質的に矛盾《むじゅん》した考え方ですよ。生物は自分とは異なる異性と交配することで、違う生物を産み出す可能性を繰り返していく存在なんです。自分とは違う存在になるからこそ、親は子供というものをつくる意味がある。親と同じとか、受け継いでいるとか、それは結局、本来ならば変わっていくはずのものをただ停滞させているだけという、世界の〝流れ〟という視点から見ればそれはただの〝落ちこぼれ〟なんですよ。過去、この世界を変えてきた存在は皆、常識的に言うところの〝異端児〟ばかりだ——それはリ・カーズ本人にも当てはまることでもある。彼女は自分を産み出したフィルファスラートの血統とやらを自身でほとんど根絶《ねだ》やしにしてしまった」

彼はやれやれ、と首を振った。

「だいたい、三百年も経っているのだから、親の形質がどうの、ということなどどうでもよくなっている。それよりも環境的な変化にどう対応していったかという方が現在の我々の性質を決定している。それまで劣悪な食生活下にあった民族が豊かになり、その子供たちの体格が一変したというようなことは、よくあることでしょう?」

「——し、しかし」

「まあ、それでも死んでいくことへの哀しさから、子供に親の意志を伝えたいという気持ちは分からないでもないですがね。しかしそれならば、血統というのはむしろ儚い祈りみたいなものだ。純然たる〝兵器〟であるはずの紫骸城が、そんな甘っちょろいものに左右されるとは思えませんね。動くとしたらもっと現実的な理由で、ですよ」

「で、ではそれはなんなんだ？」

「ふむ――」

かるくうなずくと、キラストルは笑いを顔から消した。そして静かに言う。

「僕らだけではない」

「え……？」

「この紫骸城に入ってきた者で、これまでに例がない者は僕ら双子だけではない。いや、むしろ僕らのような存在は前例があるかも知れない。だが〝彼〟はこれまでギルドとは無縁の場所で生きてきて、魔法の使い方も他の魔導師たちとは一線を画してきた。具体的に言うならば、それはより現実的で実戦的な使い方をし続けてきたということでもある――そういう方面の魔導のエキスパートは、限界魔導決定会という閉鎖的な場所にはこれまでほとんど入ったことがなかったはず――そういう人が今回、ここには紛《まぎ》れ込んでいる」

彼の声は淡々としていて、そこには感情がない。

だが――だがその言っている内容は、そこで示している者とは、つまりそれは――

「………」

その場にいるほぼ全員が、ひとつの方向に視線を向けていた。

「そう、紫骸城が敵を迎え撃つために創られた存在ならば、逆に言えばこれまでの三百年で罠《わな》が作動しなかったのはただ〝運が良かった〟――その罠にかかるほど、大した能力がなかったということではないか。だが今回、その境界線を越えてしまうだけの強者《つわもの》が、遂に足を踏み入れてしまった――だからなのではないか。そういう人物のことを別の言葉で言うならば、そう――〝英雄〟ですか？」

「…………」

皆は視線に、さらに力を込めてきた。そしてその視線が向いている先は、この私――フロス・フローレイド魔導大佐なのだった。

## 4.

「――そ、そんな」

私は思わず後ずさっていた。

「――わ、私が……？」

だが――だが言われてみれば――

「言われてみれば、思い当たる節もある」

動揺している私に、ミラロフィーダが囁くような声で追い打ちを掛ける。

「一番最初にこの紫骸城に入ったときも、そう言えば自分は、何故だか転送紋章から離れたところに飛ばされていた――しかもニーガスアンガーはそのすぐ後に来て、殺されている――あなたはそう思っていますね？」

「…………！」

「考えてみれば、おかしなことも多かった」

今度はキラストルが詰め寄ってくる。

「自分が代理で審判をやったはずの試合で、よりによって次の犠牲者が出たのも、なんだか出来過ぎている。それにこの城に入ったときから、なにか自分に変な感覚がつきまとっているような気がしてならないし――」

双子は静かに、私の立場になって説明をしていく。

「う、うう――」

「そうだ、もしかすると、自分にはリ・カーズの亡霊だかなにかが取り憑いているのかも知れない――自分では自由意志で動いていたつもりでも、よく考えてみればどうして自分はああも積極的に事件を解決してやろうという気になったのだろうか？　自分はそんなに主体的な男だったか？　英雄と呼ばれることにやや疲れているくらいのはずだったのに、ずいぶんと積極的に行動できたのはどうしてだろう？」

囁いているのは双子なのだが、なんだか自分自身で言っているような気がしてならなくなってきた。

「うう――うう」

「三番目の大量殺人も、その一番目は、もしかすると先に、扉を開かないようにするだけの単純な細工をしておいて、それを開けたその瞬間わずかな隙間に向かって自分が火炎呪文を叩き込んでいたのではないか？　だから爆発したし、完全に魔力を吸収してしまうはずの扉のガードがされなかったのではないか——そしてその後は調べるふりをして、適当な連中に扉を開けさせては焼き殺していたとしたら——そう、最初はウージィ・シャオやU2Rが目撃者としていたからそれをしなかった。その証拠に、部屋ごと爆発したのは最初に発見した被害者だけではないか——」

淡々と、言葉が私に襲いかかる。

「うううう——」

「自分がやっている、正確には自分に取り憑いているもうひとつの人格みたいなものがやっていると考えると、なんだか辻褄《つじつま》が合う。ウォルハッシャーも自分に会いに来た後に死んでいるし、あのとき自分は気がつかないうちに彼に呪いを掛けていたのではなかろうか——」

「ううううう……！」

私は息もできないくらいに追いつめられていた。

「どうですか？」

キラストルが訊いてきた。

「自分でも、そんな気がしますか？」

私は——

「……いや、それはちょっとおかしい」

と口を挟んできたのはゾーン・ドーンだった。

「その推理には強引なところと、無理があるところがある。フローレイド大佐が優れた戦士であることは間違いないし、リ・カーズの警戒網《けいかいもう》に引っかかった可能性はないでもないが……しかしその後の説明にはおかしなところがいくつもある」

「これは審判長」

キラストルはこの抗議に、うやうやしく一礼してみせた。ゾーン・ドーンはかまわず説明を続けた。

「転送呪文で別の場所に行った後で、その次のニーガスアンガーが死んでもそこにはあまり因果関係はない。そして次のラマド師とトリアーズの試合を審判するのは本来、おまえたちミラル・キラルのはずだった。それをやめさせたのは私で、大佐は変更指示に従っただけだ。あやしいというならばおまえたちの方があやしい。そして決定的なのは、三番目の大虐殺の時、死体を発見していったのは大佐だけではない。警護役の者たちもいたし、私も直に数人を見つけた。大佐が最初に発見したという部屋が爆発してから、それらが発見されるまでの時間はわずかで、とてもではないがその間にすべての部屋を回って、全員を焼き殺していくことなど不可能だ。だいたい死体を調べたら、死んだのは昨晩の間らしいこともわかっている。今の話とは時間的に一致しない。それに、おまえたちはトリアーズに化けていた女盗賊の死をまるで説明していない。あれはどうなるんだ？」

「ふふん」

キラストルはこの反対意見にもまるで平然としている。

「いや、おっしゃるとおりですよ審判長。確かに、リ・カーズの呪いがフローレイド大佐に取り憑いて犯行を行ったという視点にはかなり無理がある」

素直に撤回してしまった。

「………」

私はまだ呆然となっていて、何も言うことができない。キラストルはさらに続ける。

「――では、これが大佐以外の人間だったらどうなるか？　リ・カーズの呪いが取り憑いている可能性のある人間は？……これは見当たらない。強引に説明できるのも大佐ぐらいのもので、あとの人物ですべての事件に関連している者はいない。この方向への推理はここで行き止まりです」

「行き止まり、って――それじゃあどうするんだ？」

「だから、残っている可能性こそが答えなのです」

「しかし――ということは……」

残っている仮説というのは、要するにもっとも不可能性が高そうな、ギルドに恨みを持つ者が犯行を行ったという、単純だがそれ故に、何をしたのか一番訳のわからないものしかない。

「しかも、単独犯だ」

キラストルは言い切った。

「複数の犯行と言うには、魔導師ギルドという組織にはあまりにも互いの信頼がなさすぎる。相棒役の密告を警戒しながらでは、とてもではないがあれだけのことはできない。たったひとり――そいつが何もかもを仕組んで、紫骸城を恐怖に叩き込むことに成功したのです」

「そ、それは誰だ？」

ゾーン・ドーンの問いをキラストルは故意に無視して、突然に言った。

「それよりも先に、もっとも単純なものから片づけてしまいましょうか。マントの下の、背中から氷柱《つらら》で刺殺されたラマド師の殺害に関してです。これはもう、はっきり言って考えるほどの問題ではない。情報さえあれば、すぐに解決してしまう――ほら！」

彼はいきなり集団の中の一角を指差した。指差されたひとりは、びくっ、と硬直した。

それは――私とウージィ・シャオも疑っていた、あのラマド師の秘められた恋人、タイアルドという金髪の男だった。

「あ――」

彼は真っ青な顔をしている。

「さあ、告白してしまいたまえ！　君が説明しないと話が先に進まない！」

キラストルは大声を上げた。

「う、うう――」

タイアルドはぶるぶる震えている。

「君は、あの事件が起きる寸前にラマド師に会いに行っていたんだろう？　恋人を激励するために。そこで何が起きたのか、まずそれを話せ！」

「………うううう！」

居丈高に言われて、タイアルドは泣き崩れた。

「わ、私が悪いんじゃない……あ、あのひとが、あのひとが……」

涙でぐしゃぐしゃになったタイアルドは、掠れ声で弁解らしきことを言っている。

「別れ話を持ち出してきたんだろう？　まあだいたい見当はつく。そもそも君らの愛とやらはかなり怪しかっただろうからな。もともとリバーダン魔導戦士団の筆頭顧問のラマド師が君のような、まあそこそこのエリートではあるんだろうが、将来もギルドでさほどの地位につけるとも思えない三下《さんした》の警護役に本気になるはずもない。ただ身体を弄《もてあそ》ばれていただけなんだろう？」

キラストルは嘲笑うような調子で言う。

「ラマド師にとって君は、ちょっとした危険な遊び相手に過ぎなかった。だが君の方は、自分よりも遥かに格上の相手に本気になってしまった——この辺は想像なんだが、間違っているならそう言ってくれ」

「うううう……！」

タイアルドは泣き崩れるばかりで抗弁しない。

「肯定と受けとめて、話を続けるよ。というわけで、この件は要するに」

ここで彼はいきなり、タイアルドの仕草《しぐさ》の物真似《ものまね》を始めた。

「〝――どうして？　ぼ、僕らは固い絆《きずな》で結ばれていたんじゃないのかい？〟」

そして今度はラマド師の真似をする。

「〝ふん、貴様のような頭の悪い男をこの儂《わし》が真剣に相手をすると思っていたのか？　それ自体が充分な愚かさの証明だ。もう近寄るでない！　貴様に応援などされては、この儂の武運が落ちるではないか！〟」

皆があっけに取られていると、彼はまた元の態度に戻って、

「――せっかく愛する人の勝利を願って声をかけたというのにこの冷たいあしらい――彼は深く傷ついて、しかも自分でこの傷を癒《いや》す術がなかった。彼はカッときた。そして試合場の整備もしていたタイアルドくんは、前の試合で片づけたばかりの氷柱を持っていた。彼は」

キラストルは肩をすくめて見せた。

「――ぶすり、と彼に背を向けたラマド師に氷柱を突き立てた。よくある三文芝居の、愛憎の果てって奴だ。ところがここで異常なことが起きた。そうだろう、タイアルドくん」

「…………」

タイアルドはもう泣いておらず、代わりに全身をがたがたと震わせている。

「そうだ――どういうことか、背中を思いっきり刺されているにもかかわらず、ラマド師はそのままマントを羽織《はお》って、すたすたと歩いて行ってしまったではないか！　これはど

うしたことだ？　しかもご丁寧《ていねい》にも、ラマド師は剣を腰に差していて、その鞘の先端が後ろに突き出ていて氷柱のそれと区別が付かない——そして彼はそのまま試合をして、そして当然のことのように、傷のためにやがて死んだ」

キラストルはまるで見ていたかのように言う。そして、聞いている者たちは唖然としている。

「…………」

「そういうことだ。マントの下に氷柱がいきなり現れた訳じゃない。試合をするより先に、最初から刺さっていたんだ。ただラマド師が、自分が殺されていることに気がつかなかっただけです。死因やら殺害方法自体は、極めて単純」

弟の説明に、姉が付け足す。

「奇妙なのは殺されたラマド師の方であって、殺した方ではない。そして——その奇妙さを演出した者こそが、真の〝犯人〟ということになる」

その美しい声はホールに染み込んでいくかのようだ。

「その者は魔導師ギルド全体に対して深い敵意と憎しみを持っている。目的は大会を地獄に変えること——」

姉が口を閉ざすと、弟がすぐに続ける。

「ラマド師の死もその一部に過ぎない。謎めいた現象など単なる付録に過ぎなかったのです」

双子はなんだか、二人で輪唱しているような印象すらある。それは世にも美しいが故に、聞く者の安定を根こそぎ奪っていくような、そんな響きを持っていた。

「この事件には、最初からその違和感がつきまとっていた――誰もがこの紫骸城に足を踏み入れたときから、ずっとそれは我々と共にあったのだ。喉元にせり上がってくるような妙な不安感を、感じていなかった方はおられますか？」

その問いかけに、皆がそれぞれの顔を見つめ合った。一様に〝おまえも？〟という表情になっている。私も、この紫骸城に転送されてきた瞬間からずっと感じていたあの感覚だ。


（なんだか――ざらざらするぞ）


あれは、全員に共通するものだったのか？

だがそれぞれ、性格も得意な魔法も体質もひとりひとり違うはずの者たちに、そんなに共通する感覚を与えるような現象などあるのか？

「皆さんはこんな風に考えているはずだ――〝自分は、自分の意志でものを考えて、自分の心で判断しながら生きている〟と。しかしそれは誤りだ。人間の行動のほとんどは、意志など関係しない〝本能〟に従って決定されている。人間は他の動物よりも本能の支配が少ないとか、だから代わりに知性が発達したとかいう考え方は、まったくのうぬぼれであり、自分というものを知らないだけだ」

キラストルはやれやれ、といった調子で首を振った。

「人間に選択の自由などほとんどない。適者生存の大原則に従って設定された行動様式をなぞっているだけで、人生はあっというまに過ぎていくのさ」

「恋をする。夢を見る。強くなりたい。よりよい生活をしたい。他人よりも優れたものになりたいと願う。特別な何かになりたい——それらはすべて、自分で決めたことでない、どうしようもないこと。人間はそれから自由にはなれない」

「悲しみも憎しみも、喜びも怒りも、誰もそんなことは教えてくれないのに、何故か誰でも知っている——それは君たちが、それらを自分で創った訳ではないからだ。それは前もって形成されていて、君らはそれに従っているだけなんだよ」

双子は我々に語りかけてくる。

だがこの姉弟はいったい、何を言っているのだろう？

本能？

それがこの事件に、どのような関係があるというのだろうか？

「いや——〝タネ〟は、わかってみると単純なのさ。ものすごく簡単なこと——君たちの誰一人として〝それ〟を知らない人間などいない」

キラストルが言ったそのとき、双子に命じられて死体をひとつ、保管していた場所に取りに行っていたU2Rが戻ってきた。

「ただいま戻りました」

彼は台車を押しながらホールに入ってきた。その上に乗っている死体はウォルハッシャー公爵のそれである。

その死体というのは、全身に傷があり出血多量で死亡しながらも、血がどこに行ったのかまったく不明という、例の謎の死体だった。

「——皆様、どうかされましたか？」

U2Rは静まり返っているホールにただならぬものを感じたようで、そう訊いてきた。

だがこれにキラストルが、

「やあ擬人器くん、ご苦労だったね。ちょうどいいタイミングだ」

と声をかけて質問を無視した。

「さて——あらためて今回の事件を観察してみると、その殺され方には歴然とした共通点がある。それは魔法の基本中の基本というべきものだ」

彼は我々に、噛んでふくめるようなくどい言い方をした。

「まずニーガスアンガー卿。彼は全身が乾涸らびていた。次にラマド師。これは今言ったように背中を氷柱で刺されていた。三番目の大勢の被害者たちは皆、炎で焼き殺されていた。四番目のウージィ・シャオも焼死。五番目のウォルハッシャー公爵はこのざまだ。

——どうですか？　簡単でしょう？」

「……なにがだ？」

ゾーン・ドーンが苛立ちの声を上げた。

「何が同じだというのだ？　バラバラで脈絡がないじゃないか！」

「そうですか？　それはまあ、今のあなた方に共通点を見つけろと言っても難しいかも知れませんが――こんなものは基礎もいいところですよ？」

「そんなことを言われたって……！」

ゾーン・ドーンはぼんやりとしている私の方に救いを求めるように視線を向けてきた。

私は困惑したまま、

「……そ、そう言えば、三番目の炎というものは、二番目の氷柱の元になる〝水〟と魔法力学的に反対に位置するものではあるが」

〝火には水〟

これは防御魔法の基本のひとつだ。

基本と言われて思いつくのはこれぐらいしかない。

ところがこの私のしどろもどろの返答に、

「――良し《ディード》！」

とミラロフィーダが指を立てた。

キラストルもぱちぱちと拍手してきた。

「まさにその通りですよ、フローレイド大佐――〝水〟です。この事件の鍵は水が握っているんです」

「……？　なんのことだ？」

「だから、最初の被害者はいわば全身から水を剝ぎ取られて死んでいる。次の被害者は水のことに気がつかないで死んでいる。三番目の被害者たちは水の反対で死んでいる——これらは非常にあからさまな同一性でしょう？」

「この事件には最初から〝本能〟が絡んでいたのです」

ミラロフィーダが静かな口調で言った。

「作用していたのは〝それ〟だけ——水に関係する本能がすべての元凶」

「だから、それはなんなんだ⁉」

ゾーン・ドーンの悲鳴のような声がホールに響くと、双子は揃って微笑を浮かべた。

楽しんでいる。

この二人は皆を混乱させて、それを味わっている——そうとしか思えなかった。

「人間が、人間であるためにまずしなければならないことはなんでしょうか？」

またしても得体の知れないことを訊いて焦らしてくる。

「そんな哲学的な問題などどうでもいい！」

「哲学でも難しいことでもない。いや、これは最も簡単なことなのです」

「皆さんは、この紫骸城に何をしにいらっしゃいましたか？　そうですね。限界魔導決定会に参加するためでしたね。それでは当然、あれは目撃されたはずですよね？　あの第一試合を」

「あれを行われた方はおられますか？　——おや、いませんね。ああそうでした。二人とも三番目の焼死でお亡くなりになっていたんでしたね。ではここから先も想像で埋めなければならないのですが——」

歌うように双子が話しているのを聞きながら、私はだんだん理解し始めていた。

（——あ、あれは……）

あの第一試合は劇的だった。今でもはっきりと思い出せる。

てっきりただの迂闊者《うかつもの》だとばかり思っていた一方が、実はきわめて高度な計算で相手に攻撃をさせて、そこに——だが今、あらためて考えてみれば、

（——あのときに決定打になったのは、今ミラル・キラルが指摘した〝氷柱〟そのものではないか——あれを、対戦相手は特殊な古代呪文で認識できなくさせられて——と思いこんでいたが、しかし——）

……だがもう、我々はそれが対戦していた両者のみの意志の作用ではないことを知ってしまっている。つまり——

「い——〝印象迷彩〟が……？」

あれは、戦っていた魔導師同士が掛けたものではなく〝犯人〟が……我々全体に掛けているものだったのか……!?

印象迷彩。それは人間の心に食い込んで、正しい認識を阻害する〝幻覚系〟の呪文である。物理的な威力はなく、あくまでも精神面にのみ作用するために文明の発達と共に脇に追いやられていってしまったはずの時代遅れの業のはずだった。

だが——だがその印象迷彩が、今、我々に——

「い……一体なんなんだ？」

誰かがたまらず声を漏らす。

「我々に掛かっている印象迷彩は、いったい我々の心の中の何を、忘れ、さ、せ、て、い、る、の、だ⁉」

これに双子は反応せずに、平然として自分の話を続ける。

「——その印象迷彩は、いつ、どこで仕掛けられたのか？　問題はそこですが、これはあまり考える必要がない。全員が同じ呪文を必ず唱える例の〝転送呪文の呪符〟に決まっている。これはもう僕らでなくとも皆が言っている通りでしょう。つまり犯人にとって、この紫骸城が犯行現場であった必然性はたったそれだけだったのです」

「リ・カーズとの共犯関係は、要するにこの城塞が完全密閉状態にあること、そこだけしかなかった。そこには超高度な呪文はなかった。印象迷彩を一度だけ掛けて、あとはただ待つだけ——」

「だ——だから」

「だからそれはなんなんだ⁉」

「我々がずっと印象迷彩を掛けられていたとしたら、その異状は、副作用は——」

焦りのあまり掠れる声がホールのあちこちから上がる。

キラストルは懐《ふところ》に手を入れると、そこから一本の短剣を引き抜いた。

そして、それを姉に渡す。

何をする気だ？　とホールが一瞬、まるで手品師の演技を待っている観客のように静かになる。

「これもまた想像ですが――この、ウォルハッシャー公爵の哀れな死体は」

彼女は悠然とした足取りで、U2Rが運んできた死体の前にやってきて、みんなにそれを紹介するような位置に立つ。

「おそらく、ひどくつまらないことで死に至っている――そうですね――きっとこの傷じゃないかしら？」

彼女は短剣の切っ先で、なぞるように公爵の死体を辿《たど》っていって、その指先についている血のない傷痕を指し示した。

だが、それは別にどうということのない、ただのひっかき傷にしか見えない。

「あのやたらに豪華な椅子に座っていて、うたた寝でもして滑り落ちでもしたんでしょう。手すりの固いところでちょっと擦《こす》ったという感じですね」

「な、なんでそれが死因なんだ？」

「そこからウイルスでも入ったというのか？」

問いかけに、美しい姉は答えずにかすかに首を横に振る。

「人間というのは――」

彼女は短剣を、死体の上で弄ぶように動かす。

「悲しいほどに不自由で、そしてがんじがらめに縛られていますが、そのなかでも特に脅威となるものはというと、願望が阻害されていたときの反動――つまり欲求不満による飢え、これが最も恐ろしいのです。古今、歴史的な虐殺というのは大半、この欲求不満の爆発が原因であることが多いのです。支配者が領民を殺すのは〝何で自分の言うことを聞かないのか〟という不満の蓄積がほとんどの理由です。逆に支配者一族を皆殺しにする革命も、今まで自分たちの欲求が支配者によって阻害されていたから、過剰に殺戮を広げてしまうのです」

それは――戦地調停士ミラル・キラルの仕事のほとんどを占めているはずの、凄惨な戦争領域の話であった。

「そこには歯止めというものがない」

彼女たちはそここそが仕事場なのだ。

「欲求の阻害というのは、この世で一番破壊力のあるものだと私は考えています――そして今回の事件の、犯人の目的もまさに、その最後の一撃を用意していた。その、それまで印象迷彩によって忘れさせられていた欲求を思い出すとき、人は爆発的な反応を示さざるを得ない――それが本能に根ざしているものであればあるほどそうなる――種族保存欲求に根ざしている性欲がしばし理性を吹き飛ばすように――今回の事件も、その危険性が極めて高い」

この饒舌には淡々と語られているが故に、逆に、誰も口を挟むことができない不思議なリズムがあった。

「このウォルハッシャーの死は、実にわかりやすい——彼は擦って、傷ついた指を見た。そしてそこに流れている血も見た。そしてそこで彼が何気なくとった行動が、決定的なことになった。彼はその血を味わい、流れを感じて、そして——」

彼女は短剣を大きく振りかざした。

「う——」

「うう——」

そのとき——もう我々は全員、彼女が何を言っているのか知っていた。口の中に〝入れる〟という説明を聞いて、思い出していた。なんということだ。まさかそんなことを忘れていたとは、そんなことがありうるのか、それを禁じられていたとしたら、確かにその衝動は爆発的に生まれるだろう。生存本能の根元に関わることではないか。それは——そのこととは——

「そう、彼は飲むことを思い出してしまった！」

ミラロフィーダが短剣を一閃《いっせん》させると、ウォルハッシャーの身体から夥しい血がこぼれ落ちた。血はどこにも行っていなかったのだ。ただ血管から、胃腸の中に移動していただけだったのだ。

公爵は自らの血を、ずっと〝飲んで〟いなかったという反動からの渇きのままに飲み干してしまっていたのだ——。

その瞬間、爆発が生じた。その場にいたほとんど全員がそこに殺到した。

「——うううう……！」

「——ううううおおおあああっ！」

絶叫が轟《とどろ》いて、そしてそこにいた者たちのほとんどが走り出していた。飛びかかっていった。

こぼれ落ちていく血に群がって、それに口を付けて、一滴でも飲もうとしだしたのだ。

「——の、のの——飲む！」

「飲むんだ！　飲んでやるんだ！」

「飲む飲む飲む飲む飲む飲む飲む飲む！」

「俺に——俺に飲ませろ！」

それは——恐るべき光景だった。

無惨な老人の死体に、数十人の人間がわっと砂糖に群がる蟻《あり》のように集《たか》って、その臓腑《はらわた》からあふれ出ている血を、他の者を押しのけながら啜《すす》っているのだった。

「液体というのは〝飲む〟ものだ」

おぞましい喚声《かんせい》のなかで、ミラロフィーダの冷たい声が響いた。

「それは人間が生まれてすぐ、呼吸の次に行う行動——誰にも教えてもらわない〝本能〟

のひとつ」

しかし、ほとんどの者には彼女の声など届いていない。だがそれにかまわず、キラストルが解説を続けた。

「固形物を飲み込むときと、液体を飲むときは違う動作をしているが、しかし人はその違いなど普段は意識していない。だから液体を飲むことを忘れつつ、食べ物を口にしてさえそれと気がつかなかった。だから皆さんは、この紫骸城に入ってから一滴《いってき》も〝液体〟を飲んでいない。こういう大会では必ずあるはずの〝乾杯〟すらしていないのに、それに気がつかなかった」

〝食堂として整えられた大きなホールには寒々とした空気が漂って――〟

〝誰も口を利かず、黙々と出されている食事を詰め込んでいるだけだ。全員、なんだか非常に食べにくそうに食べて――〟

〝私も同じで、常に喉《のど》に引っかかるような違和感がつきまとって――〟

……食べにくいのは当たり前だ。我々は、食事をしながらも、スープも水もワインも、何も液体を飲んでいなかったのだから――。

「…………」

私は喉を動かして——ごくり、と唾《つば》を飲んだ。

その動作すら、私はそれまでしていなかったのだ。かつて扁桃腺《へんとうせん》を腫《は》らしたときのことが思い出された。痛いのに、つい無意識で唾を飲もうとして苦しむということがあった——それも、ひどく頻繁《ひんぱん》に。人間とは〝飲む〟という行為を四六時中やっている生き物なのだ。……それなのに、この紫骸城に入ってからは、一度も——。

紫骸城に転送される寸前の飛行艇で飲んでいたお茶の喉越しが、脳裏に急に甦《よみがえ》ってきて、私は気が遠くなりかけた。

「…………」

茫然と立ちつくす私の耳に、ミラル・キラルの声が入ってくる。

「飲むことを意識で忘れていても、身体の方は飢えていた。食べ物を口にしていたから、それに含まれている水分で脱水症状になることはなかったが、液体を飲むという本能に根ざしている行動を阻害され、様々な障害が生まれた——水を禁じられていることから、衝動の抑制が利かない睡眠中に反対の炎を生じさせてしまって自ら焼け死んだり、氷柱のことを認識できなかったり、なまじ防御魔法に優れすぎていたために印象迷彩に過剰反応して全身から水を絞り出す羽目になったり——水に関しての各種の混乱が、この事件のすべてだったのです」

「…………」

私は……もうわかっていた。

今まで気がつかなかったのが迂闊としか言いようがなかった。あれほど目立つ人なのに、七海連合がやってくるということに気を取られて、いないことに気がつかなかったのは明らかな失態だった。

「────」

死体に群がって血を啜っている人々を見回してみても、その人の姿はどこにもいない。既に、脱出不可能のはずの紫骸城から一足先に逃げてしまったに違いない。

私の表情をすかさず読んだらしく、キラストルがうなずきながら言った。

「そう──犯人は、ナナレミ・ムノギタガハルです」

*

「犯人はあなただ。ナナレミさん。ムノギタガハルと言った方がいいのか、それともモーガン未亡人とお呼びすべきなのかな?」

バットログの森の片隅で、仮面の戦地調停士は彼女に向かって言った。

「……そう呼んでくださる方がまだおられたのは、どのような状況でも嬉しいものですね」

彼女の腕の中には、ブリキの赤ん坊がしっかりと抱きかかえられていた。

「あの双子が送ってよこした情報には、事件の概要だけで解決内容まで記されていなかったが……しかしあの紫骸城の中で起こったことを実行できたのは二人しかいない。あなたと、そして」

「…………」

彼女は表情を変えない。それにかまわず戦地調停士は彼女を見つめ続ける。

「オブルファス・ギィ・グルドラン・ウォルハッシャー公爵だ」

「…………」

仮面をこつこつと指先で叩きながら、彼は説明を始めた。

「あなたはムノギタガハル一族の跡継ぎで、限界魔導決定会にはそれなりの影響力のある立場にいるし、公爵は現在の総帥で、これはなんでもできる一番怪しい立場にいた。そして――この二人は最初から共謀《ぐる》だった。一方はムノギタガハルから逃げたいと思っていて、そしてもう一方も自分の権力を確立するために未だ根強いムノギタガハルの威光を地に落とす必要に駆られていた。だから公爵は、あなたとヘンリィ・モーガン氏の秘密の関係の後押しもしたし、その暴露にも一役買った」

「…………」

ナナレミの眉が悲しげに寄った。夫が連れ戻されそうになる自分をかばって、そして死んでしまったときのことを思い出したのだろう。

「ヘンリィ氏を失ったあなたはムノギタガハルに戻らざるを得なかった。先代はもうそのとき、死ぬ寸前だった。あなたはどんな気がしましたか」

「いい気味だ、としか思えませんでした」

彼女は静かに言った。

仮面の男もうなずいた。

「それは当然だ。だが向こうはきっとそう思っていなかったに違いない。不肖《ふしょう》の一人娘がやっと心を入れ替えてくれた、みたいな都合のいい考えをしていたんだろうと思いますが……違いますか？」

「いいえ、その通りでした。〝やっと悟ったようだな〟などと言っていましたから」

「あの手の人たちというのは、自分が正しいと思っていることは絶対的に正しく、それから外れている者はただの愚か者だと思っていますからね。無理もない。――だがその勘違いと、そしてまもなく自分が死ぬという焦りのせいで、先代は不用意なことをあなたに洩らしてしまった――そう、ムノギタガハル一族に代々、長子にのみ一子相伝されていた秘密を、ね」

「――よくご存じね？」

「推理の結果です。他に道がないんですよ。紫骸城というのは特別な場所だ。これに何かを隠しておけた人間というのは三百年前の戦いに関係していたリ・カーズとオリセ・クォルト、そして――その戦いの後で城を調べた冒険者たちぐらいだ。そしてその後も城に関わり続けていたのはムノギタガハル一族しかいない――たとえば、他の者に内緒の、緊急脱出用の転送紋章とかね」

仮面の男はナナレミの腰のベルトに差し込んである呪符を指差した。

「あなただけは、いつでも惨劇の続く紫骸城から外に出ることができたのです。ムノギタガハルの遺した遺産によってね」

「昔から、そういう小狡《こずる》いところばかり優れた一族だったんですよ」

「そしてその中には、印象迷彩を使って紫骸城に入った者たちを皆殺しにできる仕掛けもあった」

この言葉には、さすがにナナレミも息を呑んだ。

「——あの印象迷彩を見抜かれるとは、正直思いませんでしたわ」

「いや、これもウォルハッシャー公爵の死に様から簡単に想像が付くことですよ。たぶん、あの双子も勘づいているでしょう」

彼はこともなげに言った。

「魔導師ギルドがずっと紫骸城に入るのに使っていた制式の転送呪符の中に、既に印象迷彩が仕込まれていたんでしょう。それ以外に転送呪符に仕掛けを入れておく機会はありませんからね」

彼は懐《ふところ》から一本の中身の入った瓶《びん》を取り出した。

「飲料水だ——こんなものがあちこちに散らばっていましたよ。転送呪文で、水に関連する物は自動的に適当なところに転送されるようになっていたようですね。まあこのバットログの森に紛れたらもう、どこに行ったかわかりゃしない。そして内部に転送された者は、もう自分がそんなものを持っていたことすら忘れている。よくできた呪符だ。考えたものですね。──いや、呪符に限らず、限界魔導決定会そのものが、いざというときに魔導師ギルドの精鋭たちを皆殺しにするために用意されていた保険のようなものだった、といってもいいんじゃないかな？」

「──父はもっとひどい言葉で言いました。〝これは壁蝨《だに》が湧いたときに潰《つぶ》すようなものだ〟と」

「なるほど──しかし彼は決定的なミスを犯した。それをあなたに伝えてしまったことだ。あなたには魔導師ギルドの長として生きる気など毛頭なかった。しかも最悪なことに、あなたは先代が蛇蝎《だかつ》のごとく嫌っていたウォルハッシャー公爵と内通していた──」

「──あの人と信頼しあったことは一度もありませんでしたわ」

「でしょうとも。公爵も結局、ただ事件にいいように利用されてしまっただけだった。あなたは彼に、きっとこんな風に言ったに違いない──〝実は紫骸城を使って、転送呪符を配った者は参加者全員に忠誠心を植えつけられる仕掛けがある。ムノギタガハルはそれを使って、これまで支配を続けていたのだ──〟とかなんとか、そんな風なことをね。もちろん公爵はすぐには信じなかっただろう。だが、彼はしばらくして〝大いにあり得る〟と考え直した。その根拠は皮肉なことに〝ムノギタガハルならそれぐらいはやりかねない〟という、そこだけ取り出したらまったくその通りの見解だった。公爵は自らの慧眼《けいがん》によって自滅したようなものですね」

「……あなたはその場にいて、見ていらしたのかしら？」

「ひとりの人間には、そんなに選択できる行動範囲はないんですよ。情報さえ的確なら、どんな人間の行動も第三者に読まれてしまうものなのです。——で、公爵は隠されていた仕掛けを解除してしまった。それを皆に配って、死の種を撒き散らす役割を終えた。言ってみれば共犯関係だが、しかし彼はそんなこととは夢にも知らず、哀れな最期を遂げることになったわけだ。きっと、事件が起きている最中に、ずっと〝あれと関係があるのだろうか？〟と疑心暗鬼に駆られ続けていたに違いない」

「誰にも——言うわけにもいきませんしね」

ナナレミはどこか寂しそうに言った。それは後ろめたさ故なのか、自分も誰にも言えぬ立場にあったからなのか、その表情から読みとることはできない。

「動機は復讐ですか？　ヘンリィ氏とあなたの幸福を破壊した、魔導師ギルドという組織そのものに対する憎しみでしょうか？」

仮面の男はストレートに訊いた。これにナナレミはかすかに頭を振った。

「よく——わかりません。ただ〝自分にはそれができる〟と思ったときには、もう——停める理由がありませんでした」

彼女は淡々と言った。もう、覚悟はついている、何の弁解もしない——そういう態度だった。

「わたくしは、しょせんこの世に生きている理由のない存在だったのです。ニセモノだらけの世界でも、わたくしは特に意味のない存在だった――どう裁かれようとも、それもまた意味のないことなのでしょう――」

その寂しげで虚ろな言葉は、バットログの底無しの森の闇に溶け込んでいくかのようだった。

「――ふむ」

だが、これに仮面の男はきわめて素《そ》っ気《け》ない反応を見せた。

「まあ、実際のところ動機などは大した問題じゃないし、犯罪として成立すらしていませんから、どうでもいいんですがね」

「……は？」

仮面の男のあまりにも脳天気な物の言い方に、ナナレミは呆気に取られた。かまわず仮面は続けた。

「限界魔導決定会に参加する前に全員が如何なる危険も覚悟しているという念書を提出してしまっている――死んでも自分のせいだとね。これでは裁きようがない」

両手を広げて、おどけたようにふらふらと振ってみせる。

「……どういう意味ですか？」

ナナレミが不安を顔にみせて訊いた。

これに仮面はとぼけたように、

「いや、深い意味はないんですがね——」

と空を見上げた。角度が変わると、その仮面は完全に彼の眼を隠してしまって他人から見えなくなる効果があった。

「——別に、あなたが今、必死で白《しら》を切り通せば、誰も反論できないだろうな、と言っている訳ではないですよ——いや、実際に呪符の仕掛けを作動させたのはウォルハッシャー公爵だし、彼の死に方も、見方によっては完全に自殺だな、とか——いや、そんなことを言うつもりはないんですよ？」

「…………」

ナナレミの顔に緊張が走った。

この男は、何を言っているのだ？　彼女に何をさせようと言うのだろう？

仮面の男は平然とした口調で続ける。

「証拠は何もないしなあ——せいぜい脱出のための呪符を隠し持っていたというぐらいしか、不利に働く点はないしなあ——」

「しかし、真実というのはひとつではないのですか？」

ナナレミは、どっちが犯人だか探偵役だかわからないことを言った。

「ふむ？」

「少なくとも、わたくしは魔導師ギルドを、ことによっては滅ぼしてもよい、というつもりで事件を仕掛けました。そのわたくしの意志だけは、これは本物だと言えませんか？」

なんとなく、ムキになって言ってしまった。しかしこれに仮面の男は、

「――真実、ですか。真実ねえ――」

とかぶりを振った。

「そんなものが役に立つなら、世界はもう少しどうにかなっている」

その呟きには何か、うんざりしたような響きがあった。

「え？」

ナナレミが虚を突かれて絶句すると、彼は彼女の方に眼を向けた。

ナナレミは、う、と息を詰めた。それは彼女を突き刺してくる鋭い視線だった。

「本気で事件を仕掛けたから、自分はどうなってもかまわない、とおっしゃる――まあ、それはいいでしょう。止めはしませんよ。好きにこのままバットログの森の中を進み続けて確実なる死と遭遇することを選択なさるというのなら、それでも結構――ただし」

彼は一歩、足を前に出して、そして彼女が抱いているブリキの人形を指差して、そして言った。

「その――あなたの腕の中のものは、我々がいただく――それだけは譲《ゆず》れない。あなたの好きにはさせない」

ナナレミの表情が硬直した。それは紛れもない――恐怖の顔だった。

「な、何を言うのです……？」

「当たり前でしょう？　あなたの勝手な罪障意識のせいで、巻き添えにできると思ってい

るのですか？　母親なら子供を殺してもいいと思っているんですか？」

仮面の男は立てた指先をちっちっと振ってみせた。

「いい加減に外してあげたらどうです？　もう、紫骸城の外に出ているんですよ。衆目《しゅうもく》からその姿を隠す必要はないでしょう？」

彼にそう言われると、ナナレミの顔色がさらに蒼白になった。

「…………」

ぶるぶると震えている。

だが、やがてため息と共に、彼女はブリキ人形の首の辺りについていたスイッチを押した。

するとブリキの外装がぽろりと落ちて、そしてその中から——

「……きゃっ、きゃっ——」

と明るい声で笑う、生身の赤ん坊が顔を出した。

紛れもない本物の、生きている人間の乳児だった。

「可愛い子ですね。あなたにそれほど似ていないということは、お父さん似なのですか」

仮面の男は優しい眼をして、その子供を見つめている。

それまでブリキの鎧の内側に施されていた封印に吸収され、秘められていた屈託のない笑い声が、魔の森の中に場違いに広がっていく。それは解放の喜びを謳っているようでもあり、そもそも生命が生命として存在することは、それ自体が喜ばしいことだ、と言っているかのようでもあった。

「――この子のことだけは、誰にも内緒にしていました……」

ナナレミが弱り切った声で言った。

「それはそうでしょう。赤ん坊を見たら、誰だって印象迷彩が隠しているものに気がつきますからね――母乳を飲む赤ちゃんの姿は紫骸城の中では絶対に、誰にも見せられなかったのは当然だ。そんなことをすればすべてが崩れ去る。だが子供をひとり置いていくこともできなかった。だから、そんな外装で偽装して、気が触れているふりまでしていたという訳ですね」

「どうして――わかったのですか?」

「子供が本物である確率は五分五分と見ていました。だがあなたがこの森を走っているとき、抱きかかえている様子を見て、一目でわかりました。そこには〝経験〟があった。もしも最初から人形を抱いていただけだったら、そんなものは身につきませんよ」

彼は微笑みながら言った。

「これは――可哀想な子です」

ナナレミは赤ん坊をあやしながら、切ない口調で言った。

「わたくしはムノギタガハルから身を隠しているときにこの子を身籠《みご》もりました。わたくしは甘かった――そのころは、わたくしたちはこのまま逃げ切れると思っていたのです。でも――この子が生まれた直後に見つかってしまって――」

「よくムノギタガハル本家に赤ん坊が見つかりませんでしたね？」

「そのとき、ちょうど近所の方に預けていたのです――その方はとても親切な方で、わたくしが後からこの子を引き取りに行った時まで、自分の子として育てていてくださいました」

「そのひとに、そのまま育ててもらっておいても良かったはずですね？」

やや、意地悪な調子で仮面の男は言った。

ナナレミは顔を伏せた。

「それは――確かにそうです。これは完全にわたくしの――独善《エゴ》でしょう」

「自分の子供を手元に置いておきたい、自分のものにしておきたい――というわけですか」

「……あなたはさきほど、わたくしを〝気が触れているふりまでしていた〟とおっしゃいましたが……実際にわたくしは充分におかしかったのです。この子がいなければ、わたくしはヘンリィが死んだ時点で壊れてしまっていたでしょう。今も――きっとそうです」

悲しい告白に、だが仮面の男は冷ややかに言い放つ。

「ならばひとりで壊れてください」

びくっ、とナナレミが顔を上げる。

仮面はにやり、と唇の端を吊り上げた。

「その赤ちゃんだけは、我々が手に入れますよ。なにしろ——ムノギタガハルの唯一の、正当なる後継者なのだから」

その言葉に、ナナレミははっとなる。

「し——七海連合は、この子を使ってギルドを乗っ取るつもりですか⁉」

「〝乗っ取る〟とは人聞きの悪い——ただ、未来の総帥たる人物と、早いうちからの友好関係を結んでおこうというだけのことです」

仮面の男はまるで悪びれずに言う。

「全世界に影響力があるくせに、魔導師ギルドはあまりにも閉鎖的で、先例踏襲《とうしゅう》主義でありすぎる——ただでさえ争い事の多い世界なのに、ギルドはあちこちで和解交渉の〝とおせんぼ〟の役目を果たしてしまっているのが現状だ。これはなんとかしなければならないと、我々はずっと思ってきた——ギルドの封建組織に風穴を開けなければならないと。ミラル・キラルが魔導師の大会に出て優勝しまくることで名を売っていたのも、それが動機なのですよ。——ともあれ、紫骸城で起きたこの事件は、我々にめぐってきた千載一遇のチャンス——見逃すはずがない」

「…………！」

ナナレミの喉が、ごくり、と鳴った。

仮面の男はやれやれ、と首を左右に振った。

そして、おもむろに切り出してきた。

「ところで――あなたには今、二つの道がある。ひとつはこのままバットログの森で朽ち果てること。そしてもうひとつは――もうおわかりですね？」

「……わたくしが、この子に率先して七海連合の手先になることですか？」

思わず、ナナレミは苦笑していた。

「人殺しであるこのわたくしを味方にするというのですか？　ずいぶんと恥知らずなのですね？」

「あなたはさっき〝真実〟という言葉を使っていましたが、戦場にそんなものはないんですよ。あるのは殺し合いすら辞さぬという極限状態の両者の、その間にある不明瞭なものだけです。そして」

仮面の男は言った。

「戦地調停士とは、その不明瞭なものを相手にするのが仕事なんです。憎しみと因縁で凝《こ》り固まったこの世にまだないものを共通見解としてでっちあげるのが、その使命なんですよ。嘘《うそ》だろうが恥知らずだろうが、そんなことに構ってはいられない――争いを終わらせることが第一なんです。今回の場合でも」

彼は紫骸城の方を振り仰いだ。

「いわばこれは、あなたという勢力と、魔導師ギルドという勢力の争いを、我々が調停するということになる。やれることはそれだけですよ。そこに善悪を問うのは、いずれ未来でやってくれる。今の僕らには最善の道を選んでいるだけの余裕はない。次善の中から道を見つけなければならないんですから――」

「………」

ナナレミは、手の中の赤ん坊を見つめた。

赤子はきゃっきゃっ、と彼女の指先に小さな手を絡ませてはしゃいでいた。

「この子はもう――そちらの手に渡っているのも同然なのですね？」

「そうです。それは動かない」

「ならば――わたくしもこの子に従うのが、あなたのおっしゃる〝次善〟なのでしょうね。ヘンリィも――彼もきっと、そう言ったに違いありません」

彼女はうなずいた。そして毅然とした口調で、

「七海連合に降《くだ》りましょう」

と言った。

「どうも」

仮面の男はあっさりと認めた。そして彼が指をぱちんと鳴らすと、周囲から七海連合軍の装備を身にまとった偽装兵たちがわらわらと出現して、彼女の周りを取り囲んだ。

彼女はされるがままに、兵士たちの拘束に従う。

そこに仮面の男が声をかけた。

「ただし――ナナレミさん、あなたには負い目があることだけは、これは忘れてもらって

は困りますよ。あなたは、この無惨な事件の仕掛人であることを忘れたときに、必ずそのことに復讐されるでしょう。これだけは忘れないでいてもらいたい」

その声は押し殺したようだったが、しかしそれはこれまでの理性的な声から少し外れて、やや感情がこもっていた。

ナナレミは微笑を返した。

「ああ——やはり本音では許せないのですね？　あなたは、わたくしを。そして——」

彼女は紫骸城に視線を向けた。

「おそらくは、わざと事件の傍観者に徹していた、あのミラル・キラルのやり方も。違いまして？」

「——」

仮面を着けた戦地調停士は返事をしなかった。

## 5.

「——ああ、なんということだ……」

ゾーン・ドーンが私の横でへたりこんだまま、立とうとしない。

城塞の中で、私たちはただ打ちのめされるばかりだった。

人々はまだ、ウォルハッシャー公爵の切り裂かれた腹からこぼれ落ちる血に群がっている。

私は、自分が最初になぜ転送紋章から外れたところに転移してきたのか、それがやっとわかった。

私がこの城塞に入る寸前に飲み物を飲んでおり、その意識が呪符に干渉して、他の飲み物類が城の外に放り出されるのと、人間が中に入るのとの、いわば狭間に落ち込んでいた存在になっていたからに違いなかった。

（……最初の最初から——我々は罠に陥っていたのか……）

ぐびびっ、とまた喉がそれまで抑えられていた〝飲む〟という行為を勝手に行う。

「あ、アアあ——ワ、私は——ワタシハ」

U2Rがふらふらと揺れている。

「ワタシハ——人間ヲ助けるコトガ使メイなのニ——コんな、こンなコトニモ——」

機械である彼には、当然印象迷彩など掛かっていなかった。それなのに、彼は人間たちが飲み物を何故か一切《いっさい》飲んでいないということに気がつけなかった——そのことにショックを受けているのだろう。

「ワ、ワタシハ——」

彼は煙を噴いて、そして倒れ込んだ。

私は茫然としたまま、その側に寄ってやることさえできなかった。

衝撃がまだ身体に残っていて、頭がほとんど働かない。

ミラル・キラルの二人は、そんな我々を冷ややかに観察している。

「——ま、血液というのはかなりの量を飲んでも死なないから、害はない——知っていますか？　水というのはあまり飲み過ぎると水中毒という症状を起こして死に至るんだそうですよ」

皆に向かって解説しているが、誰もそんな言葉など聞いていない。

それぞれを押しのけたり殴りつけたり、血を貪《むさぼ》り飲むために醜く争い続けている。

まるで地獄の亡者だ——私の脳裏にそういう連想が浮かぶ。

ここはどこだ？

この世に現れた悪夢か？

夢なら夢と、誰か言ってくれないか？

狂うことができたらどんなに楽だろう？

だが——それはできそうにない。

自分を見失うための余裕すらここにはない。

我々を取り囲む、この圧倒的な重圧と存在感。

その前に我々はただ茫然となるしかない。

ここは紫骸城だ。

これは現実で、魔女リ・カーズの凄まじいまでの悪意の膝元で、ただ絶望するしかない場所に閉じこめられているだけなのだ——

「う、うう……うううう」

ゾーン・ドーンが私の横で頭を抱えている。

「もう嫌だ……もうたくさんだ……こんなことなら、死人のまま生き返らない方がよかった……」

ぶつぶつと呟き続けている。

私もふらふらとよろめいた。立っていられそうになかった。

そのとき──

がっ、

──という鈍い音が、私の背後から聞こえてきた。

しかし、そこには何もない。

ただ、開けることのできない大扉が聳えているだけだ。

「……?」

私は焦点の合わない眼をそっちの方に向けた。

何か……違和感があった。

今まで見ていたものと、微妙に違うような気がする。扉の表面に、それまでなかったはずの一本の〝線〟が走っていた。なんだこれは──と考えかけたときに、また、

がきっ、

と今度は甲高い、軋むような音が響いた。

そして、瞬《まばた》きするぐらいの間に、また一本の線が扉に付いている。

その二つの線は、ちょうど三角形の二辺を成しており、その底辺部分は——床に面していた。

「——あ」

私は声を上げようとした。だが出るのは掠れた音だけだった。

だが、わかった。こんなことが——この絶対に開けられないはずの扉に、線を付けるなどということは——彼にしかできない。

広い世界に、たったひとり——

「……あ、あああ——」

私が呻いている間に、見る見るうちにその三角形は——そこの箇所だけがむ、こ、う、が、わ、に倒れていく。

そう——扉を切断して、刳《く》り貫《ぬ》いてしまったのだ。こんなことができるのは彼以外にはあり得なかった。

どん、という音と共に三角形は落ちて、そして——外界がその向こうに広がっていた。

「ひ……」

その前に立っているのは、もちろん剣をかまえた――

「――ヒースロゥ……クリストフ！」

この絶対的防御のはずの扉を剣で斬り裂くことができるのは風の騎士をおいて他にはいないのだ。

「無事か、フロス――」

ヒースロゥは剣を鞘に収めて、すぐに城の中に入ってきた。

私は――彼の方によろめいていって……

「ああ――ヒースロゥ……」

＊

フロス・フローレイド大佐は、城内に風の騎士が足を踏み入れると同時に気絶して、彼の方に倒れかかってきた。

ヒースロゥは彼を静かに抱き留めた。

「もういいんだ、フロス……よく頑張ったな」

聞こえていない耳元に囁くと、彼は大佐を城の外に運び出した。

それと入れ替わりに、七海連合軍の兵士たちが次々と入ってきた。

彼らはすぐに、死体に貼りついて離れない人々に向かって麻酔効果のある薬品を噴霧器で吹きかけ始めた。皆、ばたばたと倒れては眠りについていく。

「手際がいいじゃないか！」

キラストルの声が響いた。

「城内の様子までは報告していなかったんだがね。対策はバッチリじゃないか」

「……おまえたちだけが頭のいい人間だと思ったら、大間違いだぞ」

再び城内に戻ってきたヒースロゥはやや強い声で双子に向かって言った。同じ軍に属していながら、両者はあまり仲がよくなさそうだった。

「しかし、君が来るとは思わなかったな、風の騎士。てっきり雷閃のジェストがくると思ったのに。君とE・T・Mは、たしかロミアザルスで停戦条約の調停をしていたんじゃないのかい？」

「それは三日前に終わった」

「ずいぶん早いな！　あいかわらずE・T・Mは後に禍根《かこん》を残しそうな、中途半端な調停案で済ませてしまったんだろう？」

「生き残りの人間を皆殺しにするような、誰かとは違うんだ」

険悪な空気の中、それとはまったく脈絡なく、ミラロフィーダが、

「——ということは」

と言った。

「あのひとも——来ているのね。顔は見せないの」

「おまえたちのことは嫌いだとさ」

「あの女を助けたのね？」

彼女はひた、と見据《みす》えるような眼で風の騎士を見つめた。

「あの女と子供は、今ここで死んだ方が幸せなのに——あのひとはいつも、そうやって世界に無駄を増やしていくんだわ」

彼女はため息をついた。

「本質は誰よりも激情のひとなのに、それを仮面でごまかせると思っているのがあのひとの困ったところだわ……思うがままに生きる覚悟さえあれば、彼なら第二のリ・カーズにだってなれるのに、ね——」

「したり顔でわかったようなことを言うな」

ヒースロゥが、真剣な怒りの表情をみせた。

「あいつに余計な手出しをする気なら、その前にこの俺を倒す気で来るんだな」

「……運命的には、あなた方は敵同士の関係にあるのよ。わかっていないでしょうけど」

「——どういう意味だ？」

「人々の上に立つ〝王君〟と、人々の先を征《ゆ》く〝先駆者〟は、しょせん相容《あいい》れないものよ」

ミラロフィーダは呟くように言うと、後にかまわず歩き出した。

紫骸城の外へ。

「――――」

ヒースロゥは彼女に厳しい眼を向けたが、すぐに他の兵士たちと共に魔導師たちの治療作業に加わっていった。

キラストルが姉の後ろ姿を追って、自分も外に出た。

入り口は、度重なった地殻変動のせいでだいぶ上の方に来てしまっている。山の中腹といったくらいの位置だ。地下にあった骨格の半分近くが今では地面の上にまで出てしまっているからである。それでも紫骸城はびくともしないで建っている。

「――姉さん！」

呼びかけられても、彼女は返事をしなかった。

「どうしたんだい。らしくないぜ、風の騎士にからむなんて。ああいう単純な奴には、どんなことを言っても理解なんかできないんだからさ」

「…………」

彼女は眼下に広がるバットログの森に視線を向けている。

寂しげな眼だった。

「――どうかしたのかい？」

「やっぱり——嫌われているのね」

ぽつりと呟いた。

弟はその言葉に眼を丸くして、それからやれやれと頭を振った。

「……仮面の男に、本気で惚《ほ》れてるのかい？」

「悪い？」

彼女は素っ気なく言った。

「——まあ〝本能〟の領域に関することだから、本人にはどうすることもできない、か」

彼は苦笑した。

強い風が轟《ごう》と吹いた。紫骸城の全体に絡みついている蔦《つた》が揺さぶられてびりびりと鳴った。


——こうして事件はその幕を下ろした。

『不滅なるものが存在するならば――
それは、挫《くじ》けることなく闘い続けるもののことかも知れない』
――――〈霧の中のひとつの真実〉より

# 第八章

## inside the apocalypse castle

＊

一日が経って、何もかもがもう過ぎ去ってしまった後。

「…………」

私、フロス・フローレイドは一人、ふたたび静まり返った紫骸城の中を歩いている。

最初にこの城に足を踏み入れたときと同様に、回廊は薄暗く、足音はどこまでも響いていくかのように、遠くまで抜けていく。

だが、そこを歩く私の足取りには、もう不安や恐怖はない。

もう、一生分のそれらを味わい尽くしたような気分に、私はなっていた。自分が老人になってしまったような気がしていた。

「…………」

私は歩いていく。

本音を言えば、もう二度とこの城塞には足を踏み入れたくないと思っていたが、しかたがない。私には、ここでやり残したことがあったのだ。

人の気配はない。

七海連合軍が全員を保護して、既に搬送してしまった後だから当然だ。だがそれにしても、そこの空気は、あれだけの惨劇を経たというのに、私が最初に足を踏み入れたときとまるで変わらない。さらに気味が悪くなったということもない。

そのままで、まるで変化がない——人が大勢死ぬことなど、どうということのない日常だ、と言わんばかりに。

「…………」

私はかつて歩いた道筋を、また歩いていく。

色々なことがあったが——それは一週間に満たない、わずかな時間のことに過ぎなかった。

そして私の眼前に、ふたたびそれが現れる。

この城に入った直後に、はじめて目撃した明確なもの——

〝竜の骨格〟が、前と変わらない威圧感を持って、その空洞の眼で私を見おろしていた。

私はかすかに身震いすると、その骨格標本の足元までやってくる。台座はかなり高く、よじ登るのに苦労する。

思っていたとおり、台座は中央が刳り貫かれたような形になっている。

その窪《くぼ》みの端の方に、ひとつの黒っぽい影がある。私はそこに降りていき、その上に被《かぶ》さっていた布を取り去る。

下から現れたのは、ひとりの少女だ。彼女は両眼を固く閉じており、仮死状態にある。ごく簡単な、擬死《ぎし》呪文による生体偽装術だ。私はそれを解除した。

ぱちっ、と彼女の眼が開いた。そして、

「――――あーっ、よく寝た！」

と大きな声を出しながら、伸びをして起き上がった。

無論、これは盗賊少女ウージィ・シャオその人である。

「やっぱり助けに来たのはあなたね、フロス・フローレイド」

彼女はウインクしてきた。そして視線を周囲にめぐらせて、

「あれ？　U2Rは？」

と訊いてきた。

「彼は修理中だ。直るまでしばらくかかるらしい」

「何かあったの？」

「いや、事件が解決したときのとばっちりを受けたのさ」

私は、とりあえず説明をした。しかし細かいトリックやら何やらは、後で自分で調べてくれと言って、答えなかった。冷静に解説できる自信がなかったのだ。

「ふうん。よくわかんないけど、大変だったみたいね」

「だが、君が死んだ振りをしてくれたおかげで、ギルド幹部たちの、私に対する疑いが皆無になったよ。ありがとう」

私はあらためて礼を言った。

「いや、正直どーかなって思ってたけど……ちゃんとわかってくれたわね」

「そりゃあ、な――」

このシャオが死んだとされたときの様子を後から聞いたときに、私はすぐにそれが根本的に色々とおかしいことに気づいていた。

火に包まれて死んだ、と言っていたが――その身体が跳ね上がって、天井に激突したというところでまず引っかかった。この紫骸城の壁面はあらゆる魔法を吸収してしまうから、呪文発火であればその時点で炎は吸い込まれて消えているはずだったからだ。そして決定的だったのは、その燃えている死体が喋って、私に伝言を残したという辺りである。

「燃えている人間が、いくら口を開けて声を出そうとしても、空気は燃焼効果で激しく動いていて、音を伝えてなんかくれない――つまりこれは、別のところで喋っていたと考えるのが自然だ。上から、別の死体を燃えない糸か何かで操《あやつ》って、あたかもまだ生きているように見せかけたんだろう？」

「天井にぶつかったときに、入れ替わったってわけ。おっしゃる通りに、最初は自分が燃えてみせて、すぐに天井にぶつかって消したと同時に、ぶら下げてあった仕掛け済みの死体の点火弁を引っ張って、燃え上がらせると同時に落としたのよ」

さすがは大盗賊ならではの離れ業だ。

「死体なら当時、焼け焦げたものが紫骸城にはいくらでもあったしな――」

私はため息をついた。たぶん、体格的に見て彼女が使った死体は、緊張していた私に声をかけてきてくれた優しい老婦人のものだったろうと思ったからだ。

「まあ、皆はすっかり縮み上がっていたから、びっくりするだけで、ろくに詮索しないだろうと思ったのよ」

それから彼女はずっとここで仮死状態になって、この、前に私が話した竜の骨格標本の場所に隠れていたというわけだ。

「でも——さすがね、フローレイド大佐。よく見破ってくれたわ。見つからなかったら大変だったわよ」

明るい声で言われたが、私としてはやや釈然としない。

それは——このことは当然、あの双子だって理解していたはずだからだ。だがそんなことは重要ではないと無視されたのだろう。なんだか自分が落ち穂拾いをしているような気になっていたのだ。

私は返事をする代わりに、彼女に、ほら、と水筒を差し出した。

「ああ、ありがと」

彼女はそれを気持ちよさそうに飲み干した。私は苦笑した。一度、擬死呪文を自らに掛けた彼女はその時点で印象迷彩が解けていたのだ。そんなものが掛かっているとすら知らないうちに。

「ん？　どしたの？」

私の複雑な視線に気がついて、彼女は訊いてきた。私はあえてそれに応えずに、

「君は、紫骸城の秘宝は手に入れられたのか？」

と逆に問う。

すると彼女の眼がいたずらっぽく光った。

「いや――なんつうか、ね」

「？」

「秘宝っていうのは、要するにこの紫骸城そのもののことなのよ。この城の〝形〟が、まんま秘宝なの」

「どういうことだい？　一級の彫刻芸術品ということか？」

「そーゆーお高くとまったようなモンじゃないのよ。この紫骸城は、おそろしくややこしい形をしているでしょう？　なんでこんな形をしているのか、と思ったのがはじまりよ。上空から真下に見おろせば一番良かったんだけど、ご存じのようにここには飛んでくるものでは近寄れないしさあ」

彼女の言葉に、私ははっとなった。

「まさか――この城自体がなんらかの〝魔法陣〟になっているというのか？」

そう言われてみれば、頭の中で城を回転させてみるとその形は、あの転送紋章に似ているような気もする。この城はその形自体が、巨大な呪文になっているというのか？

「だって、呪詛エネルギーを集めるだけだったら、そういう材質で造られていれば充分で

しょう？　それがさらに無茶苦茶な形をしているんだとすれば、そこには何か理由があるんじゃないかと思ったのよ」

「それで、わかったのか？」

「とりあえず、わかっている範囲なら図面にできるけど、それがどういう紋章になっているのかは、分析しないとわからないでしょうね」

「リ・カーズの仕掛けた呪文か——どんなものなんだろうな」

私は背筋が震えるのを感じた。ここまで事件の元凶となっていながら、紫骸城にはまだ何かがあるというのだろうか？

「でも、解けなくても別に、あたしとしてはそれほど残念じゃないのよね」

シャオは意外なことを言った。

「え？」

「いや、なんつうか、これはある種の〝夢〟だからさ。昔にばかでかいことがあった、その遺された手掛かりを追っていくときのわくわくする気持ち、そっちの方があたしとしては、なんか目的って感じなのよ」

「盗賊というよりも、吟遊詩人《ぎんゆうしじん》みたいなことを言うんだな」

私はちょっと笑ってしまった。

彼女も、てへへ、と照れ笑いをする。

だがすぐに真顔に戻り、

「だから、解明できなくても、それをヨソに売りつけるということはするわよ。学者じゃないし、解明するのも仕事じゃないからさ。後で悩むのは別の人にやってもらっても、ちっともかまわないし、気にならないという」

「——なるほどね。しっかりしている」

私は苦笑した。

「なんならあなたに売ってもいいわよ。借りがあるから、割引にしたげる」

「遠慮しておくよ——当分、この城のことは考えたくない」

私の発言に、シャオは大笑いした。

「ずいぶん引っ込み思案《じあん》ね！　もっと自信持ちなさいよ。今回の事件だって、あなたのおかげで解決したんだし」

「——それはどうかな」

私はため息をついた。結局、私は様々なものに流されていただけのような気がしてならない。

「ほらほら英雄さん、そんな顔しないで、元気出しなさいよ！」

彼女は少し乱暴に、ぱん、と私の背中を叩いた。

思わず私がよろめいて、そして振り返ったときにはもう彼女は身を躍らせて、竜の骨格の、その頭の上に飛び乗っていた。

そして手を軽く振る。

「——また会いましょう、フローレイド大佐。あなたとは何か縁がありそうだわ」

「お、おい——外に七海連合が用意した転送紋章が新しく描かれているんだ。帰るのにはそれを使わないと」

私の注意に、しかし彼女はちっ、ちっ、ちっと指を振り、

「久しぶりに、バットログの森を通って行くわ。盗賊としての修行もしなきゃ祖父《じい》ちゃんに怒られちまうし。——じゃあね！」

そう言い捨て、彼女は身をひるがえした。

あっというまに視界から消え失せる。盗賊は一つ所に長居は無用、とでもいうかのように。

＊

「——まったく、参るな」

私は笑いとも嘆息《たんそく》ともつかない独り言を洩らした。

今のウージィ・シャオといい、ヒースロゥ・クリストフといい、どうも私の友人たちはその潑剌《はつらつ》とした生き方を見せることで、私が落ち込んでいることすら許してはくれないらしい。

とりあえず、私がこの紫骸城で為すべきことはすべて終わった。長居は無用、というの

はその通りだろう。

台座を乗り越えて、ホールに戻る。

帰ろう、と思った。

いつまでもウジウジしてはいられない。外の混乱に満ちた世界に戻って、自分がやるべきことを果たしに行かなくては——素直にそう思った。

そして最後に、あらためて竜の骨格の方に振り向いた。

今となってみると、この骨格標本こそ事件そのものの象徴であったような気がする。傲《ごう》慢《まん》で、尊大で、やたらに威圧的で——しかし、それはうつろなる骸《むくろ》の偽物に過ぎないのだ。

これはそういう事件だった、私はそう思った。

「それじゃあ、な——これでお別れだ」

私が幾分かの安堵《あんど》を込めて言った——そのときだった。

——ぎい、

……という音が、どこからともなく聞こえてきた。

なにかが軋むような音だった。

——ぎい、ぎい、

そして、立ちすくんでしまった私の、その周り中でどんどん音が拡大していく。

音は連続する。

——ぎい、ぎい、ぎい、ぎいぎいぎいぎいぎいぎいぎいぎいぎいぎいぎいぎい……！

今やそれは、どこからともなく聞こえる音ではなかった。

いいいいいいいいいいいい、どこもかしこも鳴っていいいた。

紫骸城全体が、その巨体を軋ませて身震いしていたのだ。音はありとあらゆる方向から聞こえてきていた。

そして周囲の壁面——それはもう薄ぼんやりとした明かりを放っていなかった。激しく閃光を発したり消えたり明滅していた。

「…………！」

私の脳裏に、これまで聞いたり考えたりしてきた言葉たちが周囲と同調するかのように激しく明滅する。

〝城というのは戦争の道具だ〟

〝呪詛を貯《た》めるだけでは、なにかが足りない〟

〝それ自体が巨大な魔法陣〟

（――ま、まさか……!?）

私の足ががくがくと震え出す。だがそれは恐怖のためだけではなかった。床自体が小刻みに振動し始めていたのだ。

動き出していた。

（さ、三百年も経っているのに？　……い、いや――そうではない！）

我々はみんな揃って、とんでもない勘違いをしていたのだ。それが今わかった。

この城を建てた者は、宿敵と相討ちになんかなっていなかったのだ。三世紀ものあいだ紫骸城は虚しく聳えていたわけではなかった。それどころか、この巨大な〝道具〟はずっと――

私が事態を把握するよりも、一歩早くそれはとうとう起こった。

周囲の壁から激しいスパークが走って、その閃光が宙空でひとつのかたちになる。

それは――人のかたちをしていた。

優美な曲線と、明晰《めいせき》なる意志を感じさせる美しい女性の姿をしていた。

〝城は、転送紋章に似ているような――〟

その通りだった。だが同時にそんなものではなかった。それは場所から場所に転移するものではなかった。

それは時間を飛び越してくるための紋章だったのだ――

「…………」

私が愕然としているその前で、その女性は実体化して、そしてそのまま下にある竜の骨格の上に落下した。骨格はただの飾りではなかった。

〈ここにやってくる〉

そのための目印《マーカー》だったのだ。彼女はそのまま骨格の上に載り、落ちる勢いのままそれを破壊した。

破片が飛び散るが、彼女は顔色ひとつ変えずにそのまま、床面に降り立つ。

「――ふうっ……！」

彼女は一息、大きく呼吸した。その途端、周囲の空間そのものが、ばしっ、と弾《はじ》けたような音をたてた。

そして、私の方を向く。

「おい――ラグナス言語は、まだ使えるか？」

と、明瞭そのものの発音で訊いてきた。

「………」

私は答えられない。

そこにいるのは、かつて全世界を支配して恐怖のどん底に叩き落とした史上最大の虐殺暴君にして究極最凶の——魔女だった。

「私は〝リ・カーズ〟っていうんだけど——この名前は、まだ知られているのかな？　それとも忘れられている？　まあ、そんなことはどうでもいいけれど——」

魔女は、声だけならばこの世のどんなものよりも甘く、安《やす》らぎを感じさせるような美声で言った。

「………」

私が呆然としているのに構わず、魔女は床面に手を伸ばして、触れた。

「三百——二十三年と三日と七時間三十四分か。適当な期間で、そこそこの量は貯まったようね。ま、こんなところか——」

呟くと、魔女の触れている床の箇所が一際大きく、ぼうっ、と光った。

と同時に、周囲の光の明滅に変化が現れる。生き物のように動きだし、そしてその移動は渦を巻いて——魔女の手の、その一点に収束していく。

そう——ただの紫骸城では呪詛エネルギーを集める機能に速度限界があるし、魔女の即戦力としては不足だったかも知れない。

だがしかし、それを三世紀もかけて集め続けていたとしたら——

光はものすごい速度で魔女の指先に集まってきた。それと並行して、ビキビキッ、と割れるような音が四方から聞こえてきた。壁面や天井がひび割れていく。その罅《ひび》から外の光が射し込んでくる。

紫骸城を支えていたエネルギーが、欠片も残らずに集められていき、そして魔女の体内に消えていく……

「——む！」

魔女の表情が鋭い眼に変わり、天を見上げる。

そして——にやりとした。

それは恐ろしい微笑みだった。

「ふふ——うふふふふふふ……！」

愉快で愉快でたまらない、そういう熱さと、冷ややかなる殺気の氷のごとき冷たさが同時にある、それは見る者を石に変えてしまいかねないほどの、まぎれもない魔女の眼差しだった。

「——もう、来たか……！」

彼女は鋭く呟き、そして床を蹴って跳んだ。

その姿は、跳躍の途中で空に掻き消すように、消え失せる。

「…………」

しばらく、深海の底のような重い重い静寂が続いた。

だが、私はすぐに我に返った。

とんでもないことに気がついたのだ。

今、魔女は何と言った？

来た、と言った……それはなにが、だ？

魔女はもう〝補給基地〟として紫骸城を使い終わってしまった。では、それは何のために〝補給〟したのだろうか？

「…………！」

私は声なき絶叫をあげて、そして全速力で走り出した。

いいいいい、
ここにいてはならない……！

もうすぐ、この場所には、魔女に対峙する存在もまた――

（ひ、ひび割れた紫骸城にはもう――受けとめるだけの頑丈さは残っていない！）

私は転がるようにして、昨日ヒースロゥが開けた出口から外に飛び出した。下ろされている縄梯子《なわばしご》を、そのまま落ちるようにして、滑り下りた。

ぎりぎりだった。

私が城から離れていこうとしたその背後で、ふたたび凄まじいスパークが空中で生じた。

振り向いた、その先に爆発があった。

その爆炎の中から飛び出した人影は、そのまま紫骸城に、さながら隕石のように頭から突っ込んでいった。

巨大な城塞は、一撃で木っ端微塵になった。

城を構成していた無数の破片が、四方八方に飛び散る。

爆風と衝撃が、私の頭の上を抜けて森中に広がっていく。

もうもうたる爆煙が上がり、そして強風にあおられてみるみる晴れていくその中心に——ひとりの少女が立っていた。

その背が高くすらりと伸びやかな肢体《したい》には、傷ひとつ付いていない。

どこかで見たことのあるような、少年のような印象のある少女だった。その面影を、私は何故か知っているような気がしてならなかった。

その、たとえ相手が全世界であろうとも、まっすぐに見つめていくような、その眼差しを、確かに知っている——

「——」

だが、少女の方はこっちに気づきもせず、さっき魔女が消えていった空間に鋭い眼光を向けて、

「——ちっ！」


と舌打ちして、そして彼女もまた跳躍した。

その姿も、たちまち空中に爆音と共に消え失せた。

何処《どこ》に行ったのか——

いや——何刻《いつ》に行ったのか……？

「——あ、ああ……」

三百年経っても、否、おそらく今この世に生きているほとんどの者たちが死んだ後になろうとも、あの両者は未だ戦闘続行中なのだ……。

「——ああああ、あ……」

私は腰を抜かしたまま、その場にへたり込んでいた。

ふたたび脳裏に、あの言葉が甦った。


〝城というのは戦争の道具に過ぎない〟


そして今、城はその存在意義のすべてを終えた。

後にはもう、何も残ってはいなかった。

内側も外側もない、ただの荒廃した世界が、生まれ落ちてすぐに棄《す》てられた赤子の骸《むくろ》のような投げ遣りさで、そこに漠然と広がっているだけだった。
ただ、風が吹いていているだけだった。

"inside the apocalypse castle" closed.

# あとがき――城の中の世界と、世界の外の城と

星新一先生の時代小説に『城のなかの人』という豊臣秀頼を主人公にした作品がある。あまり主役として語られることのない秀頼を描いてこの作品に勝るものは他にないと私は思っているが、この中で幼少の秀頼がはじめて大坂城に入ったときに「遂に自分はいるべき場所に辿《たど》り着けたのだ」と感動するという場面がある。豊臣家の栄光とかその支配力の大きさなどは複雑すぎて理解できないが、この大坂城の堅固さ、巨大さ、それは紛れもない現実として実感できるというのだ。実際に秀頼はこの城に入った後は、死ぬまでほとんど城の外に出なかったという。なんとなくベルトルッチの映画『ラストエンペラー』みたいな感じであるが、この作品の秀頼は別に城の中に閉じこめられているという感覚は持たない。城の中があまりにも居心地が良すぎて、外に出る気が起きなかったみたいな書かれ方である。なんとなく、その通りだったんだろうなあ、とか思う。

ところで私は「ここが自分の居場所だ」とかいうような場所には一度も立ったことがないし、はっきり言えば「人間にそんなものはねえ」とか思うくらいなのだが、だが『城のなかの人』の秀頼の感覚は、これはとてもよくわかるのだ。確かに

自分はこの感覚を知っている、と思う。それは〝心〟である。心の中には確かに、秀頼の大坂城のような堅固で、巨大で、圧倒的に聳《そび》え立つ城塞の如きものがあり、本人も知らない間にその人を閉じこめていると思う。それは必ずしも抑圧的に自我を押し潰しているわけではなく、むしろ保護してくれているような、だが決してその外には出られないような、そういうものが確かにあると思う。心の壁といってもいいだろう。それがたとえば思いこみとか偏見みたいなものを生んでいるのだとすれば、そんなものはさっさと壊してしまえばいいのかというと、どうもそうそう簡単にはいかないのではないか、とそんな風にも思うのだ。なにしろその心の中の城は、その人を支えている物でもあるのだから、それを壊すことは本人の精神自体をも破壊することになるからだ。

　ところで、大坂城というのは結局最終的には秀頼の居場所としては機能しなかった。確かに彼はそこで死んだが、大坂城自体は徳川方の打倒豊臣勢力の象徴として破壊されることで最大の効果を発揮したのであり、そこでは秀頼の城に対するロマンチックな想いなど儚《はかな》いものでしかないし、だから彼はほとんどの歴史の物語でただのでくのぼう扱いで終わってしまうのである。人は城に頼ることができるが、城の方は別に人を支えるために頑強にできているわけではないのである。城というのは所詮は戦争の道具で、他を圧倒するために存在しているだけなのだ。そして――

おそらく、心の中の城を造っている材料たち、ひとが成長していく過程で見つけてきて、ひとつひとつ心の中に積み上げていったレンガたちもまた、そのひと本人の想いとはほとんど無関係なのであろうと思う。たとえばそれはエリートコースを歩いてきた者にとっての学歴に対するプライドというレンガの壁が、高級官僚になって贈収賄で地位を追われるときには何の心の支えにもなってくれないようなものだ。むしろその心の中に造られてしまった城はその人の再起にとってはただの障害にしかならないだろう。だがそれを急に破壊してしまったら、彼はただの抜け殻にしかならないのではないかと思う。心の中に城はある。それ自体はいいことでも悪いことでもない。では何が問題なのだろうか？　どうして心の中の城から生まれる偏見や差別が色々な問題をもたらしてしまうのだろうか？

　いや——これは問題の立て方自体が間違っている。城というものは何のために建てられるのか、それはその人の心が、直《じか》に世界に対峙するには脆《もろ》すぎるからだ。では心というものそのものが脆いのだろうか。そうでもあるし、そうとも言えない。何故なら、城を取り囲んでいる世界の方がとんでもなくひどいのであり、城なくしては人は正気を保てないのだから。世界は残酷であり、その残酷に対抗するために人は文明を始めとする様々な城を築いてきたのだ。最初は確かに守るために城があった。それが人々の、お互いの心や生命を害する原因にもなってしまったのは、結局はまだまだ世界の残酷さの前に、人々の心の中の城は対抗できていないということなのだろう。

人はずっと、心の中に、そして外の世界にも城を建て続けている。そのこと自体はいいことでも悪いことでもない。確かに人は世界を良くしようと色々なことで努力していると思うし、世界を変えていっているとも思う。必ずしもそれは良い方向にばかりは行かず、あきらかな失敗も数多い。だが善悪いずれにせよ、やがては今の我々には想像も付かないような形で世界に対抗するための城を——たとえばそれは中世の人間からは想像も付かない〝科学の光〟というようなものを——作り出すことだろう。そのとき我々はそれを見て「自分の城が壊れてしまった」と思うのか、それとも新しい城に嬉々《きき》として入り、「此処《ここ》こそ自分の居場所だ」と思えるのだろうか？　いつか我々が城の外に出ることができたとしたら、そこにある世界というのはどんなものだろうか？　もはや残酷ではないのだろうか。それとも残酷すら当たり前になりきった後の心には、城さえも不要になっているだけなのか？……いやあ、城の中にいる今からは想像もできねーよ実際。閉じこめられているだけあって、自分でも何を言っているのかよくわかりません。

ただ——少なくとも、あなた自身が心の中に造っている城それ自体は、決してあなたを守るために存在しているわけではない。それは動かない事実だと思う。なにしろ城というものは動けませんから。以上。

BGM "Hotel California" by EAGLES

# 解説――呪詛《じゅそ》とはなにか

「先生、人って何によって生かされていると思いますか?」

「いきなり何だねフィルファスラートくん――君は頭の回転が速すぎて、人のことを置いてけぼりにするところがあるよ。気をつけてくれ」

「あら、それでも先生はマシな方ですよ。私の言うことについてこられるのは、この先端魔導究明学府の中では先生だけですから」

「はっきり言うんだね――他の者たちではレベルが違うというのか」

「いいえ先生、違うのは〝次元〟です。レベルを比較するのは無意味です。私たちと彼らでは、そもそも立っているステージ自体が違うんです」

「……君がここから追い出されないのは、極めて優秀だからであって、その物言いが認められているわけではないことは承知しておいた方がいいよ」

「つまり、私は人々に認められていないにもかかわらず、存在しているということですね、身勝手にも。ふふふっ」

「楽しそうだね。少しは後ろめたい気持ちにならないのかい?」

「誰に対して?」

「みんなに、だよ。君はひとりで生きているわけじゃない。そう、さっきの問いの答えだよ。人は他の人たちによって生かされているんだから。それは君も例外ではない」

「しかしその人々も、皆によって生かされていて、誰も一人では生きていけないという点では同じなのだから、別にそのことに負い目を感じる必要もないですよね？」

「そういうことではない。そんなことばかり言っていると、今に世界中を敵に回してしまうよ。君を支えるものが誰もいなくなったら、もう〝同じ〟ではいられないのだから」

「ああ……先生。その辺があなたの限界ですね。いや、個性といってもいいかもしれませんが」

「なんのことだ？」

「先生は人間のことをどう思っているのか、今の話だけでもある程度わかってしまいましたよ。あなたは、皆は他人によって支えられていることを受け入れて生きている、って信じている」

「だから、なんのことだ。当然の話だろう？」

「先生……みんな、ほんとうは嫌なんですよ、他人なんて。奴らに支えられなければ生きていけないことが、嫌で嫌で仕方がないんですよ、実際は」

「……何を言ってるんだ？」

「先生だって思い当たる節があるでしょう。嫌なヤツにモノを頼まなければならなくなったとき、何もかも放り出してしまいたくなったことがあるでしょう？　みんなそうなんですよ。この世の全員、そう思っているんです。受け入れているフリをしているだけで、一皮むけば他人がデカいツラをして、恩着せがましく支えてやっているんだというアピールをされることに、死ぬほどムカついているんです。そういう気持ちが世界中に充満しているんです。それが我々の文明を覆い尽くしている」

「文明とは、また大きく出たね……いや、君の言うような不満や軋轢《あつれき》の元は、確かにあるとは思うが、それが文明とどう関係があるんだ？」

「それが文明を支え、そして前進させている原動力だからですよ」

「何を馬鹿な。いくらなんでも暴論だ」

「では先生は、何が文明を進歩させていると思いますか」

「それは……いや、人間には成長の意志があるんだ。生まれついて世界をより良くしたいという気持ちを持っている」

「それで守れるのは、せいぜい自分たちの周囲の人間の幸せだけですよ。今の、身のまわりの、知っている範囲の中だけでの話です。それで世界は動きませんし、結局、支えることもできません。いずれは崩壊します」

「なんでそう言いきれる？」

「人の一生と同じですよ、先生。幼い頃は万能感に満ち、若い頃は無限の可能性を信じ、そして世界の残酷さに打ちのめされて、すっかりくたびれて何もやる気がなくなって、老いてそれまでの輝きをすべてぶち壊してから、消滅する――歴史は結局、この繰り返しでしかない。そこに進歩の要因など何も見出すことはできない。進んでいっているのはただただ、ひたすらに〝悪意〟のみ」

「悪意だと？」

「先生は、人間は何を目的に生きていると思いますか。これはさっきの質問の逆です。他人によって生かされている人々は、では、なんのために生きているのか」

「そんなものは、人それぞれだろう。みんな一人一人、自分だけの夢を摑《つか》むために生きているんだよ」

「そんな霧間誠一《きりませいいち》みたいなことを言ってどうするんですか。あなたと彼の共通点なんて、せいぜい〝魔女の父親〟であるぐらいですよ？」

「え？　今なんていった？　キリ――なんだって？　なんだかこの世のものとも思えない発音だったが――それは人名なのか？」

「先生とは縁もゆかりもない、別世界の話ですよ。それよりも先生、ご自身はそれに晒《さら》される方で、防御一辺倒だったからピンとこないのも無理はありませんが――人は本質的に、他人の足を引っ張って、誰かを蹴落《けお》とすために生きているんです。そして優越感を得る、それがあらゆる幸福の本質です。うまくいっているヤツを恨み、憎み、どうして自分の思い通りにならないのだと世を呪《のろ》うのが、人生の目的でありーそしてその果てにしか世界は成立しない」

「それは極論だよ。言い過ぎだ。それだけってことはいくらなんでも――」

「たとえば？　愛、とかですか？」

「そうも言える——いやいや、君のことだから、人の愛も奪い合いで、自分が望んだ相手と結ばれないことの方が多いとか、そんなことを言うんだろうね」

「さすがに先生も、その辺は承知されていますね。ではその際に生じる競争と、その敗者たちの想いはどこに行くんでしょうね。その呪詛は」

「どこ、って——」

「そういう想いは世界中に満ちています。その呪詛こそ、人間が人間である理由、この世界に生まれた存在価値なんですよ。人は、何かを呪うために生まれるんです。人が何かを夢見るとき、まず何を思いますか？　何を求めますか？」

「……まず、目の前に見えているものだ。誰かの手の中にあるもの、既に存在しているもの、それを手に入れたいと思う……しかし手に入らない。だからせめて、その代替品をでっち上げる……そうやって文明は、様々なものが積み上がってきて、多様性を獲得してきた。確かに、それは事実だ。可能性が限られていて、成功が奪い合いであることも否定できない。しかし悪意だけということはないだろう」

「でしょうね。世界の可能性は他にもあるでしょう」

「だったら——」

「しかし、人間はそれを選ばない。選べないんじゃない。選ばないんです。悪意以外の道はいくらでもあるけれど、結局、人は悪意の方を選ぶ。他人を蹴落とす方を採る。なぜなら、人は人によって支えられていて、他人によって生かされているからです。身にしみないんですよ——他人以外のことは。人間は、自分が誰かを支えているだけだと、不公平だ、誰かも自分を支えるべきだ、という考え方に、その呪いに取《と》り憑《つ》かれているんです。その想いはとてつもなく大きくて、それこそ城壁のように、堅牢《けんろう》に人生を取り囲んでいるんです。人は皆、枯れかけた死骸《しがい》のような紫の茨《いばら》で、がんじがらめに縛り上げられた城の中に閉じ込められた哀れなお姫様なんですよ。助けに来てくれる王子様を待ちながら、同時に〝でも、他の姫の方が先に助けられるのは許せない〟って、ね——ふふふふっ」

「……君が、これまで数多くの嫉妬《しっと》や攻撃に晒されてきたのはわかるが、だからといって自分もそういった悪意に固執することはないだろう。君には君の未来があるはずだ。そうだろう、クラスタティーン・フィルファスラート——いや、ここは幼名のリ・カーズと呼ぶべきかもな。子供の頃には、君だって夢を持っていたはずだろう」

「私の未来、ですか？」

「そうだ。そんな風に頑《かたく》なになっていては、君はいずれ孤立してしまう。君の優れた才能は、そんな偏《かたよ》った思想にとらわれずに、もっと伸び伸びと発展させるべきで——なにがおかしいんだ？」

「ああ、ああ、先生——まだわからないんですか。孤立するのは私ではなく、先生の方ですよ」

「え？」

「私が、仮に、世界中から傲慢《ごうまん》さを糾弾《きゅうだん》されて、排除されそうになったとしましょう――そのときに私が孤独だと思いますか？」

「どういう――意味だ？」

「私はとっても優秀なんですよ、並外れて、桁《けた》外れに強いんです――そんな私を、果たして他の連中がそのまま潰せますかね？　そう――みんな揃《そろ》って攻撃しようというときに、そいつらを出し抜いて、私に〝ご注進〟に上がる裏切り者が一人もいない、と――そう思いますか？」

「う……」

「みんな、他人を出し抜きたくてしょうがないんですよ――それは私のような、飛び抜けた存在よりも、身近で、自分の隣で、なんだかデカいツラをしている中途半端な連中の方にこそ、悪意は向けられるんです。わかりますか。そう――あなたみたいな人に、ですよ。クォルト博士」

「…………」

「先生、あなたもそれなりには強い人です。しかしその強さには限界がある。悪意を飲み込めない潔癖さが、いずれあなたを追い詰める。気をつけた方がいいですよ」

「……やれやれ、すっかり言い返されてしまったか。だが、これは悪意なのかね？」

「まあ、世間的な意味では充分に嫌味になると思いますけど」

「そうかな。どうも私には、君が本気で私を心配して、忠告してくれているように も感じられたんだが。気のせいかな」

「先生——あなたは、自分が欲しいものを決して手に入れられません。いくらそれが今、すぐ目の前にあっても、ね」

「…………」

「あなたはそのことを不満に思うでしょう。その恨み辛《つら》みを、呪詛を、捨てることもできずに抱え込んで生きていくことになる——でも、その呪詛がいずれ、欲しいものの代替品を創ることにつながる。あなたがほんとうに欲しいものは無理でも、それと似たもの……同等の価値があるものを生み出す、そのための原動力になるでしょう。あなたの呪詛が、それを世界に誕生させるのです」

「…………」

「期待しているんですよ、クォルト博士……あなたは、おそらくこの大規模魔導世界で唯一、この私——リ・カーズに匹敵する知性を持っているのだから」

「ああ、それは嫌味だな。その発言には明確に悪意を感じたよ」

「ええ。なにしろ未来につながるのは悪意だけですからね——ふふっ」

BGM "A Perfect Miracle" by Spiritualized

本書は二〇〇一年六月に講談社ノベルスとして刊行されたものです。
（「解説――呪詛とはなにか」は書き下ろし）

〈著者紹介〉

上遠野浩平（かどの・こうへい）

1968年生まれ。『ブギーポップは笑わない』（電撃文庫）でデビュー。ライトノベルブームの礎を築き、以後、多くの作家に影響を与える。同シリーズはアニメ化や実写映画化など多くのメディアミックス展開を果たす。また2018年に再アニメ化が発表された。主な著書に「事件」シリーズ、「しずるさん」シリーズ、「ナイトウォッチ」シリーズなど。

# 紫《し》骸《がい》城《じょう》事《じ》件《けん》

inside the apocalypse castle

2018年9月18日　第1刷発行　　定価はカバーに表示してあります

著者……………………上《か》遠《ど》野《の》浩《こう》平《へい》



発行者……………………渡瀬昌彦

発行所……………………株式会社 講談社

〒112-8001 東京都文京区音羽2-12-21

編集03-5395-3506

販売03-5395-5817

業務03-5395-3615

本文データ制作…………講談社デジタル製作

印刷……………………豊国印刷株式会社

製本……………………株式会社国宝社

カバー印刷………………慶昌堂印刷株式会社

装丁フォーマット…………ムシカゴグラフィクス

本文フォーマット…………next door design



ISBN978-4-06-512890-9　N.D.C.913　383p　15cm